茅盾研究
八十年書系

錢振綱・鍾桂松◎主編

李廣德◎著

24

茅盾學論稿

花木蘭文化出版社

國家圖書館出版品預行編目資料

茅盾學論稿／李廣德 著 — 初版 — 新北市：花木蘭文化出版
社，2014〔民 103〕
序 2+ 目 2+182 面；19×26 公分
（茅盾研究八十年書系；第 24 冊）
ISBN：978-986-322-714-4（精裝）
1. 沈德鴻 2. 中國當代文學 3. 文學評論
820.908   103010601

中國茅盾研究會《茅盾研究八十年書系》編委會

主　編：錢振綱 鍾桂松

副主編：許建輝 王中忱 李　玲

特邀顧問：

邵伯周 孫中田 莊鍾慶 丁爾綱 萬樹玉 李　岫

王嘉良 李廣德 翟德耀 李庶長 高利克 唐金海

ISBN-978-986-322-714-4

9 789863 227144

茅盾研究八十年書系
第二四冊

ISBN：978-986-322-714-4

茅盾學論稿

本書據香港正之出版社有限公司 1991 年 8 月版重印

作　　者　李廣德
主　　編　錢振綱　鍾桂松
總 編 輯　杜潔祥
副總編輯　楊嘉樂
編　　輯　許郁翎
出　　版　花木蘭文化出版社
社　　長　高小娟
聯絡地址　235 新北市中和區中安街七二號十三樓
　　　　　電話：02-2923-1455 ／傳眞：02-2923-1452
網　　址　http://www.huamulan.tw 信箱 hml 810518@gmail.com
印　　刷　普羅文化出版廣告事業
初　　版　2014 年 7 月
定　　價　60 冊（精裝）新台幣 120,000 元

茅盾學論稿

李廣德 著

作者簡介

李廣德，湖州師範學院文學院教授，中國作家協會會員，中國報告文學學會會員、中國魯迅研究會和中國現代文學研究會會員，中國寫作學會高師寫作研究中心主任，北美洛杉磯華文作協會員、加拿大魁北克華人作協會員等。1935 年 12 月 27 日出生於河南省開封市。1961 年畢業於杭州大學（現浙江大學）中文系。曾任中學語文教師 18 年，大學寫作講師、副教授、教授 23 年。1956 年發表處女作。1961 年 8 月被批准爲中國作家協會浙江分會會員。1991 年 10 月被批准爲中國作家協會會員，同年 12 月晉升爲教授。先後擔任湖州師專茅盾研究所所長、湖州師院新聞傳播與寫作研究所所長、中國寫作學會高師寫作研究中心主任，中國茅盾研究會監事、理事、常務理事，浙江省作家協會委員，浙江省寫作學會副會長，湖州市作家協會主席——名譽主席、文學學會會長。2002 年退休。10 月赴加拿大、美國探親、旅遊。2007 年 3 月移居加拿大魁北克，參加加拿大魁北克華人作家協會、魁北克中華詩詞研究會，並受聘擔任蒙特利爾「七天」俱樂部文學社顧問。2007 年 8 月加入北美洛杉磯華文作家協會。中國寫作學會高師寫作研究中心名譽主任，浙江省寫作學會顧問、湖州市作家協會顧問、湖州市文學學會名譽會長、湖州陸羽茶文化研究會副會長兼學術部主任。出版有《一代文豪：茅盾的一生》、《一代名醫——朱振華》、《兩栖文心》、《茅盾學論稿》、《電影評論寫作學》、《文體寫作概論》、《少年茅盾與作文》、《E 時代的電腦與網路寫作》、《湖州散文》、《湖州茶文》、《〈茶經〉故里——湖州茶文化》、《湖州鄉土語文讀本》、《寫作學教程》、《簡明寫作學》、《高師寫作教程》、《寫作》、《名人怎樣閱讀寫作》、《絕妙比喻小辭典》等 18 本。獲省哲學社會科學優秀成果二等獎，茅盾研究學術成就獎，「共和國的脊樑」報告文學全國徵文一等獎、中國驕傲第六屆時代新聞人物優秀報告文學金獎、浙江省政府教學成果獎、首屆湖州國際湖筆文化節論壇徵文一等獎等多項。

提　要

　　爲學術領域第一次明確提出建立「茅盾學」的研究專著。於茅盾先生誕生 95 週年、逝世 10 週年的 1991 年 8 月，首次由香港正之出版社出版。書前有中國茅盾研究會會長、南京大學博士生導師葉子銘教授的題詞：「開拓茅盾研究的視野，推動茅盾研究的發展。」全書由「獻辭」、自序「我的茅盾研究觀」、十二章論文及附錄、後記構成，涉及茅盾身世學、茅盾人際學、茅盾著作學、茅盾批評學、茅盾成就學、茅盾心理學等內容。作者從各方面對茅盾進行多學科、多層次、多角度的研究，不僅研究茅盾的文學作品、文學理論、文學思想，而且研究茅盾的政治論文、學術論著及其他文章，研究茅盾的人生觀、政治觀、道德觀、教育觀、文化觀……，研究茅盾的家世、生平事蹟，研究茅盾與作家、藝術家、政治家、工商企業家及各黨派、各階級階層人士的關係，研究茅盾在中國現代革命史、文化史、思想史、出版史、教育史、工人運動史、婦女運動史中的作用和貢獻。認爲茅盾不是一般意義上的文豪，而是偉大的革命家、思想家、文學家、批評家、社會活動家、有成就的編輯家和文學教育家。指出：茅盾和茅盾學是永遠開掘不盡的礦山，是永遠充滿生命活力的世界！提倡「潛其心而索其道」，「人不敢道，我則道之；人不敢爲，我則爲之」的學術研究精神和品格。

茅盾學論稿

沈佳民題

中国茅盾研究学会

开拓茅盾研究的视野

推动茅盾研究的发展

题李广德《茅盾学》协编

叶子铭

一九九二年四月

獻　辭

本無希望居然亦成功　　書生寫書書亦寫書生

獻身自有獻身之幸福　　給予當覺給予之光榮

愛人者收穫愛的瓜果　　妻吾者共嘗人生苦樂

掌命運全憑志堅業勤　　珠寶存貴在玉壺冰心

自序：我的茅盾研究觀

　　茅盾先生是二十世紀世界十大文豪之一。他以自己一生的多種活動和一千二百多萬字的著作構成了一個多彩的世界。

　　我這些年來主要進行茅盾生平事蹟的研究、花了五年時間撰寫、出版了《一代文豪：茅盾的一生》。它還不是一部茅盾全傳，還有許多問題有待深入地考察、研究。這裡的關鍵是，不要滿足於現象的瞭解，而要做艱苦的基礎的工作，在掌握真實的材料的前提下，揭示事物的本質。

　　我認為，我們應從各方面對茅盾進行多學科、多層次、多角度的研究，不僅研究茅盾的文學作品、文學理論、文學思想，而且研究茅盾的政治論文、學術論著和其它文章，研究他的人生觀、政治觀、倫理觀、道德觀、教育觀、文化觀……，研究他的家世、生平事蹟，研究他與作家、藝術家、政治家、工商企業家及各黨派、各階級階層人士的關係，研究他在中國現代革命史、文化史、思想史、出版史、教育史、工人運動史、婦女運動史上的作用和貢獻。因為，茅盾不是一般意義上的文豪，而是偉大的革命家、思想家、文學家、批評家、社會活動家、有成就的編輯家和文學教育家。我們對這些方面，都要開展研究。茅盾和茅盾學是永遠開掘不盡的礦山，是永遠充滿生命活力的世界！

　　「潛其心而索其道」，「人不敢道，我則道之；人不敢為，我則為之」。——今日的茅盾學研究是多麼需要這樣的精神和態度呵！

目次

1 茅盾研究熱與建立「茅盾學」

近幾年來，在中國和世界上的一些國家，茅盾研究熱潮不僅方興未艾，而且正以更大的規模向前發展著。

1981 年 4 月 11 日，北京隆重舉行沈雁冰（茅盾）同志追悼會，黨和國家領導人以及首都各界人士兩千人參加。鄧小平同志主持追悼會，胡耀邦同志致悼詞。4 月 12 日的《人民日報》和全國其它的報紙都刊登了《胡耀邦同志在沈雁冰同志追悼大會上的悼詞》。這篇悼詞和中共中央關於恢復茅盾同志黨籍的決定，是半個多世紀來茅盾研究史上的兩份具有歷史意義的文獻。

茅盾家鄉的桐鄉縣人民政府在 1981 年 4 月決定並設立了「桐鄉縣茅盾文物徵集辦公室」，配備人員，撥出經費，廣泛進行茅盾文物的徵集工作；

各界人士為悼念茅盾逝世撰寫了大量的紀念、回憶和研究文章，僅文化藝術出版社出版的《憶茅公》一書，就編進了有關的文章 112 篇；

1981 年 10 月人民文學出版社出版了茅盾的回憶錄《我走過的道路》上冊；

1983 年 3 月 27 日茅盾逝世二週年時，在北京舉行了首屆全國茅盾研究學術討論會，周揚同志發表了重要講話。4 月 2 日，中國茅盾研究學會成立，第一批會員 77 人。這是茅盾研究史上新的里程碑；

1983 年 4 月 29 日，《茅盾全集》編輯委員會在北京成立，會議決定陸續分卷出版《茅盾全集》。編委會主任委員為周揚，副主任委員是羅蓀；

在南京大學葉子銘老師、東北師大孫中田老師、上海師大邵伯周老師、廈門大學莊鍾慶老師、山東師大查國華老師等的帶動下，許多高等院校開設了《茅盾研究》專題課和選修課；

文化藝術出版社、人民文學出版社、湖南人民出版社、天津百花文藝出

版社、上海文藝出版社、浙江人民出版社⋯⋯等出版了《茅盾研究》和《茅盾研究論文選集》及茅盾研究專著、研究資料多種；各地報刊發表了大量的學術論文和研究資料以及介紹茅盾生平事蹟、作品藝術、評論成就的文章；

1984 年 5 月，茅盾的《我走過的道路》中冊由人民文學出版社出版；

1984 年 12 月 7 日至 12 日，中國茅盾研究學會在杭州召開了第二屆全國茅盾研究學術討論會，並發展了第二批會員，促進了茅盾研究工作的深入；

1985 年北京和烏鎮兩處茅盾故居經過籌建、修繕後對外開放，鄧穎超和陳雲同志分別題書了兩處故居的匾額。這兩處茅盾故居陳列了茅盾一生創作的作品手稿及其它重要的展品，為茅盾研究工作者提供了大量的史料；

1985 年 7 月 26 日至 8 月 13 日，由中國茅盾研究學會、桐鄉縣文化局和湖州師專三單位聯合舉辦的「首屆全國茅盾研究講習會」在浙江省湖州市和桐鄉縣烏鎮舉行。黃源、葉子銘兩位副會長、丁爾綱副秘書長及著名學者邵伯周、莊鍾慶、查國華、王積賢、李岫及徐越化等老師在會上講話、作學術報告；

1985 年 10 月 7 日至 12 日，由中國茅盾學會、東北師範大學中文系茅盾研究室發起，委託揚州教育學院籌備的「青年茅盾研究筆會」在揚州召開。這是第一次在茅盾研究領域召開的小型青年學術會議，體現了青年人思想敏銳、勇於探索的特點；

1985 年 4 月香港《廣角鏡》雜誌發表秦德君《我與茅盾的一段情》，在海內外引起各種反響，香港報刊上發表了多篇爭論的文章；同年 5 月，鄭州出版的《名人傳記》發表了該文的摘編文章；

根據茅盾捐贈二十五萬元稿費的遺願設立的「茅盾文學獎」，自 1983 年開始頒獎。它對於推動作家繼承和發揚魯迅、茅盾開創的革命現實主義傳統，將產生深遠的影響；

1985 年下半年，山東師大派人到茅盾故鄉及茅盾活動過的其它地方，拍攝了電視資料片《茅盾傳》；

中國第一個省級茅盾研究學術團體——浙江省茅盾研究學會成立大會，於 1985 年 12 月 10 日至 13 日在茅盾故鄉的桐鄉縣舉行，選舉產生了由九人組成的第一屆理事會。其後，山東省也成立了茅盾研究學會；

1986 年 1 月 21 日，浙江湖州師專茅盾研究室成立，這是繼東北師大之後，在我國高等院校中成立的第二個茅盾研究室；

　　1986 年 7 月 4 日至 9 日在北京，中國文聯、中國作協、商務印書館、中國茅盾研究學會聯合舉行紀念茅盾誕辰九十週年大會和第三次全國茅盾研究學術討論會。會後由作家出版社出版了《茅盾九十誕辰紀念論文集》；

　　1988 年 9 月人民文學出版社出版了茅盾的《我走過的道路》下冊；

　　1988 年 11 月 22 日至 26 日，由中國茅盾研究學會、廈門大學中文系、福建師大中文系、福建省社科院文學所、福建省文學學會聯合舉辦的第四屆全國茅盾研究學術討論會在廈門大學召開。中國、蘇聯、日本、加拿大等國內外學者就「茅盾與中外文學」的問題進行了廣泛的討論和交流；

　　1991 年 3 月 27 日，浙江省文聯、浙江省社科院、浙江大學、中國作協浙江分會、浙江省茅盾研究學會在杭州舉行紀念茅盾逝世十週年大會暨學術討論會；

　　1991 年 10 月，中國茅盾研究學會、南京大學聯合舉行茅盾誕辰九十五週年、逝世十週年紀念大會暨以「茅盾與中外文化思潮」為中心議題的茅盾研究國際性學術討論會；

　　在日本，茅盾研究已有幾十年的歷史，1984 年 3 月 27 日，日本茅盾研究會於大阪成立，編輯出版《茅盾研究會會報》，發表學術論文，交流研究信息，同時定期舉辦學術討論的講座和例會，該會代表是太田進，事務局設在大阪外國語大學中國語學科是永駿研究室；此外，日本中國文藝研究會會刊《野草》第 30 期（1982 年 8 月 10 日出版）刊出紀念茅盾特集之後，1986 年的第 37 期《野草》又刊出紀念茅盾誕生九十週年的專集；日本的其它報刊也發表了許多研究茅盾的文章；

　　在菲律賓，菲華文藝界的作家、評論家和文學愛好者也對茅盾研究表現出濃厚的興趣。1985 年 5 月下旬，中國著名學者莊鍾慶教授訪菲，應新潮文藝社邀請演講了《茅盾與中國現代作家》，受到了熱烈的歡迎和高度的評價；此後，菲華文藝刊物發表了多篇研究茅盾及中國現代文學的文章；

　　蘇聯、美國、法國、捷克、東德、英國……等國的學者、作家也撰寫、發表了許多有關茅盾及其作品的文章；……。

　　以上所列舉的，只是筆者在自己狹窄的視野裏所見到的，管見所及無法概括和表述近十年來國內外出現的茅盾研究熱潮。

　　那麼，茅盾研究熱是由哪些因素促成的呢？我以為主要是：一、中共中央關於恢復茅盾同志黨籍的決定及胡耀邦同志的悼詞的巨大鼓舞力量及歷史

文獻價值；二、中國茅盾研究學會的成立及其卓有成效的各項活動的開展；三、《茅盾全集》一卷接一卷的出版及多種研究資料的出版；四、各地報紙、刊物尤其是各個高等院校學報為茅盾研究文章的發表提供較多的篇幅；五、北京和烏鎮兩處茅盾故居的開放；六、中外關於茅盾研究的學術交流的進一步的開展，等等。

總之，國內外出現的茅盾研究熱表明了以下幾點：

一、茅盾這樣一位偉大人物的巨大成就、歷史地位和深遠影響受到人們的重視，更多的人渴望瞭解和認識茅盾在中共黨史、中國現代文學史、文學批評史、文化史、思想史、報刊史、翻譯史等方面的活動及其貢獻；

二、茅盾的長篇、中篇、短篇小說及散文、詩詞、雜文和翻譯作品得到了進一步的普及，擁有以前所未曾擁有的更加多的讀者。這些作品以不朽的藝術魅力吸引著數以萬計的讀者及理論工作者欣賞、評論；

三、人們對茅盾的文學理論體系表現出更大的興趣和研究的熱情。他的文學理論不僅為理論家所重視和研究，而且為更多的作家和批評家所接受；

四、茅盾的思想、品質、才氣、學識、語言、風格及其心理特徵的其它方面，受到越來越多的人們的探討。而茅盾的人生道路的啟示也已成為青年人進步的新的動力，正在精神文明和物質文明的建設中發揮重要的作用；

五、茅盾不僅是中國的偉人，而且是世界的偉人，從而使對這位世界偉大人物的研究也逐漸顯示出它所具有的世界性的意義。

從一九八三年初中國茅盾研究學會成立，周揚同志提出要對茅盾「作出全面的評價」以來，越來越多的人加入到茅盾研究的行列裏，進行了多科性的、綜合性的、系統性的研究，開始改變過去那種比較零散、狹小的研究格局，在更加廣闊的歷史與文化的背景下對茅盾進行多側面的和整體性的研究，增強了研究的廣度與深度，使茅盾研究的水平達到了前所未有的高度。

然而，茅盾研究與魯迅研究相比，還是有很大的差距的。茅盾研究尚大有全線開發、大規模突破的餘地。為了使茅盾研究適應茅盾及其作品的深厚性、豐富性、獨特性、歷史性及世界性等特點，我以為有必要建立一門具有特色的學科——「茅盾學」。下面談談我對建立「茅盾學」的幾點思考：

一、「茅盾學」與「莎學」、「紅學」不同，它研究的不是一個作家或者一部書，而是一個偉大的革命文學家、文藝批評家、文學史家、學者、翻譯家、報刊編輯家、中國共產黨最早的黨員之一、思想家、文化活動家、社會活動家

的各個方面和他的一千二百多萬字的文學著作和政治、哲學、文藝、文學史、神話、古代文學等理論著作、外國文學及馬克思主義和黨的建設等翻譯著作。

二、「茅盾學」是以茅盾整個人及其全部著述和在中國及世界歷史上影響爲研究對象和主要內容的。

三、「茅盾學」的結構是多側面、多層次的。「茅盾學」的體系似應由以下幾個小的體系構成：

（一）茅盾身世學：（1）茅盾的家世及地理環境；（2）茅盾出現的歷史條件與文化背景；（3）茅盾的漫長的人生道路；（4）茅盾的世界觀、政治觀、倫理觀；（5）茅盾的文藝思想；（6）茅盾與其妻子孔德沚，與其弟弟沈澤民，與其子女（沈霞、沈霜）及孫兒孫女，與其堂弟、妹等人的關係；等等。

（二）茅盾著作學：（1）茅盾的文學創作研究——茅盾小說學、茅盾散文學、茅盾戲劇學、茅盾雜文學、茅盾詩學；（2）茅盾的文學理論研究——茅盾文藝學、茅盾評論學、茅盾文學史學；（3）茅盾的藝術理論研究——茅盾論各種藝術的內容、形式及發展；（4）茅盾的神話及古典文學著作的研究；（5）茅盾翻譯作品及翻譯理論的研究；（6）茅盾的兒童文學創作及理論的研究；（7）茅盾的政治評論及論文和譯作的研究；（8）茅盾關於報刊及編輯、出版問題的論述的研究；等等。

（三）茅盾人際學：（1）茅盾與中國政治家；（2）茅盾與中國現代作家；（3）茅盾與文學青年；（4）茅盾與中國現代藝術家；（5）茅盾與中國少數民族；（6）茅盾與工人、農民；（7）茅盾與婦女；（8）茅盾與兒童；（9）茅盾與外國作家、藝術家；（10）茅盾與外國學者；（11）茅盾與其他人；等等。

（四）茅盾研究學：（1）茅盾研究方法學；（2）茅盾研究史料文獻學；（3）茅盾研究史；（4）茅盾研究的中外學術交流；（5）茅盾研究的領導與組織；（6）茅盾研究人才的發現和培養；等等。

以上的「茅盾學」體系前三個系統是並列存在的，而茅盾研究學是與它們交叉的。總之，整個「茅盾學」體系是由主體體系（茅盾身世學、茅盾著作學和茅盾人際學）和附屬體系（茅盾研究學）構成的。

四、目前已有不少高等院校開設「茅盾研究」專題課或選修課，可否考慮改稱爲「茅盾學」呢？

五、建議中國茅盾研究學會組織人員編寫一本有較高質量的《茅盾學》教材，供各高等院校開課之用。

關於建立「茅盾學」的問題，其實在幾年前已有同志提出。如陳宗鳳同志在 1981 年 4 月 9 日寫的悼念茅盾的文章裏就說過：「現在沈老仙去了，但他的煌煌巨著會長留人間，那是一門『沈學』，不是我這樣淺薄的學徒所能論及的。」〔註1〕1984 年 12 月第二屆全國茅盾學術討論會上有較多的同志談到這個問題，如崧巍同志在述評中所寫的：「如果說幾年前魯迅研究者提出建立『魯迅學』，標誌著魯迅研究視野的大大開闊，那麼在這次會上大家認爲：就茅盾在中國文化史和文學史的建樹來看，建立『茅盾學』也是必要的。」〔註2〕我今天又提出這個問題，想來會得到更多的同志的贊同，受到中國茅盾研究學會領導同志的重視。倘如因而採取行動，如組織一次或幾次關於建立「茅盾學」的討論會，組織力量編寫《茅盾學》教材，那我就喜出望外了。果能如此，高潮而歷久不衰，在我們隆重紀念茅盾一百週年誕辰的時候，就會有更豐碩、更優秀的研究成果獻給我們尊敬愛戴的茅公，獻給偉大的時代和偉大的人民！

※原發表於《紹興師專學報》1986 年第 4 期，此次出版有所補充和修改。

〔註 1〕 陳宗鳳：《現代文學巨匠沈老永垂不朽》，文化藝術出版社《憶茅公》，第 367 頁。

〔註 2〕 崧巍：《視野開闊，多層突破——全國茅盾研究第二屆學術討論會述評》，作家出版社《中國現代文學研究叢刊》1985 年第 2 輯，第 300 頁。

2　茅盾早期與中國共產黨的關係

　　「沈雁冰同志從青年時代起，畢生追求共產主義的偉大理想。早在 1921 年，他就在上海先後參加共產主義小組和中國共產黨，是黨的最早的一批黨員之一，並曾積極參加黨的籌備工作和早期工作。1926 年，他以左派國民黨員的身份參加國民黨第二次代表大會，以後在漢口主編左派喉舌《民國日報》。1928 年以後，他同黨雖失去了組織上的關係，仍然一直在黨的領導下從事革命的文化工作。」這是胡耀邦同志在沈雁冰（茅盾）追悼大會上的悼詞中的一段話，它以簡潔的語言概述了沈雁冰早期的革命經歷，既廓清了過去存在於茅盾研究工作中的迷霧，又對今天的茅盾研究工作提出了新的課題。

　　關於沈雁冰（茅盾）早期與中國共產黨的關係，本章試圖探討以下四個問題：一、沈雁冰入黨時的思想狀況和入黨的經過；二、沈雁冰的共產主義理想的確立；三、沈雁冰由愛國青年成長為初步的馬克思主義者；四、沈雁冰失去黨的組織關係的主客觀原因及影響。

一

　　沈雁冰少年就是一個富有反帝愛國思想的進步學生。他曾因反對以「整頓校風」為名實行專制的學監而被嘉興中學開除。1913 年他考進北京大學預科。但是他說：「讀完了三年預科，我還是我，除了多吃些北方的沙土，並沒有新得些什麼，於是我也就厭倦了學校生活了」〔註1〕。不過，在這三年中所發生的第一次世界大戰，日本帝國主義向中國提出二十一條不平等條約，袁

〔註 1〕茅盾：《我的中學時代及其後》。

世凱竊國稱帝失敗等重大事件，卻使他提高了對現實的認識，開拓了生活的
視野。

1916 年他進入上海商務印書館編譯所之後，在《新青年》等刊物的影響
和啓迪下，開始密切關注國家和社會改造的問題。1917 年，他在《學生雜誌》
上發表了《學生與社會》，認爲「學生時代，精神當活潑」，應該「有擔當宇
宙之志」、「有奮鬥力以戰退惡運，以建設新業」〔註2〕。次年，他又寫了《一
九一八年之學生》，對青年學生提出三點希望：「革新思想」、「創造文明」和
「奮鬥主義」〔註3〕。這兩篇社會論文雖是他的試筆之作，但因其強烈的愛國
主義和民主主義思想，也在社會上引起了反響。當然，沈雁冰此時所主張的
新思想只是「個性之解放」、「人格之獨立」等資產階級民主思想，並不是馬
克思主義。

1919 年的五四運動，使沈雁冰的思想有了改變，他「開始專注於文學，
翻譯和介紹了大量的外國文學作品。」〔註4〕在《托爾斯泰與今日之俄羅斯》
一文中，他提出俄國十月革命將影響「二十世紀後半期之局面」，並受其支配。
他還說，「今俄之 Bols-hevism〔布爾什維主義〕，已彌漫於東歐，且將及於西
歐，世界潮流，澎湃動蕩，正不知其伊何底也。」〔註5〕沈雁冰說，「……一
九一九年尾，我已經開始接觸馬克思主義」，雖然「馬克思主義作爲社會主義
的一個學派被介紹進來，但十分吸引人，因爲那時已經知道，俄國革命是在
馬克思主義的指導下取得勝利的」。〔註6〕到了 1920 年初，沈雁冰開始正式研
究馬克思主義。上半年，他寫了《俄國人民及蘇維埃政府》〔註7〕、《IWW 究
研》〔註8〕（IWW 是世界工業勞動者同盟的簡稱）。接著就在《新青年》上發
表了譯作《遊俄感想》及《羅素論蘇維埃俄羅斯》〔註9〕。

由於沈雁冰的文章表現出進步的思想，因而在 1920 年初，陳獨秀在李大
釗幫助下來到上海之後，就約了沈雁冰和李漢俊、陳望道、李達等商談《新
青年》移滬編輯、出版事宜。在沈雁冰等人支持、協助下，《新青年》八卷一

〔註2〕 《學生雜誌》1917 第四卷第十二號。
〔註3〕 《學生雜誌》1918 年第五卷第一號。
〔註4〕 茅盾：《我走過的道路》，第 132 頁。
〔註5〕 《學生雜誌》1919 年第六卷第四五號。
〔註6〕 茅盾：《我走過的道路》，第 133 頁。
〔註7〕 《東方雜誌》十七卷三號。
〔註8〕 《解放與改造》二卷七、八、九號。
〔註9〕 《新青年》八卷二、三號。

號於五月出版，陳獨秀撰寫了《談政治》的社論，簡明扼要地闡述了馬克思主義的基本原則。

　　1920 年 7 月，上海共產主義小組成立。發起人是陳獨秀、李漢俊、李達、陳望道、沈玄廬、俞秀松，還有張東蓀和戴季陶。但是張和戴二人聽說這個組織就是共產黨，只開了一次會就退出了。而沈雁冰爲了追求共產主義理想，卻在十月間，經李漢俊介紹，參加了上海共產主義小組。1921 年 7 月，中國共產黨誕生，沈雁冰隨即成爲第一批黨員之一。這一年他二十五歲，從此開始了他的共產主義者的戰鬥的革命生涯。

二

　　毛澤東同志指出：「五四運動時期雖然還沒有中國共產黨，但是已經有了大批的贊成俄國革命的具有初步共產主義思想的知識分子。」而「五四運動是在思想上和幹部上準備了 1921 年中國共產黨的成立，又準備了五卅運動和北伐戰爭。」〔註 10〕李大釗、陳獨秀、毛澤東、周恩來等人是當時的共產主義知識分子。而沈雁冰雖然較他們晚一些接受並宣傳共產主義學說，但是也同樣是一個「贊成俄國革命的具有初步共產主義思想的知識分子」。

　　沈雁冰在 1919 年寫的《托爾斯泰與今日之俄羅斯》中，就明確表示了他對俄國十月社會主義革命的擁護和對布爾什維主義的重視。在與陳獨秀、李漢俊等人結識之後，思想進一步傾向共產主義。尤其是參加上海共產主義小組之後，就更自覺地學習和研究共產主義學說。如他應李達之約，爲秘密出版的《共產黨》月刊翻譯了《共產主義是什麼意思》、《美國共產黨黨綱》、《共產黨國際聯盟對美國 IWW 的懇請》、《美國共產黨宣言》、《共產黨的出發點》，以及列寧的《國家與革命》第一章。沈雁冰說：「通過這些翻譯活動，我算是初步懂得了共產主義是什麼，共產黨的黨綱和內部組織是怎樣的；尤其《美國共產黨宣言》是一篇馬克思主義理論及其應用於無產階級革命實踐的簡要的論文，它論述了資本主義的破裂，帝國主義，戰爭與革命，階級鬥爭，選舉競爭，群眾工作，無產階級專政，共產主義社會的改造，等等。由於從譯文中學得了這些共產主義的初步知識」，他還寫了一篇題爲《自治運動與社會革命》的論文，發表在 1921 年 4 月 7 日的《共產黨》第三號上，批判了當時

〔註10〕毛澤東：《新民主主義論》。

的省自治運動者鼓吹的資產階級民主，指出「這實際上是爲軍閥、帝國主義服務的，中國的前途只有無產階級革命」〔註11〕。

沈雁冰不僅通過翻譯文章學習共產主義，而且在黨的支部會和學習會上，認眞學習黨的文件、黨刊和馬克思、列寧的著作，並且聽李達和楊明齋講馬克思主義淺說，階級鬥爭，帝國主義。

他還通過寫文章，積極參加報刊上的思想討論。如 1921 年 7 月，他讀到張聞天發表在上海《民國日報》副刊上的《無抵抗主義底我見》，隨即提出批評，指出「在行慣了吃人禮教的中國，對虎狼去行無抵抗主義」是不行的，無抵抗主義決不是改造社會的「自由之路」，眞正的自由之路也即人類解放的道路，「就現在人類所能做到的事而言，這一條『路』，已有那些被人稱爲『俄羅斯人』的『人們』造下來了。」他希望「向光明的人們」能學習俄國無產階級，「且試試這四年歷史的已成爲唯一的『到自由之路』」〔註12〕，也就是十月社會主義革命的道路。在他寫的《「人格」雜感》中，他再一次表達了對於共產主義的信仰：「我近來對於馬克思主義，竟愈加覺得便『只信著』（這是不用全力研究之謂）」。〔註13〕經過沈雁冰的幫助，張聞天認識了無抵抗主義和泛愛思想的錯誤，在《中國底亂源及其解決》一文中明確表示：要改造中國，「自然不能不走社會主義一條路了。自今日起，我希望能夠在實現社會主義的歷程中做一小卒。」〔註14〕歷史已經證明，沈雁冰和張聞天都是爲了共產主義理想而奮鬥終生的眞正的共產黨人。

在 1922 年到 1924 年這三年期間，沈雁冰參加了文學界的三次論戰：文學研究會對禮拜六派的批判，對學衡派的反擊，和與創造社的論爭。他寫的大量文章，戰鬥性、說服力都很強，這是因爲他的文筆好，更因爲他已經「確信了馬克思底社會主義」〔註15〕。

然而使沈雁冰的共產主義理想得以完全確立的標誌，則是他以忘我的獻身精神，投入黨的初期的各項活動和鬥爭，以及所做出的重要貢獻。這主要表現在：一，他從 1921 年底擔任黨中央聯絡員，成爲各地黨組織與中央進行聯絡的交通中轉人。二，在黨成立後創辦的上海平民女學和上海大學任教，

〔註11〕茅盾：《我走過的道路》上冊，第 176 頁。
〔註12〕1912 年 7 月 5 日《民國日報‧覺悟》。
〔註13〕1921 年 7 月 24 日《民國日報‧覺悟》。
〔註14〕1922 年 1 月 6 日《民國日報‧覺悟》。
〔註15〕1922 年 5 月 11 日《民國日報‧覺悟》。

為黨培養幹部。三,從 1923 年 7 月起,擔任黨的上海地方兼區執委會委員,後任執委會秘書兼會計,其間,曾任執委會的國民運動委員會委員長,擔負與國民黨合作、發動社會各階層進步力量參加革命工作的重任。四,去蘇州、南通等地發展黨員,建立地方黨組織。五,擔任商務印書館黨組織負責人,主持黨的組織活動與發展黨員。沈雁冰後來回憶這段時期的鬥爭生活時說:「因為擔任上述的黨內職務,我就相當忙了。執行委員會大約一週開一次會,遇到有要事研究就天天開會,再加上其他的會議和活動,所以過去是白天搞文學(指在商務編譯所辦事),晚上搞政治,現在卻連白天都在搞政治了。」〔註16〕

通過這一系列的理論學習和鬥爭實踐,沈雁冰終於牢固地確立了共產主義的理想。

三

研究沈雁冰在 1924 年至 1927 年期間的各項活動,我們可以看出:沈雁冰在從一個愛國青年、一個具有初步的共產主義思想的知識分子成為一個共產黨員之後,又在直接參加黨的工作、革命運動和北伐戰爭的鬥爭實踐中,鍛煉成為一個初步的馬克思主義者。

1923 年 12 月,黨中央根據孫中山決心依靠共產黨改組國民黨,並實行聯俄、聯共、扶助工農的三大政策而出現的新形勢,「通告」全黨「立即全體加入」國民黨;沈雁冰也因而加入了國民黨。次年一月,中共上海地方兼區執委會改選,沈雁冰仍被選為執行委員,任秘書兼會計。

1925 年「五卅」運動爆發,沈雁冰和妻子孔德沚(此時已是共產黨員)接連幾天上街,參加上海工人、學生反對帝國主義暴行的示威遊行。當「五卅」運動的怒潮捲進上海廣大教職員隊伍以後,沈雁冰等按照黨中央指示,發起成立了上海教職員救國同志會,並組織講演團去學校、團體演講。他的演講題目是《「五卅」事件的外交背景》。此後,他還積極地參加《公理日報》的創辦和編輯工作,撰文報導「五卅」事件真相,宣傳愛國反帝思想,在商務印書館職工的罷工鬥爭中,他是組織者和領導人之一,並且作為職工代表之一,同資方進行面對面的談判,經過鬥爭取得了罷工的勝利。

〔註16〕茅盾:《我走過的道路》上冊,第 239 頁。

　　孫中山先生在 1925 年 3 月 12 日逝世後，國民黨右派反對孫中山的三大政策，公開叫嚷開除已經加入國民黨的共產黨員。黨中央為了反擊國民黨右派的猖狂進攻，指令惲代英和沈雁冰籌組兩黨合作的國民黨上海特別市黨部。12 月，上海特別市黨部成立，惲代英為主任委員兼組織部長，沈雁冰為宣傳部長。年底，他被選為上海市出席國民黨第二次全國代表大會代表。

　　1926 年 1 月，他在廣州開完國民黨二大之後正欲返回上海，中共廣東區委書記陳延年通知他留在廣州工作，到國民黨中央宣傳部擔任秘書。而中央宣傳部的代理部長是毛澤東，這樣他就在毛澤東的直接領導下工作，並住在毛澤東家裏。同時，接編原由毛澤東主編的《政治週報》，並撰寫了三篇批判反動的國家主義的文章，在《政治週報》上發表。中山艦事件發生後，為防止意外，他曾於深夜陪伴毛澤東去找蘇聯軍事顧問團代理團長季山嘉和陳延年。

　　幾天後，黨中央從上海電召沈雁冰返滬。他回上海後，即按離開廣州時毛澤東關於「趕緊設法辦個黨報」的囑託，積極籌備擬名為《國民日報》的黨報。後因法租界工部局不批准而夭折。此時沈雁冰已辭去商務編譯所編輯的職務，專任全部由共產黨員工作的國民黨中宣部在上海的秘密機關——上海交通局的代理局長。

　　這年 10 月，浙江省宣告獨立，黨中央計劃請沈鈞儒去杭州組織浙江省政府，內定沈雁冰為省府秘書長。後因形勢突變，且由於北伐軍攻克武昌後，武漢成了大革命中心，急需大批幹部，於是黨中央改派沈雁冰去武漢工作。

　　沈雁冰夫婦於 1927 年 1 月初抵武漢。據《漢口民國日報》報導，中央軍事政治學校武漢分校發表大批委任令，對沈雁冰的委任是：「委任沈雁冰為本校政治教官，支中校二級薪，此令。」〔註 17〕。因此可知他在任政治教官時的軍銜是中校。從《武昌中山大學通告》〔註 18〕中，我們還得知沈雁冰曾應聘為該校講師。

　　4 月初，中共中央為了加強報紙宣傳工作，調沈雁冰去《漢口民國日報》擔任總主筆。這張報紙名義上是國民黨湖北省黨部機關部，實際上卻是中共中央宣傳部領導的我黨辦的第一份大型日報。報社社長是董必武，總經理是毛澤民，總主筆就是沈雁冰。他接任總主筆後，對報紙作了許多改革，調整

〔註17〕1927 年 2 月 13 日《漢口民國日報》。
〔註18〕1927 年 2 月 26 日《漢口民國日報》。

了版面，加強了地方新聞的報導，取消原來只有半版的副刊《國民之友》，改出兩版的《漢口民國日報副刊》。他並且根據瞿秋白的意思，加強了三方面的宣傳：一是揭露蔣介石的反共和分裂陰謀；二是大造工農群眾運動的聲勢，宣傳革命道理；三是鼓舞士氣，作繼續北伐輿論動員。在編輯部裏，他每天要把編輯們編好的稿件加以選擇、審定，然後加上標題，確定版面，最後撰寫社論。從四月二十九日的社論《歡送與歡迎》起，至七月九日的社論《討蔣與團結革命勢力》止，他任總主筆期間所撰寫的署名「雁冰」或「珠」的社論，至少有三十四篇。

這段時間，沈雁冰的工作十分緊張、忙碌，很少休息，由於「『緊要新聞』版的消息常常需要等待，幾乎每天都要等到夜間一兩點才能把稿子發完，所以經常整夜不睡覺」〔註 19〕。況且，他不僅要編報紙，還要參加宣傳工作會議，出席總政治部農民問題討論會，報告出版宣傳委員會的工作，另外還有其它方面的一些活動。

在以上這些活動尤其是報紙工作中，沈雁冰堅持黨性原則，以馬克思主義的觀點、立場和階級分析的方法研究形勢，分析問題，做出比較正確的判斷和結論。例如在湖南農民運動是「好得很」還是「糟得很」的爭論中，他理直氣壯地為農民運動辯護：「現在眾口同聲稱為十分『幼稚』的湖南農民運動原來雖有三分幼稚，猶有七分好處！」〔註 20〕當汪精衛連續下達反動的「國民政府訓令」，壓制工農運動時，沈雁冰既堅持革命原則，又注意鬥爭策略，在撰寫社論時以解釋「訓令」為名來宣傳黨的正確方針。如他強調指出：「農運在湖南極為發展，已為大家所共知，農民在鄉村中掃除封建勢力，建立起革命的秩序，頗有道不拾遺、夜不閉戶之風。他們懲治土豪劣紳，原也用了些非常革命的手段，此亦為暴風雨時代必然的現象，也可以說非此則不能剷除鄉村的封建勢力。」〔註 21〕對於農運中存在的一些應當加以引導和糾正的問題，沈雁冰並不否認，而且以嚴肅的態度認真對待。然而他明確地認識到，黨內外的農運「過火」論，本質上是反映了敵對階級的惡毒攻擊，是妄圖撲滅如火如荼的農民運動。因而他在報上用很多篇幅揭露所謂農運「過火」論的反動實質。同時懷著極大的革命義憤，揮筆揭露反動派對農民群眾的血腥

〔註 19〕茅盾：《我走過的道路》上冊，第 324 頁。
〔註 20〕《漢口民國日報》1927 年 6 月 13 日社論。
〔註 21〕《漢口民國日報》1927 年 5 月 16 日社論。

屠殺。在列舉了大量事實之後，他指出：「我們總還記得不久以前，因為本省各屬一二縣內稍稍懲辦了幾個土豪劣紳，反動派遂張皇其詞，造謠惑眾，竟說是『赤色恐怖不得了』，而以耳代目者亦從而搖頭曰『糟，糟！』但是『赤色恐怖』尚未經事實上的證明，白色恐怖卻已成為不可掩之實事了！」〔註22〕因此他在以後寫的社論中，就大聲疾呼保護農民運動，撲滅白色恐怖。然而陳獨秀卻對此不滿，指責沈雁冰說：《民國日報》太紅了，國民黨左派有意見，現在外面都在造共產黨的謠，說什麼「共產共妻」，所以你的報上還是少登些工運、農運和婦女解放的消息和文章。沈雁冰當即予以反駁，指出報上所刊的消息都是真實的，「無非是揭露土豪劣紳，沒有『共產共妻』的消息」。可是陳獨秀仍叫他少登工農運動的消息。〔註23〕沈雁冰於是把陳獨秀的意見告訴董必武；董必武說：「不要理他，我們照樣登。」〔註24〕堅決抵制了陳獨秀右傾投降主義的錯誤主張。

在沈雁冰寫的最後一篇社論《討蔣與團結革命勢力》中，他正確地指出：「蔣介石現在是封建軍閥、買辦階級、交易所市儈、貪官污吏，青紅幫匪，土豪劣紳、一切反動勢力的總代表」，對於「蔣得了買辦階級的幫助，以苛捐雜稅臨時軍費統統加在工商業者的肩上」的行為，「工商業者已經不能忍受，反蔣已經在醞釀中」。在當時左傾幼稚病蔓延的情況下，他的這種認識是頗為難能可貴的。

當然，也應看到，沈雁冰在主編《漢口民國日報》期間所寫的文章中，也有一些幼稚和偏頗的言論，這也是難免的。如同我們黨在這時「終究還是幼年的黨，是在統一戰線、武裝鬥爭和黨的建設三個基本問題上都沒有經驗的黨，是對於中國的歷史狀況和社會狀況、中國革命的特點、中國革命的規律都懂得不多的黨，是對於馬克思列寧主義的理論和中國革命的實踐還沒有完整的、統一的瞭解的黨」〔註25〕沈雁冰此時雖然已經三十一歲，過了「而立」之年，但他的馬克思主義水平還不是很高的，他在政治上同樣是不夠成熟的。因此，我們只能說，大革命時的沈雁冰是一個初步的馬克思主義者。

〔註22〕《漢口民國日報》1927年6月14日社論。
〔註23〕茅盾：《我走過的道路》上冊，第330、331頁。
〔註24〕同上。
〔註25〕毛澤東：《〈共產黨人〉發刊詞》。

四

1927 年大革命失敗後，沈雁冰潛回上海。爲了躲避蔣介石南京政府對他的通緝，他隱藏在家中樓上有十個月這久。在這段時間裏，他苦苦思索著：革命究竟往何處去？他想：「共產主義的理論我深信不移，蘇聯的榜樣也無可非議，但是中國革命的道路該怎樣走？在以前我自以爲已經清楚了，然而，在 1927 年夏季，我發現自己並沒有弄清楚！」「我震驚於聲勢浩大的兩湖農民運動竟如此輕易地被白色恐怖所摧毀，也爲南昌暴動的迅速失敗而失望。在經歷了如此激蕩的生活之後，我需要停下來獨自思考一番。」〔註26〕然而就在他停下來思考的這段時間，他開始了文學創作，寫出了《幻滅》、《動搖》和《追求》組成的革命三部曲。對於這部直接反映大革命的長篇小說，人們給予高度的評價，但也被一些評論家攻擊爲消極、反動。因此，1928 年夏天，他流亡到日本以後就寫了《從牯嶺到東京》作爲答覆，同時也對作品的缺點作了自我批評。

流亡日本後，沈雁冰就失去了黨的組織關係。究其原因，主觀上是他「停下來獨自思考」，未積極找黨組織，同時也因他對當時黨內的左傾盲動主義者不滿；客觀上則是那時黨的「左傾」的領導對他有錯誤看法。沈雁冰說：「以後黨組織也沒有再來同我聯繫。我猜想，大概我寫了《從牯嶺到東京》之後，有些人認爲我是投降資產階級了，所以不再來找我。」〔註27〕1931 年他曾提出要求恢復組織關係，但沒有得到答覆。這是因爲「黨經過了瞿秋白、李立三、王明三次左傾冒險主義的錯誤，直到 1935 年的遵義會議才改正過來。」〔註28〕但是，失去黨組織關係後的沈雁冰仍然沒有片刻忘記自己是共產黨員，從未停止過對於共產主義理想的追求和奮鬥。1927 年大革命的失敗，使中國革命進入「由中國共產黨單獨領導群眾進行」〔註29〕革命的新時期，也使沈雁冰的人生歷程開始了一個新的階段：用革命現實主義文學創作獻身共產主義事業。所以，失去黨的組織關係這件事，對沈雁冰個人來說是不幸的，但在中國革命和中國人民，卻可喜地得到了一個繼魯迅之後最偉大的無產階級文學家——茅盾。

〔註26〕 茅盾：《創作生涯的開始》。
〔註27〕 同上。
〔註28〕 胡愈之：《早年同茅盾在一起的日子裏》，《人民日報》1981 年 4 月 25 日。
〔註29〕 毛澤東：《新民主主義論》。

在沈雁冰逝世之後，中共中央很快就決定恢復他的中國共產黨黨籍，黨齡從 1921 年算起。胡耀邦同志代表黨和人民對沈雁冰為共產主義理想而奮鬥的一生作出了科學的總結和崇高的評價。今天，人們正對沈雁冰（茅盾）與黨的關係進行深入的研究與總結。沈雁冰（茅盾）同志九泉有知，當會頷首微笑的吧。

※原發表於中國茅盾學會編《茅盾研究論文選集》，湖南人民出版社 1983 年 11 月第 1 版。

3 茅盾大革命時期在武漢的活動

　　1927 年是中國現代史上具有分期意義的一年，也是茅盾人生歷程中發生重大轉折的一年。研究、探討茅盾 1927 年大革命時期在武漢的活動，對於正確認識茅盾思想發展的歷史原因、正確評價茅盾在中國現代文學史上的地位、正確理解茅盾早期作品的思想意義和藝術成就，有著十分重要的意義。

　　關於茅盾大革命時期在武漢的活動，茅盾在他的回憶錄《我走過的道路（上）》裏曾列出一章：《一九二七年大革命》；但由於是時隔近半年世紀的回憶，還有一些重要的史實未曾講到。本書想結合新近發現的一些史料，對茅盾在武漢時期的活動情況作一些補充說明，供茅盾研究工作者和廣大讀者參考。

一、擔任軍事政治學校教官和武昌中山大學講師，從事政治理論教學

　　1926 年秋，北伐軍節節勝利，不久即克復武漢三鎮。10 月 16 日。浙江省省長夏超宣佈獨立，並通電聲討孫傳芳。對於這一形勢，黨中央事先已估計到，並計劃請沈鈞儒去杭州組織浙江省政府，而內定的省政府秘書長就是茅盾。然而由於形勢變化，夏超反而被孫傳芳的援軍趕出杭州，原定計劃已無法實行。此時，武漢方面黨組織向上海黨中央要求派人，於是黨中央即改派茅盾去中央軍事政治學校武漢分校工作。

　　年底，茅盾接到武漢分校籌辦人包惠僧的電報和匯款，委託他在上海為武漢分校招收男女學員。茅盾通過黨的關係在上海報紙上登出招生廣告之後，有一千多名青年報考。他約請了商務印書館編譯所的三個共產黨員幫他

審閱試卷，錄取了二百多名。這三個共產黨員是吳文祺、樊仲雲、陶希聖，他們經茅盾介紹，後來也到武漢擔任了武漢分校的政治教官。茅盾給二百多名學員發了路費之後，就將兩個孩子留給母親，和孔德沚乘英國輪船去武漢。

　　1927 年初，茅盾和也是共產黨員的妻子抵達大革命高潮中的武漢，住在武昌閱馬廠福壽里 26 號。孔德沚去婦女部工作，茅盾到離他們住處不遠的兩湖書院的中央軍事政治學校武漢分校校本部擔任政治教官。2 月上旬，軍校發表了七十九項委任令，其中第七十一項委任令爲：「委任沈雁冰爲本校政治教官，支中校二級薪，此令。」〔註1〕由此可知，茅盾當時的軍銜是中校。與茅盾同時被委任的還有：惲代英（軍校校務委員，政治總教官）、李達（政治教官，支上校初級薪）。茅盾在商務印書館的同事樊仲雲和吳文祺，也被委任爲政治教官，支少校二級薪和初級薪。周佛海是軍校秘書長，支上校二級薪，他也兼任政治教官。除以上六人外，與茅盾同時被委任爲政治教官的還有區克昌、袁振英、董光孚、施乃鑄、吳企雲，一共是十一名政治教官。茅盾說：「我到武漢分校也任政治教官。全校政治教官約有八九人，除商務編譯所的陶希聖等三人，記得還有李達、陳石孚、馬哲民等人。」〔註2〕這段話中除政治教官人數不確外，關於陶希聖、陳石孚、馬哲民是否與茅盾同時擔任政治教官，因未見到委任令和其他史料，還有待進一步查證。

　　這些政治教官都是共產黨員，又都是跨黨的。軍校於 2 月 12 日舉行開學典禮並宣誓後，即開始上課和進行訓練。軍校內設軍事科和政治科，軍事和政治並重。政治教官的任務很重，準備好一課，要輪流到軍事科、政治科的各隊去講授。茅盾 1921 年底曾在李達兼任校長的上海平民女學教過英文，1923 年又在黨創辦的上海大學中國文學系教過小說研究，在「上大」英國文學系講過希臘神話，教學經驗是有的，但他並未講過政治理論。他在和周佛海商談後，就採用瞿秋白在上海大學時編的社會科學講義作爲教材。由於軍校初辦，沒有桌椅，也沒有固定的教室，上課時，茅盾就站在桌子上講，學生則圍在周圍聽課。他當時講課的題目有：什麼叫封建主義，什麼叫帝國主義，國民革命軍的政治目的是什麼……。他還給女生隊學員專門講授「關於婦女解放運動」。雖然他並不擅長講授社會科學，但他卻能認眞備課，聯繫實際講

〔註1〕1927 年 2 月 13 日《漢口民國日報》第三張新聞第二頁，《中央軍校政治科武漢分校命令》。

〔註2〕茅盾：《我走過的道路（上）》，第 319 頁。

課，爲中國革命培養人才。詩人臧克家曾聽過茅盾的課，他說：「那時，我是
武漢中央軍事政治學校的一名學員，茅盾先生是我們的教官。當然，大革命
時代，他還沒開始文藝創作，茅盾這個筆名還沒產生；連沈雁冰這個名字，
我也不熟悉。何況那時教官太多，惲代英、李達……這些有名的革命前輩都
是。」〔註3〕

茅盾在擔任中央軍事政治學校武漢分校中校政治教官的同時，他還應聘
爲武昌中山大學講師。這所大學是 1927 年初，由原國立武昌大學、國立商科
大學、省立法科大學、文科大學、醫科大學及私立中華大學合併改組成立的
多種性綜合大學。該校組織大綱草案第一章總綱第一條規定：「本大學以研究
高深學術、養成革命人才爲宗旨。」從《漢口民國日報》報導該校「開學典
禮紀勝」的消息中，我們知道董必武、李漢俊等同志出席了 2 月 20 日的開學
典禮，而茅盾可能沒有參加。因爲，《漢口民國日報》從 2 月 26 日至 3 月 19
日每天都在廣告欄中登載《武昌中山大學通告》：「本大學已於二月二十日舉
行開學典禮，開課期邇，左列各教授、講師及助教請早日到校，以便授課。
特此通告。」所開列的教授名單有 42 人，其中有陳望道、夏丏尊、周作人、
周建人、錢玄同、顧頡剛等；講師名單有 13 人，第一人就是沈雁冰。他在應
聘爲武昌中山大學講師的同時，還爲該校物色了一些教員。郭紹虞在悼念茅
盾的文章裏就回憶道：「我到武昌中山大學任教，就是雁冰介紹的。」〔註4〕
至於茅盾是否到該校講課，講授什麼內容，目前還不得而知。

二、參加農民問題討論會，進行農民問題的研討與宣傳

茅盾在擔任政治教官和應聘爲中山大學講師之後，他還兼任了總政治部
出版宣傳委員會和交通委員會的委員（負責人），經常參加總政治部農民問題
討論會召開的常會。農民問題討論委員會是由總政治部、國民黨中央黨部農
民部、全國農民協會、農民運動講習所、湖北省農民協會、湖北省黨部農民
部、湖北婦女協會、漢口市婦女協會等組織所派出的委員組成的政策研究與
農運指導機構。它的二十六個委員中，有惲代英、毛澤東、張治中、章伯鈞、
陳啓修、鄧演達、顧孟餘、施存統等人，茅盾也是它的委員。從該會第五次
常會（1927 年 3 月 16 日）的記錄上，我們可以讀到茅盾的五次發言。其中兩

〔註3〕 臧克家：《往事憶來多》，1981 年第 4 期《十月》。
〔註4〕 郭紹虞：《憶茅公》，《文藝報》1981 年第 8 期。

次發言是向常會報告工作。他代表出版宣傳委員會報告：「經上次第四次常會議決出一種週刊，當時討論本週刊出版的材料，已請雷秘書函請本會各委員及中央委員作文，但是現在還沒有收到一篇，本週是不能出版的。上次說國際編輯局有許多的書籍，我今天已到該局取回可用作叢書材料的幾種日本書：《社會主義的農業問題》、《農業的社會主義》、《農村共產史論》、《農村問題的社會思想》、《農村問題的對策》。」而他代表交通委員會的報告是：「上星期已經決定由秘書函請各軍師政治部，徵求此次北伐戰役中農民援助軍隊之事實，各省政府組織多未完備，調查各省農工廳，此時很難，所以本委員會這週無大工作。」茅盾另外的三次發言，一是徵求常會的意見：「關於日本書的翻印，是由本會翻印，還是由書鋪翻印？」二是表示贊成將該會的圖書館設在蘭陵街革命文化圖書館內；三是建議該會「要與國際編輯局及其他編輯會多發生聯繫」。〔註5〕

在茅盾擔任政治教官、中山大學講師和負責出版宣傳委員會與交通委員會的兩三個月內，蔣介石正圖謀叛變革命，寧漢分裂已在醞釀之中。當時，蔣介石攻下南昌後，看到武漢已在左派國民黨和共產黨的掌握之下，就在南昌設立了行營，不久又提出要暫時建都南昌，反對國民政府遷到武漢，企圖把國民黨置於自己的肘腋之下。為了制止蔣介石獨斷專行搞軍事獨裁，在武漢的共產黨和國民黨左派開始了對蔣介石的反擊：一是拒絕建都南昌，二是發動恢復黨權運動，宣傳軍事領袖必須服從黨的領導等等。3月7日，國民黨召開了三中全會，推翻了蔣介石一手操縱的國民黨二中全會通過的議案，撤銷了蔣介石國民黨中常會主席職務，也免去了張靜江、陳果夫等右派的職務，左派取得了勝利。但是蔣介石沒有參加這次會議，他憑藉著手中掌握的軍隊，為全面叛變革命積極進行準備。茅盾等共產黨員密切地注視著形勢的發展和變化。

三、主編左派喉舌《漢口民國日報》，宣傳革命政策，支持農民革命運動，揭露反動派殘暴罪行。

1927年4月初，黨中央鑒於革命形勢發展的需要，決定調已擔任了兩個多月軍校政治教官、「中大」講師和總政治部出版宣傳委員會、交通委員會負

〔註5〕 《總政治部農民問題討論會》，《漢口民國日報》1927年3月25日第三張新聞，第二頁。

責人的茅盾去編《漢口民國日報》。這張報紙從 1926 年 11 月 25 日出版發行，到 1927 年 7 月 15 日以後被迫改組，名義上是國民黨湖北省黨部的機關報，實際上是中共中央宣傳部直接領導的全國性日報，也是中國共產黨創辦的第一份大型日報。當時，董必武同志任《漢口民國日報》經理，毛澤東同志為發行人，第一任總主筆（總編輯）是宛希嚴，第二任總主筆為高語罕，茅盾是接替高語罕擔任該報總主筆的。報社地址是漢口歆生路忠信里四號，編輯部則在歆生路德安里一號。茅盾既已調報社工作，就把家從武昌搬到漢口，住在編輯部樓上一間廂房內。他的妻子孔德沚由婦女部調到農政部工作。

《漢口民國日報》編輯部只有十幾個人，編輯中除一個是國民黨左派，其他都是共產黨員。報紙的編輯方針、宣傳內容是由中共中央宣傳部確定的。當時，黨中央宣傳部長彭述之還在上海，武漢的宣傳工作由瞿秋白兼管。這樣茅盾就經常去找瞿秋白同志請示編輯方針。瞿秋白對他說，報紙在當前要著重宣傳三個方面：「一是揭露蔣介石的反共和分裂陰謀；二是大造工農群眾運動的聲勢，宣傳革命道理；三是鼓舞士氣，作繼續北伐的輿論動員。」他並且對茅盾說，「《民國日報》過去辦得不錯，旗幟很鮮明，就照這樣辦下去。」〔註 6〕

茅盾過去雖編輯過《小說月報》，1926 年上半年在廣州時，毛澤東同志又讓他編過幾期《政治週報》，但是主編大型日報，還是第一次。他認識到黨給他的這一新聞工作的重要性，以極為認真負責的精神主持編輯部的各項工作，按照中共中央宣傳部確定的編輯方針，茅盾每天把編輯們編好的稿件加以選擇、審定，加上標題，確定版面，撰寫社論。報紙每天出版三大張十二版（新聞八版，廣告四版），5 月 4 日起改版，茅盾寫的《聲明》說：「本報從五月四日起改版式為兩大張兩中張，本省新聞擴充，《國民之友》取消，擴充為副刊。此布。」〔註 7〕改版後的《漢口民國日報》，每天正張為十版（六版新聞，四版廣告），同時每天另出一張（四版）的《漢口民國日報副刊》，發表雜論和文藝作品。他的精力主要放在編發新聞和撰寫每天的社論上。由於「緊要新聞」版的消息常常需要等待，茅盾幾乎每天都要等到夜間一兩點，才能把稿子發完。又因為報社印刷所工人不多，排字工人技術很差，他差不多每晚都要到排字房去指導如何排版。所以他常常徹夜不眠。

〔註 6〕茅盾：《我走過的道路（上）》，第 323 頁。
〔註 7〕1927 年 5 月 4 日《漢口民國日報》第一張新聞，第一頁。

　　茅盾一方面要宣傳黨的方針、革命思想，另一方面要對付國民黨的干涉；陳獨秀來到武漢後，也給茅盾的工作帶來了壓力。當蔣介石公開發動「四‧一二」反革命政變，在上海、南京等地血腥屠殺共產黨員和國民黨左派之後，武漢的國民黨中央執行委員會開除了蔣介石的黨籍，罷免了蔣介石總司令的職務，一時間武漢反蔣討蔣怒潮洶湧。茅盾用《漢口民國日報》整版整版的篇幅刊登討伐蔣介石、號召東征的消息。這是符合當時形勢的發展和革命的根本利益的。因爲，就在蔣介石發動「四‧一二」反革命政變之後，4 月 16 日和 18日，中共江浙區委開過兩次重要會議，一致認爲要反蔣，必須趁著蔣介石立足未穩就馬上把他打下去，這樣我們黨才有希望。會議出席者推選周恩來同志起草了一個《致黨中央意見書》（即《周恩來選集》上卷的《迅速出師討伐蔣介石》），提出要武漢政府迅速出師，直指南京。但是共產國際不同意這一東征討蔣的方針，鮑羅廷、陳獨秀採取了先北伐、慢慢解決蔣介石問題的錯誤戰略方針。所以，茅盾說《漢口民國日報》連續發表討伐蔣介石、號召東征的消息和文章，「但是東征部一直沒有行動，後來又有了東征與北伐之爭。最後決定先進行第二次北伐。……蔣介石那時也沿著津浦線『北伐』，但一刻也沒有忘記對武漢政府的破壞和顛覆。」〔註 8〕《漢口民國日報》天天收到各地反頑勢力騷動和農民協會反擊的消息，茅盾據實報導，並加上總標題：《光明與黑暗的鬥爭》。他還連續撰寫社論，分析局勢，揭露蔣介石和帝國主義勾結破壞大革命的陰謀，指出：「在武漢方面，不僅要嚴厲鎮壓蔣逆潛派來漢搗亂的逆黨，並須嚴密檢舉潛伏的反動分子。在湘鄂贛境內各縣，應以敏捷的手腕剷除鄉村的封建餘孽、土豪劣紳及團防等類的反動武裝勢力，只有把鄉村封建勢力根本剷除了以後，我們才能說後方的鞏固確得了保障。」〔註 9〕

　　在汪精衛採取兩面派手法，以國民黨中委會名義連發訓令，指責工農運動「過火」時，茅盾通過撰寫社論《整理革命勢力》，指出：「農運在湖南極爲發展，已成大家所共知，農民在鄉村中掃除封建勢力，建立起革命的秩序，頗有道不拾遺、夜不閉戶之風。他們懲治土豪劣紳，原也用了些非常的革命手段，此亦爲暴風雨時代必然的現象，也可說非此則不能剷除鄉村的封建勢力。」〔註10〕這篇社論表面上爲汪精衛的「訓令」作解釋，實際上暗示「訓令」不能束

〔註 8〕 茅盾：《我走過的道路（上）》，第 327 頁。
〔註 9〕 1927 年 5 月 11 日《漢口民國日報》社論《鞏固後方》。
〔註10〕 1927 年 5 月 26 日《漢口民國日報》社論《整理革命勢力》。

縛工人農民的手足。茅盾就是以這種機智靈活的鬥爭方式宣傳黨的政策、支持工農運動的。然而，陳獨秀卻把茅盾找去，對他說：「《民國日報》太紅了，國民黨左派有意見。」還叫茅盾以後「少登些工運、農運和婦女解放的消息和文章」。茅盾當即根據實際情況予以駁斥，並勸陳獨秀的不要聽信謠言。回報社後，茅盾把陳獨秀的意見告訴董必武同志。董必武同志指示茅盾：「不要理他，我們照樣登。」〔註11〕此後，茅盾就繼續報導和刊登工農運動的消息和文章。如「馬日事變」之後，湖南等地反動派大肆鎮壓共產黨和革命群眾，湖南各團體請願代表團到達武漢，報告長沙事件和湖南農民運動的經過。國民黨的《中央日報》不登這些消息，《漢口民國日報》則不顧阻撓，連續三天登載了湖南請願團的長篇報告《湖南農民運動的眞實情形》，又連續兩天刊登了湖南請願團的另一篇報告《長沙事變經過情況》。茅盾自己也就這些消息連續寫了四篇社論，有力地聲援了湖南請願代表團。他又在六月份的報紙上連續發表反動派屠殺工農的消息，揭露白色恐怖活動的猖獗。如《宜都縣黨員之浩劫》，《鍾祥避難同志爲鍾祥慘案呼援》，《一個悲壯的呼聲》，《危機四伏的黃安》，《羅田慘案請願團之呼籲》，《又有兩起大屠殺》，《死難農友的最後希望》等等。茅盾說：「這些小縣城中發生的動亂和慘劇，那裡同志們的不幸遭遇，以及我在社論中講到的反動派的陰謀，『苦肉計』，殘忍等等，深深地印入我的腦海，後爲我寫《動搖》時，就取材於這些事件」。〔註12〕

茅盾在擔任《漢口民國日報》總主筆期間撰寫的社論有三十四篇，各篇題目如下：

4月29日　《歡送與歡迎》

4月30日　《怎樣紀念今年的五一節》

5月4日　①《「五四」與李大釗同志》，②《革命者的仁慈》

5月5日　《五五紀念中我們應有的認識》

5月7日　《廿一條與一切不平等條約》

5月9日　《袁世凱與蔣介石》

5月10日　《蔣逆敗象畢露了》

5月11日　《鞏固後方》

5月12日　《英帝國主義又挑釁》

〔註11〕茅盾：《我走過的道路（上）》，第331頁。
〔註12〕同上，第336頁。

5月13日　《前方勝利中我們的責任》

5月15日　社論題目未印出，內容為揭露蔣介石「更進一步實現其『竊黨』的陰謀。」

5月16日　《祝中央軍事政治學校特別黨部成立大會》

5月20日　《鞏固農工群眾與工商業者的革命同盟》

5月21日　《工商業者工農群眾的革命同盟與民主政權》

5月22日　《夏斗寅失敗的結果》

5月23日　《我們的出路》

5月26日　《整理革命勢力》

5月29日　《英俄絕交之觀察》

6月4日　《讀李品仙軍長等東電》

6月6日　《民眾應認識有獎債券之性質》

6月9日　《鄭汴洛克復後之革命形勢》

6月11日　《楊森潰敗之觀察》

6月12日　《負傷同志的娛樂問題》

6月13日　《歡迎中央委員暨軍事領袖凱旋與湖南代表團之請願》

6月14日　《撲滅本省各屬的白色恐怖》

6月15日　《長沙事件》

6月18日　《肅清各縣的土豪劣紳》

6月21日　《第四次全國勞動大會》

6月22日　《湖北省市縣黨部聯席會議（一）》

6月23日　《湖北省市縣黨部聯席會議（二）》

6月24日　《論上海之反日運動》

7月7日　《武漢市民怎樣解除目前經濟的痛苦》

7月9日　《討蔣與團結革命勢力》

以上這些社論，除《袁世凱與蔣介石》、《蔣逆敗象畢露了》、《前方勝利中我們的責任》三篇社論署名「珠」外，其餘三十一篇社論發表時皆署名「雁冰」。從些社論可以看出，茅盾的筆觸涉及政治、黨務、軍事、農運、工運、外交、經濟……各個方面。他以堅定的革命立場、鮮明的階級觀點，運用馬克思主義的辯證唯物論分析形勢，論述問題，筆鋒犀利，鞭辟入裏，使得每篇社論都富有思想性、戰鬥性和鼓動性。這些文章是研究茅盾思想和作品的

寶貴資料，也是研究中國新民主主義革命史的珍貴史料。

　　1927 年 7 月上旬，汪精衛的反革命面目已經暴露，武漢形勢緊張。茅盾在 6 月底就已託人將快要分娩的孔德沚送回上海，此時他和報社的共產黨員都隨時準備應付突然事變。他說：「七月八日，我寫完了最後一篇社論《討蔣與團結革命勢力》，就給汪精衛寫了一封信，辭掉《漢口民國日報》的工作，當天就與毛澤東一起轉入了『地下』。」〔註13〕7 月 19 日《漢口民國日報》刊出了《董用威緊要啓事》（董用威即董必武同志——筆者），內稱：「用威呈請中央辭去漢口民國日報經理一職，業蒙照准，已由中央宣傳部派楊綿仲同志接替，自本月十八日起所有本館事務概由楊同志負責，特此聲明。」這樣黨在《漢口民國日報》的主要負責人董必武、毛澤東和茅盾就都脫離了報社，轉入「地下」。茅盾在一家大商號的棧房裏隱蔽了半個月之後，於 7 月 23 日接到黨的命令，要他去九江找某個人，並交給他一張二千元的擡頭支票，要他帶去交給黨組織。他「費了大勁，才買到了日本輪『襄陽丸』當天的船票」〔註 14〕，與宋雲彬等一起離開了處於白色恐怖中的武漢。

四、組織文學團體「上游社」，編輯《漢口民國日報副刊》

　　茅盾 1927 年上半年在武漢期間，主要從事政治活動，但由於愛好，他始終沒有忘掉文學。他就：「我在中央軍事政治學校武漢分校當政治教官時，因為教的課程都是熟的，不用費力準備，也就想附帶再弄弄文學。」〔註 15〕那時武漢雖有十一家報紙，可是卻沒有一個文學刊物，也沒有一個文學團體。茅盾見到孫伏園在《中央日報》編《中央副刊》，就和他商量後，聯絡了一些原來從事文學的人，組成了文學團體「上游社」。「上游社」共有十個成員：茅盾、陶希聖、陳石孚、吳文祺、樊仲雲、郭紹虞、傅東華、梅思平、孫伏園、顧仲起。這十個人中，有五人是武漢軍校的教官；顧仲起是茅盾和鄭振鐸在 1925 年初介紹報考黃埔軍校的文學青年，1927 年他與茅盾見面時已是北伐軍的連長，並且仍在寫作，並拿出詩集《紅光》請茅盾為他作序。茅盾答應了他的請求，在《上游》創刊號（3 月 27 日《中央副刊星期日特別號》）上，

〔註13〕茅盾：《我走過的道路（上）》，第 337 頁。
〔註14〕同上，第 338 頁。
〔註15〕同上，第 337 頁。

發表了爲詩集《紅光》作的序。茅盾說：「這就是我在武漢時期的文學活動：發起了一個文學團體，寫了一篇文章。」〔註16〕

其實，茅盾在武漢的文學活動還有一項：編輯《漢口民國日報副刊》。《漢口民國日報》原有一個欄目叫《國民之友》，占半版篇幅，用來發表隨筆、文學作品。茅盾但任該報總主筆後，於五月四日進行改版時，將《國民之友》取消，擴充爲《漢口民國日報副刊》，每天出版一大張（四小版），由茅盾親自編輯。從 1927 年 5 月 7 日《漢口民國日報》（第四號）上，我們看到了這樣幾篇文章：陳石孚《從勿忘國恥到打倒帝國主義》，雲彬《我們的死者——宣中華同志》，王亞鑾《讀了〈鬥爭〉以後》，紀幼柏《東三省的店員運動》，韓祖烈《零丁者的悲聲》。在 1927 年 7 月 1 日的《漢口民國日報副刊》（第五十七號）上，我們可以讀到孟超的詩《戰場上的野花》，劉明海的詩《心潮》，及鍾堅的小說《丹霞的死》，趙池萍的散文《憶母親》，熊平的散文《扣子》，一師政治部寫的《三十六軍行軍日記》。這期有茅盾以「雁冰」署名寫的《編完以後》，全文不長，茲錄於下：

> 我們的錯字，實在多至不可勝數，糾正呢不勝糾正，只好自解嘲的說：「人家可以想得出此乃某字之訛。」
>
> 昨日本刊詩《心的安放》第二闋第四句，「你準備接受醒後的悲傷」，「後」字誤爲「你」；此字卻要今天在此正誤。還有昨日目錄中第一題與第二題下的人名掉錯了，也要更正。（雁冰）

廖寥數語，茅盾一絲不苟的認眞精神、負責態度頓浮現在讀者面前。今日我們讀來仍覺感人至深！

遺憾的是，由於報紙殘缺不全，我們不能看到全部《漢口民國日報副刊》，也就無法對茅盾編輯副刊的情況有更多的瞭解和進行評價了。但是，這是茅盾在武漢從事文學活動的一個重要的內容，希望能引起研究工作者的注意，進一步發掘完整的史料，做出新的研究成果。

※原發表於《中國現代文學研究叢刊》1984 年第 1 期，北京出版社出版。

〔註16〕茅盾：《我走過的道路（上）》，第 338 頁。

4　茅盾在「文革」浩劫中的磨難

　　《中國共產黨中央委員會關於建國以來黨的若干問題的決議》指出：「『文化大革命』對所謂『反動學術權威』的批判，使許多有才能、有成就的知識分子遭到打擊和迫害，也嚴重混淆了敵我。」「歷史已經判明，『文化大革命』是一場由領導者錯誤發動，被反革命集團利用，給黨、國家和各族人民帶來嚴重災難的內亂。」

　　茅盾，這位久經考驗的無產階級文化戰士、偉大的革命現實主義作家，在「文革」浩劫中遭到了殘酷的打擊和迫害、身心健康受到了嚴重的摧殘，他的妻子在浩劫中淒慘地去世，弟媳、共產黨員、曾任紡織工業部副部長的張琴秋和侄女瑪婭，也因受到殘酷迫害而含冤身亡。

　　本章根據近年來訪問、調查和有關的回憶錄、悼念文章，對茅盾在十年「浩劫」中的思想、感情及活動作一個概述並略加評論，以求得對這位一代文豪的思想、品德、情操、精神的更全面、深刻的瞭解。

一、被免除文化部長職務的前因後果

　　1963 年 12 月 23 日，茅盾出席林默涵主持的中國文聯各協會負責人會議。會上傳達、學習了毛澤東在 12 月 12 日關於文藝問題的一個批示。毛澤東在中宣部文藝處編印的一份關於上海舉行故事會活動的材料上批示：「各種藝術形式——戲劇、曲藝、音樂、美術、舞蹈、電影、詩和文學等等，問題不少，人數很多，社會主義改造在許多部門中，至今收效甚微。許多部門至今還是『死人』統治著。……許多共產黨人熱心提倡封建主義和資本主義的藝術，卻不熱心提倡社會主義的藝術，豈非咄咄怪事。」緊接著，他又出席了元旦

至 3 日中共中央召開的文藝座談會。這月底，他作了一首《西江月》，題爲《感事》，其上闋爲：「幾度芳菲鵜鴂，一番風雨倉庚。斜陽腐草起流螢，牛鬼蛇神弄影。」1 月，他參加了中國文聯各協會的文藝整風會。5 月 3 日，他又以《感事》爲題填了一首《西江月》：「螢火迷離引路，蚊雷嘈雜開場。鼓吹兩部鬧池塘，謾罵詭辯撒謊。白骨成精多詐，紅旗之陣堂堂。九天九地掃欃槍，站出來者好樣。」這幾首《西江月》從字面上看，似乎是針對江青的陰謀詭計的，也有人曾這樣認爲，其實是以「反修」爲主題的。在當時，茅盾對於國際國內的「反修」，他和大家一樣是積極投入的。這一年，他幾次出席中國文聯或文化部的整風會，多次聽周揚、林默涵的報告。還主持了京劇現代戲演出觀摩大會閉幕式，出席並主持全國少數民族群眾業餘藝術觀摩演出會開幕式並致詞，又出席了閉幕式。7 月 2 日他在中國文聯各協會負責人會議上，聽到了毛澤東在 6 月 27 日作的關於文學藝術的第二個批示。毛澤東斥責文聯各個協會的領導人「不執行黨的政策，做官當老爺，不去接近工農兵，不去反映社會主義的革命和建設。最近幾年，竟然跌到修正主義的邊緣」。這個批示是不符合實際情況的，是不公允的。然而在當時誰敢說一個「不」字呢！年底舉行第三屆全國人民代表大會，茅盾作爲山東省選出的代表出席大會，而在 1965 年 1 月 5 日大會結束時，他被免去了文化部部長的職務。

　　從 1949 年 10 月 20 日茅盾出席中央人民政府委員會第三次會議，正式受任爲文化部部長，到此時被免職，在任時間共 16 年零兩個半月。在擔任文化部長的 16 年中，他在領導崗位上，勤懇工作，殫精竭慮，忠心耿耿，培育文學新人，爲繁榮社會主義文學藝術，發展新中國的社會主義文化事業，做出了重大的貢獻。然而，由於 1963 年以來「毛澤東同志把社會主義社會中一定範圍內存在的階級鬥爭擴大化和絕對化，發展了他在一九五七年反右派鬥爭以後提出的無產階級同資產階級的矛盾仍然是我國社會的主要矛盾的觀點，進一步斷言在整個社會主義歷史階段資產階級都將存在和企圖復辟，並成爲黨內產生修正主義的根源。……在意識形態領域，也對一些文藝作品，學術觀點和文藝界學術界的一些代表人物進行了錯誤的、過火的政治批判，在對待知識分子問題、教育科學文化問題上發生了愈來愈嚴重的『左』的偏差」。〔註 1〕茅盾終於被調離文化部領導崗位。這一年，他正屆「古稀之年」——70歲。

〔註 1〕　《中國共產黨中央委員會關於建國以來黨的若干歷史問題的決議》，第 17 頁。

　　雖然我們至今未能讀到茅盾關於被免去文化部部長一事有何反應的任何資料,但是,一個明顯的事實是:毛澤東關於文學藝術問題的第一個批示(1963年 12 月 12 日)下達之後不久,茅盾就不再寫文章了。他在「文革」前公開發表的最後一篇文章,是作於 1964 年 5 月 25 日的《讀〈冰消雪暖〉》,刊於 7月號《作品》。內容是評杜埃在《南方日報》副刊上作的一篇村史。就在 5 月29 日,光明日報發表了《影片〈林家鋪子〉必須批判》的長篇文章,他已被不點名地點了名,還怎麼能繼續寫作呢?從此以後,整整 12 年,人們在國內的各類報刊雜誌上,再也沒有看見過茅盾的一篇文章。這位馳騁文壇數十年的文豪被擱筆了。從茅盾在「文革」即將開始時受到的遭遇,人們也可看出所謂「文化大革命」給社會主義文學事業造成的惡果有多嚴重。

二、遭抄家、受保護、被掛起的外像內情

　　1966 年 2 月,林彪、江青密謀炮製的《部隊文藝工作座談會紀要》出籠,頓時在全國範圍內掀起了批判所謂「三十年代資產階級文藝黑線」的浪潮。一時之間,一大批優秀作家被打成「牛鬼蛇神」、「黑線人物」。茅盾雖然還沒有被公開點名批判,但他實際上已被當作「三十年代文藝黑線的祖師爺」,在內部被點了名,被江青等人劃入了「牛鬼蛇神」之列。東總布胡同 22 號中國作協大院內的大字報一片片,批判他的作品「美化資產階級」、「醜化勞動人民」;他為新文學培養了一代又一代新人,卻被誣衊為「和黨爭奪青年作家」。此時,茅盾除了出席半月一次的政協座談會,應邀參加一些外事活動,有時去醫院看病之外,大部分時間閒居在家,看報、聽廣播、讀書,或者依照過去的習慣將舊的德文版《新聞導報》對半裁開,細心裝訂成冊,加上舊彩色畫報紙作為封面,製成一本本日記本。長期來,他就用這種自製的本子寫日記。

　　對於政治形勢,謹言慎行的茅盾在日記中是避而不談的。但有時也偶流露出一些情緒。他在 5 月 4 日的日記中寫道:「七時赴人大三樓看電影《桃花扇》,此乃三、五年前所攝,今則作為壞電影在內部放映矣。……昨晨因抽水馬桶漏水,水流瀉地,蹲身收拾約半小時。當時未覺勞累,昨晚稍覺兩腿酸痛,不料今日卻更感酸痛。老骨頭真不堪使用了!」〔註2〕

────────

〔註 2〕　本書所引茅盾日記均轉引自葉子銘:《十年浩劫中的茅盾》,見《鍾山》1986年第 2 期。

　　「文化大革命」正式開始後，茅盾被通知到統戰部或政協聽報告、學習文件或討論。晚上，他常常躺在床上輾轉反側，想著正在發生的事情。他久久不能入睡，便看書催眠，或加服安眠藥。他在 6 月 27 日日記中寫道：「晚閱書至十時，服藥 PH、LI、L、M 各一枚，繼續閱書。但至十一時半尚無睡意，乃加服 S 一枚，仍閱書以催眠，不料一小時後乃入睡。時已為翌晨一時矣！」這一年的夏天，一批批在新中國文化教育事業上做出貢獻的教授、作家、學者被當作「牛鬼蛇神」進行「遊鬥」。大批珍貴文物書籍被當作「四舊」遭到破壞或燒毀。對這些，茅盾時有耳聞，卻未曾目睹。但在 8 月 11 日，他卻在家中樓上見到隔壁社會科學院情報所造反派搞的一次「遊鬥」。在當天的日記裏，他記載道：「今日上午比鄰之科學院情報所有一小隊（大概是該所的幹部）在所內草坪內遊行，其中有戴紙帽者七人，當即右派，但不知其為本單位的，抑有科學院其他單位被揪出的反黨反社會主義右派分子。紙帽甚高，有字。在窗前望去，不辨何字。」

　　8 月 18 日，茅盾被通知參加毛澤東首次接見紅衛兵大會。昨天晚上，他「入睡後約二小時即醒，加服 S 半枚、M 一枚，旋即入睡。但四時許即醒，聞街上鼓聲冬冬，蓋群眾赴天安門集會，毛澤東將在門樓與群眾見面。四時半起身，開爐燒開水及早餐，蓋褓姆例假，而德沚又因腰痛不能工作也。至六時許早餐已畢。六時廿五分機關事務局來電話請到天安門樓主席台。時司機尚未到來，打電話找司機，六時五十五分來了，即出發。七時五分到天安門樓。七時半大會開始。九時回家。九時半又赴政協參加追悼聶洪鈞追悼會。十一時返家。」（日記）8 月 25 日，即人民藝術家老舍被迫害致死的第二天，他目睹了一場「破四舊」的鬧劇。日記中是這樣寫的：「今日下午有若干小孩，聞係文化部職員之子女，大者十餘歲，小者有十歲左右，先在文化部宿舍之院中將舊放在露天之漢白玉石盆（有桌子大小）一一推翻，不知其何所用意。後來又到我的院子裏，見一個漢白石小盆（此亦房子裏舊有之物，我本不喜此）推翻在地，彼等大概認為此皆代表封建主義者，故要打倒也。」

　　這事後的第五天即 8 月 30 日上午，突然一群人民大學「三紅」的中學生紅衛兵闖進了茅盾住的小院。那天只有茅盾和老伴在家，只見為首的一個舉著手中抄來的日本指揮刀，氣勢洶洶地嚷道：「我們剛從張治中家來，抄了他的家。對你算是客氣的！你家有四舊，我們要檢查！」面對這些狂妄的紅衛兵，茅盾答道：「這件事，得通過政協，你們無權在這裡亂翻！」然而，這群

紅衛兵根本不理睬他的話，紛紛衝進房裏亂翻起來。他急忙給全國政協打電話，而對方的回答只是「向上反映」。這時政協本身已處於半癱瘓狀態。正在抄家的紅衛兵看他討不到「救兵」，更來勁了。抽屜被拉開了，箱子被打開了，「有一樟木箱久鎖未開，鎖生銹，不能開。乃用槌破鎖。」（日記）「檢查」不出什麼要破的「四舊」。那滿櫥滿架的書，他們看也不看，卻衝著茅盾嚷道：「書太多了沒有用處，都是些封、資、修的東西！只要有部『毛選』就夠用了！」有個紅衛兵發現牆上一個鏡框裏是張軍人的照片，怒問茅盾：「這個國民黨軍官是誰？」他們哪知道，這是茅盾女婿、革命烈士蕭逸的照片，而蕭逸穿的是解放軍的軍裝。「國民黨軍官是什麼樣子的？你知道嗎？我同你們沒有什麼可說的，你們問統戰部去！」茅盾氣憤地說。又一個紅衛兵嚷起來：「快來看這張照片啊！」原來這是蘇聯電影明星拉迪尼娜送給茅盾的照片。紅衛兵也當作「封、資、修」的「四舊」，動手將照片翻過去，在背面寫上：「不准看！」文化部的一個群眾組織聽說人民大學「三紅」紅衛兵在抄茅盾的家，連忙派了幾個人趕來，對那個紅衛兵頭頭說，「我來協助你們抄家。」然後，他悄悄對茅盾說：「我們是來監視他們抄家的。」這夥紅衛兵在茅盾家裏亂翻了一個多小時，直到上面派來一個工作人員，才一鬨而散。

事後，中央統戰部向周總理反映了這件事，提出對茅盾應予保護，立即得到周總理的同意。其實，就在茅盾家被抄的8月30日這天，周總理已親筆寫了一份《應予保護的幹部名單》，其中就有茅盾。隨後，茅盾的家便有了解放軍警衛。雖然他的處境日趨艱難，卻沒有再發生過抄家的事。中國作協裏關於茅盾的大字報，也因周總理的指示，在此之前已被集中到一間屋裏，沒有向社會開放。

茅盾被抄家後的第二天下午又接到通知，要他出席毛澤東第二次接見紅衛兵的大會。那天氣候突然由熱轉涼，而他沒有多穿衣服，站在天安門城樓上，由傍晚五時到七時，「冷不可支，渾身發抖，乃於七時半返家，急服羚翹丸三丸，薑湯一盞，幸未發燒。」（1966年8月31日日記）

對於這場所謂「破舊立新」的紅衛兵運動，茅盾在公開場合始終緘默不語，內心卻持否定態度。他曾對親屬說：「他們那樣搞，天怒人怨！」

1967年1月，姚文元在他炮製的《評反革命兩面派周揚》一文中誣衊茅盾等人是「資產階級權威」。這年5月5日，林彪、江青反革命集團控制下的《文學戰報》發表《茅盾——大連黑會攛出來的一尊凶神》的長文，誣衊茅

盾是什麼「反共老手」、「反黨」的「祖師爺」、「老右派」。還誣衊他的報告是「放毒箭，點鬼火」，是「誣衊革命人民」，是「惡毒咒罵我們偉大的領袖」，是什麼「爲被」『罷』了『官』的右傾機會主義分子叫屈，支持、策應封建主義、資本主義勢力的猖狂進攻」，並提出要「砸爛」「這尊兇神惡煞」。《文學戰報》還發表《文學戰線兩條路線鬥爭大事記》，把茅盾誣衊爲「資產階級反動學術權威」；談到大連會議時又說：「茅盾在會上對黨和社會主義制度破口大罵，誣衊大躍進是『暴發戶心理』。」〔註 3〕這些文章完全不顧事實，信口雌黃，混淆黑白，捏造罪名，欲置茅盾於死地。

從 1967 年初到 1969 年 5 月，茅盾僅以全國政協副主席的身份參加元旦國宴、「五一」節和國慶節的活動。1969 年 9 月他到越南大使館參加了胡志明逝世的弔唁之後，就完全被「掛」了起來，報紙上再也見不到他的姓名。《蘇聯大百科全書》中的茅盾條目中對此寫道，他在「文革期間被逐」；美國《二十世紀文學百科全書》則說：「自從 1967 年以來他的名字就從高層集團中消失了。」「他的命運由於近來的文化革命而無從知道。」

三、孔德沚病亡的經過及其對茅盾的影響

茅盾的夫人孔德沚原來身體很健康，進入六十年代以來卻日見頹敗。「文革」浩劫開始以後，她對茅盾的遭遇憂心忡忡，加上營養不好，公務員、褓姆相繼離去，家務負擔加重，又得不到好的醫生診治，「本來，王歷耕醫師幫他們醫病的，王醫師曾在重慶爲總理割過盲腸，和總理接近。這時候北京醫院被『造反派』搞得不像個醫院，王醫師已被趕出北京醫院，被揪鬥得生病了。」〔註 4〕而她用來治療糖尿病的胰島素，原來靠託香港友人買了寄來，「文革」起來後不准再寄，於是病情日益加重。

這期間發生的抄家、「破四舊」、遊鬥和批判會，對孔德沚心理上的壓力，也損害著她的身心健康。據茅盾兒媳陳小曼對葉子銘教授說：「有件事，給我的印象特別深。我們家有一隻銅質的臺燈，燈架是一個裸體女神的塑像，她雙手向左右伸出，手上各拿著一個小燈。這本是一件既有實用性又帶工藝性的臺燈，但抄家時被視爲四舊。有一次，我回到家裏，發現這隻臺燈上的裸

〔註 3〕 轉引自查國華編：《茅盾年譜》，第 462 頁。
〔註 4〕 陳學紹：《痛悼我的長者茅盾同志》，《憶茅公》，第 40 頁，文化藝術出版社 1982 年 12 月第一版。

體女神，忽然穿上一件連衣裙，感到很好笑。我問了媽媽，她說:『這是四舊，不讓用，丟了又可惜。我特地做了這件衣服給穿著，免得麻煩。』葉子銘教授在轉述此話時，有一段很好的評論:「這件事，今天聽來，人們會覺得更加好笑，然而，在那災難性的年月裏，加上一件連衣裙，無疑給主婦心理上增加一分安全感。這種舉動，雖說有點滑稽，然而對於那個荒謬的時代，倒是極具諷刺意味的。」〔註5〕

　　孔德沚與茅盾同樣患有多種疾病，除了糖尿病，還有高血壓、心臟病。然而兩人都不能在家靜心養病。「文革」使茅盾夫婦同全國各階層人民一樣天天處於「運動」之中，即使他們的家受到了保護，卻也難以安靜。1967年12月2日茅盾家水管斷水，他說:「後乃知本宅總水管凍了，此管在牆外地穴中，穴上本有木蓋，不知何時被頑童輩取去，昨夜嚴寒，遂有此凍。焚木片燒此凍管，移時遂復有水，已九時許矣。旋以稻草包管，並覓木蓋仍覆穴口，恐頑童又將取去，上鎮以小石獅。此小石獅本為大院中擺設，去年除四舊，大院中居戶小兒輩掀置草地。」〔註6〕1968年2月21日，竟有人翻入他家院牆，偷走了地下室鍋爐房牆上的電開關;次日，又有人亂撳他家門鈴，使他無法午睡。茅盾在日記中多次記敘了這一類事情，他們的安全已得不到保障;兒子、媳婦等又遠在郊區，對兩位老人也無法幫助。

　　1969年春，茅盾陪妻子去醫院化驗、檢查。孔德沚的糖尿已得到控制，血壓亦正常，只是冠狀動脈硬化稍有進展。「醫謂此乃高年常態，她七十三歲，不必過慮。」〔註7〕雖然孔德沚比以前瘦，但茅盾以為「老年人與其肥，不如瘦。她過去太肥胖了，這下瘦了，也許是好兆頭。」秋涼後，她更加瘦弱，而且下肢浮腫，然而血糖、尿糖正常。茅盾天天樓上樓下、樓下樓上，服侍她吃藥。「十一月間，突然食欲不好，後服開胃藥，未幾漸好。十二月尾又食欲不好，同時手亦浮腫，服中西藥皆不見效。」1970年，「一月中旬，體力益弱，行步須扶持，且甚慢，已不下樓。此段時間，連進醫院三次門診，醫生只謂老年，積久慢性病，等等。除服常服之四、五種藥外，別無他法。」〔註8〕下旬，孔德沚「日間昏昏欲睡，欲食不進，前半夜則不能睡，後來人家說

〔註5〕　葉子銘:《十年浩劫中的茅盾》，《鍾山》1986年第2期，第219頁。
〔註6〕　茅盾1970年3月15日致陳瑜清信，《茅盾書簡》，第295、296頁。
〔註7〕　同上。
〔註8〕　同上。

是酸中毒現象」。這一來，茅盾著急得很，連忙送妻子到醫院急診，「則神智昏昏，驗血，斷爲酸中毒，尿中毒，慢性腎炎並發，搶救十多小時，無效。」〔註9〕孔德沚終於在這一天——1970 年 1 月 28 日因病不治逝世。

茅盾說他妻子「七十三歲，未爲短壽；觀其病中痛苦，逝世亦爲解脫，惟孫兒女皆未成立，她死時必耿耿於心也。」〔註10〕

孔德沚是茅盾一生中的賢內助。解放後，她向周總理提出「要求參加革命工作」。周總理認眞考慮後，回答她說：「好，我給您安排一個對你最重要也是最合適的工作，——照顧好茅盾同志。他是我們國家的寶貴財富，今後要他爲新中國描藍圖，爲新中國做出新的貢獻。您要好好照顧他，這是黨交給你的任務，這比您做任何工作都重要！」〔註11〕從此她遵照周總理的安排和囑託，盡心盡力照顧茅盾。而現在處於浩劫中的茅盾更加需要她照顧之時，她卻含著痛苦與世長辭了。這對茅盾的影響極大。我們從他給親友的一些信中，可以窺見一斑。如在 1970 年 7 月 7 日致陳瑜清信中寫道：「心緒不寧」、「我精力大不如去年，懶動，即作此一書，亦輟筆數次方才寫完。據此可想見其爲殘物矣。」10 月 15 日又作書說：「我自前年下半年就日見衰弱，去年德沚病中，我強打精神，照顧病人，但自她故世，我安定下來，就顯得不濟了。現在上樓下樓（只一層而已）即氣喘不已，平地散步十分鐘也要氣喘，醫生謂是老年自然現象，無藥可醫，但囑多偃臥，少動作。如此已成殘人，想亦不久於世矣。但七十五歲不爲不壽，我始願固不及此也。」精神如此，體力也不支，而且「接連患病」。1971 年 1 月 11 日，他寫信對陳瑜清說：「先患面部神經麻痺，醫治一個多月，方治全痊，委頓不堪，然已不發燒，想無大障也。……」他又說，「多年不見，我在朝不保夕之頹年，亦常思念及親故也。」〔註12〕在這種情況下，茅盾的身心健康可說已瀕臨岌岌可危的境地。回首往事，他感歎不已，說是「年過七十，精力疲憊，說不上再能對祖國有所貢獻了；至於以往言行，錯誤孔多，惟有汗顏，從前我悼鄭振鐸詩，有『無吝留年與補過』一句，振鐸是飛機失事而早亡，我則居然活過七十，天不吝年，奈我未能補過，徒呼負負。」〔註13〕總之，茅盾自妻子去世後已成了一

〔註9〕茅盾 1970 年 3 月 15 日致陳瑜清信，《茅盾書簡》，第 295、296 頁。
〔註10〕同上。
〔註11〕金韻琴：《記茅盾和孔德沚》，見《中國當代文學研究資料·茅盾專集》。
〔註12〕《茅盾書簡》，第 298 頁。
〔註13〕同上書，第 299 頁。

個身心憔悴、形單影隻的鰥夫，在人生旅途的最後一程中頂著風雨掙扎著。

四、兩部未刊作品手稿的厄運

　　五十年代初期，全國規模的鎮反運動取得了很大的勝利，破獲了國民黨反動派潛伏下來的主要殘餘勢力。1955 年初，公安部部長羅瑞卿向茅盾建議，請他寫一部有關鎮壓反革命內容的電影劇本，好向全國人民進行教育。茅盾說他不熟悉這方面的生活，誠懇地謙辭。但是羅瑞卿卻說公安部可以向他提供詳細材料，上海破獲的許多重大反革命案件卷宗，他若需要，都可以閱看，並說他可以找有關人員談話。而且表示，只要他願意寫，公安部門能夠為他提供一切的幫助。茅盾見公安部長如此熱情並大力支持文學創作，答應一試。他來到上海，由周而復幫助安排，與上海市公安局取得了聯繫，開始閱讀卷宗，找人談話，調查、詢問，記錄素材。回到北京，有關部門的領導還派了趙明向他提供材料。趙明是茅盾在新疆學院任教時的學生，愛好戲劇、文學，曾和党固、喬國仁等人在茅盾指導下，編寫過話劇《新新疆萬歲》。他主編的刊物《新芒》也得到過茅盾的大力支持和指導。1951 年文化部電影局討論他寫的電影劇本《斬斷魔爪》，茅盾又一次給了他熱情的支持。如今領導派他協助茅盾創作，他盡心盡力地幫助「沈老師」。而茅盾則創作熱情高潮，日趕夜趕，不久便寫出了一個電影劇本，交給了電影局的袁牧之。電影局和劇本創作所的幾個負責人讀了茅盾的這個劇本，認為「題材很重要，寫得也好，只是有點小說化，對話多一些，如果拍製，需要分上、中、下三集。電影局和作者商量，拖了一段時間，不了了之。」〔註14〕茅盾對這個電影劇本不滿意。孔德沚在和趙明談話時也說，她讀了這部原稿，「感到茅盾對大革命時代的青年較為熟悉，寫出來逼真；對現代青年他不怎麼熟悉，寫出來的還和大革命時代的青年差不多。」〔註15〕在「文革」浩劫中，茅盾終於將這個電影劇本的原稿毀掉了。至於是如何毀掉的。說法不一。周而復說，「茅公自己不滿意這個電影劇本，乾脆把原稿撕了，一張張墊在他用的吐痰杯子裏，然後倒掉。」〔註16〕而趙明則說，「沈老師寫就的這部作品，始終沒有拿出來發表。前年（指

〔註14〕周而復：《在病危的時候》，《憶茅公》第 62 頁，文化藝術出版社 1982 年 12 月第一版。

〔註15〕趙明：《「峻坂鹽車我仍奮」──懷念茅盾老師》，《憶茅公》，第 361 頁。

〔註16〕周而復：《在病危的時候》，《憶茅公》，第 62 頁，文化藝術出版社 1982 年 12 月第一版。

1979 年——筆者）我問沈霜同志，他說這部手稿沒有找到，大概『文化大革命』中燒掉了」。〔註 17〕一說「撕掉」一說「大概……燒悼」，以何者爲確，目前還未得出結論。然而有一點似乎可以肯定，即這部電影劇本的原稿已經毀悼。對於這件事，周而復的看法是：「這個電影劇本一個字也沒有留下來，十分可惜，是新文學和電影事業的一個重大損失，即使不拍電影，要是茅公改寫小說，到少我們可以讀到另一部《腐蝕》。」趙明認爲，「由此可見沈老師對自己作品要求的嚴格，不成熟的東西絕不拿出來。他和魯迅一樣，拿給讀者的東西，一定是最好的。」筆者很同意他們的觀點，雖然他們強調的重點有所不同。要補充的是，茅盾這部原稿的被毀，根本的原因在於對作家勞動成果的不尊重——「文革」中則表現爲任意糟蹋或用來進來政治誣衊，既然人類幾千年積累的文化財富可以被誣爲「封、資、修」的「四舊」而用火焚毀，既然已有定評的茅盾的名著《蝕》、《子夜》、《林家鋪子》等都遭到了「革命大批判」被判定爲「毒草」，那麼他這部未被拍攝的電影劇本，難道還能逃脫厄運嗎？因此，茅盾自己狠心把它「撕掉」或「燒悼」，既是出於無可奈何，也是一種明智的做法。

　　茅盾還有一部未寫完的長篇小說手稿，也可能是在「文革」浩劫中燒掉或失落的。1958 年「大躍進」時期，他開始醞釀、構思一部新的長篇。這是一部以黨對資本主義工商業進行社會主義改造爲題材的作品，在題材上和《子夜》有較爲密切的聯繫，也可稱爲《子夜》的續篇。在兩個多月裏，他夜以繼日地寫作，一下子寫出了十萬字。然而繁重的領導工作和外事活動使他擱下了筆。1959 年初，中國青年報社編輯部文藝組給他寫信，詢問小說寫作的情況，希望將稿子儘早交給他們發表。茅盾於 3 月 2 日覆信寫道：「說起來非常慚愧，我的小說稿子還是去年秋和你社一位同志說過的那種情況：擱在那裡，未曾續寫，也沒有加以修改。原因是去年秋天有些事情（例如其中一件是出國），同時身體又不好。這樣就擱筆了。本來，去秋和你社的同志說：我這部東西，即使寫起來，也會使人失望的，而且題材又不適合於青年，所以至多選一點登登，那是希望得到青年讀者提意見，以便修改，但現在，則連一點也拿不出來，眞是慚愧而且也十分抱歉。……何時能續寫，以了此文債，自己沒有把握，同時十分焦灼。不過，始終老想完成這個『計劃』的。」〔註

〔註17〕趙明：《「峻坂鹽車我仍奮」——懷念茅盾老師》，《憶茅公》，第 361 頁。
〔註18〕《茅盾書簡》，第 315 頁。

18）以後階級鬥爭的鑼鼓越敲越緊，「文化大革命」的浩劫徹底窒息了他的這個「計劃」。何況，「四人幫」一夥還無中生有地製造謠言，說他「疏懶，裝病，閉門不出」，最狠毒地是說他「正在寫一部反黨作品，每天寫來丟入保險櫃，要待身後，方肯問世」。這明明是在製造輿論企圖把他打成反革命。既然如此，他還有什麼必要保存那個只寫了十萬字的未完成的長篇原稿呢？據茅盾家屬說，這部原稿至今未找到，很可能是在「文革」中燒掉了。也就是說，茅盾鑒於浩劫的嚴峻形勢被迫毀掉了自己的手稿。因此，現代文學史家只好把《鍛煉》作為茅盾的最後一部長篇小說創作。不然的話，茅盾小說創作的歷史將延長十年或二十年。對於社會主義文學藝術事業來說，「文革」浩劫之烈莫過於將作家迫害致死和將作品扼殺、毀滅了。

五、「自己站在雪地裏，還在給別人送炭的崇高品質」

從茅盾賦閒在家以後，他幾乎與世隔絕了。在那混亂的年代，甘於寂寞，甘於沉默，是一個偉大的革命者的特殊武器，也是對跳梁小丑們最大的輕蔑。幾年來，他家的座上客僅剩下胡愈之、葉聖陶、曹靖華、胡子嬰和光明日報社的黎丁等幾人。

就在身體上疾病叢生、政治上被迫「閉門思過」的艱難歲月裏，縈繞茅盾胸中的卻是國家的命運、人民的安危、友人的冷暖。他在《感事》詩中寫道：「豈容叛賊僭稱雄，社鼠城狐一網空。莫謂工農可高忱，須防鬼域暗彎弓。」

他為馬寅初「鳴」不平，在致沈楚的信裏仗義執言：「有人說馬寅初解放前不走路，家中雇轎夫，但我親見則完全不是。他解放初期任華東軍政委員會副主任時，不願要政府供給他的別墅與小轎車，住在二十四層樓的第十層，上下不用電梯，喜步行；同出國數次，在國外參觀，健步如飛，少壯者追塵莫及，此非耳聞，皆目睹也。為欲替他辨誣，故寫了那麼多字。」〔註 19〕他向人詢問：「《紅岩》的作者到底是否死了？沙汀、艾蕪二人現在怎樣？碧野在湖北近況如何？……」他從冒險來看望他的雲南作家李喬口中得知李廣田、劉澍德等同志的噩耗後，半天不語，痛苦地歎了口氣說：「北京的作家老舍已死了，楊朔也死了！楊朔死後，叫他弟弟來收屍，發現他哥哥身上有傷痕，可見楊朔不是病死的……。」

〔註 19〕《茅盾書簡》，第 232 頁。

茅盾搬到交道口南三條 13 號不久的一天，駱賓基來看望他。茅盾向他問起馮雪峰的情況。聽到吧馮雪峰的病已確診爲肺癌，吃中藥必須用麝香配，而麝香很珍貴，這樣的藥很難買到，家裏人正爲此犯愁時，他說：「麝香，我倒是有的，是五幾年尼泊爾王族代表團的貴賓贈送給我的禮物，我留著沒有用。不過，我剛從文化部那邊搬過來，東西還得清理。我今天就找，找出來就給他送去！要他安心養病，不要煩躁！」駱賓基第二天想去告訴馮雪峰，想不到茅盾已連夜找出麝香，託胡愈之送到了馮雪峰的手裏，馮雪峰一再辭謝，要把麝香送還茅盾，流著淚說：「這樣珍貴的禮品，應當留給他自己備用，我怎麼好收下呢？」「雪峰，這藥是珍貴的，但是茅盾先生表示的友誼和關心比藥更珍貴。何況，你現在很需要它。」駱賓基勸說道。馮雪峰終於把茅盾贈送的麝香留下了。危病中的馮雪峰，他的感激是不言而喻的：他此時是一個被開除黨籍的「摘帽右派」，「文革」中更被戴上種種「帽子」，他與茅盾已經多年不能互相往來了。如今茅盾居然聞訊託人送藥，這表明兩人在「左聯」期間建立起來的革命友誼是任何「左」的政治風浪都衝毀不了的。

1974 年冬天，處於苦惱中的作家姚雪垠想到茅盾當年曾評論他的處女作《差半車麥稭》，使他得以顯露文壇。如今他的《李自成》受到人們那麼多的攻擊，很想聽一聽茅盾的意見。他從朋友處打聽到茅盾的地址，給茅盾寫了一封信，簡要地談了寫作《李自成》的情況，希望得到茅盾的幫助，以便將第二卷修改得較好一些。茅盾接到他的信十分高興，特地用彩色水印寫意畫宣紙信箋給他回信，詳細地爲他「貢獻意見」，既謙遜又熱情。從此之後，茅盾和姚雪垠關於《李自成》的通信就頻繁起來。姚雪垠爲此寫道：「有的信他寫的很長，長到一千多字，甚至大約兩千字。他先談第一卷，然後對第二卷按單元次序談。他不是僅僅讀一遍，而常常是先讀一遍，記下要點或初步意見，再讀一遍，考慮成熟，然後給我寫信。這種認眞、嚴肅和一絲不苟的精神，使我十分感動，可以永遠成爲我們光輝的榜樣。……他是我的老師，也是眞正知音。」「他不僅是偉大的作家，也一生不放棄對中、青年作家的幫助和指導，所以我將他看成一位特殊的文學教育家，而我也是他的半棵桃李。」

然而茅盾待人卻從不自視高人一等，而是虛懷若谷。臧克家說，「他十分謙虛，對我們這些後輩，呼之以『兄』，待如平輩，幾十年來，始終不渝。我與碧野對他以『師』相稱，他回信說『愧不敢當』……前幾年，我肺結核病復發，經常低燒。他記掛在心，常來信問，醫生懷疑我肺部有腫瘤嫌疑，他

從北京醫院熟悉我的大夫口中得知這種嫌疑已經排除了後，特別來信表示寬慰和高興。」〔註20〕

賦閒歲月閒不住。茅盾這位已近 80 歲的老人，「真是自己站在雪地裏，卻還不住地給別人送炭，」這種崇高的品質是十分罕見的。

六、對周總理和革命戰友的深情悼念

七十年代中期，中國處於政局動蕩、地震不斷的人禍天災之中。茅盾在給陳瑜清的一封信裏說：「……東北地震，大孫女工作之本溪，有 6.5 級，本未塌屋，但為預防再來，住在帳篷裏，此在嚴寒季節，稍覺不便。」當時，不僅東北地震，西南地震，華北、華東也盛傳將發生地震。而「四人幫」在這天災大作之時，卻在製造政治上的大「地震」，大搞「批大儒」，把矛頭對準已經病重住院的周恩來總理，人心莫不為之震驚。一天，駱賓基前來拜訪。說他受人之託，請求茅盾在見到周總理時，能提出聶紺弩問題，以解救這位老作家被囚禁已達七年的痛苦。茅盾說：「聶紺弩這個人我是知道的，魯迅先生也很器重他。讓我向周總理講幾句話，也是願意的。可是，總理正在住院，能不能在最近見到還是問題，就是有機會見到了，是不是能說上幾句話，能提出這個問題，也得看機宜。」

1976 年 1 月 8 日，周恩來總理逝世的噩耗突然傳來，茅盾震驚萬分。1 月 11 日向周恩來遺體告別回來。晚上提筆給上海的趙清閣寫信：「周總理終於去世，如晴天霹靂，不勝哀傷！從此中國及世界失一偉大的無產階級革命戰士……」〔註21〕他懷著極為哀痛的深情參加了 14 日的弔唁儀式。15 日，又送了花圈，前去參加周恩來總理的追悼會。1 月 23 日他寫信給臧克家談論悼念周總理的詩。他說，趙樸初的悼總理詩曾見到抄件，詩寫得好，五言仄韻，讀時自然有沉痛之感。臧克家的詩用四字句，既典型而沉痛，亦慷慨以激昂，後二節尤佳，「鄙意哀挽總理如從敘述總理豐功偉績、品德風采方面著筆，則萬言亦不能盡，實寫不如虛寫，趙作與尊作都妙在此，然尊作大眾化，則勝於趙也。我也曾搜索枯腸，擬誌哀思，但終於不成，才短思滯，而眼界卻高，真無奈何也。」〔註22〕隨後，他寫下兩首《敬愛的周總理挽詞》：「萬眾號咷

〔註20〕臧克家：《往事憶來多》，《憶茅公》，第 105 頁。
〔註21〕姚雪垠：《一代大師。安息吧！》《憶茅公》，第 125 頁。
〔註22〕均見《茅盾書簡》，浙江文藝出版社出版。

哲人萎，競傳舉世頌功勳。靈前慟極神思亂，揮淚難成哀挽文。衣冠劍佩今何在？偉績豐功萬古存。錦繡江山添異彩，骨灰撒處見忠魂。」茅盾在覆信陳瑜清時又寫道：「……總理追悼會前一週的期間，京中工廠、機關、學校等，差不多人人都戴黑紗、白花；天安門廣場上人民英雄紀念碑前，群眾自動送來的花圈總有數千，──這都是不能送進勞動人民文化宮的。四川、上海友人來函也說如此。杭州不知如何？陳曉華的悼詩是好的。京中友人寫的也不少，但聞上面決定，一律不登。」茅盾寫的悼總理詩，也無處發表，只能抄給友人傳看。

就在周恩來總理逝世的同一個月的 31 日，著名詩人、文藝理論家馮雪峰也含冤病逝於北京。年已八旬的茅盾身體很差，如他所說雖「沒有住院，但氣短，精神倦怠，……手抖加甚，目疾依然，走路不但要用拐棍，還要人扶。不能用腦，用腦稍久，體溫立即超過三十七度；白血球偏高……」〔註 23〕然而，在「不許見報，不許致悼詞」的威脅下，他冒著政治風險，毅然前往八寶山革命公墓，主持了馮雪峰的追悼會。駱賓基認為：「這是肝膽相照人的行動！……茅盾與胡愈之兩同志，無視『四人幫』給戴上的罪名，和同志們一一握手，倍加親切，這親切從彼此相顧的眼光裏如閃閃發光的暖流一般滙集成一個海洋，彼此越加信任。那時，茅盾先生的身體也很虛弱，但在這裡卻顯示了一種多麼無畏的戰士的精神呵！」他又寫道，「我從這次追悼會上，感到自己受了一次大檢閱，……而茅盾先生是這次大檢閱的主帥，無語、沉默，卻充滿了戰鬥精神！在我的印象中，從未有的感到，他是那樣崇高而莊嚴！」〔註 24〕

1976 年 7 月 4 日，是茅盾的 80 大壽。他寫下一首《八十自述》：「忽然已八十，始願所未及。俯仰愧平生，虛名不副實。昔我少也孤，慈母兼父職。管教雖從嚴，母心常戚戚。兒幼偶遊戲，何忍便撲責。旁人冷言語，謂此乃姑息。眾口可鑠金，母心亦稍惑。沉思忽展顏，我自有準則。大節貴不虧，小德許出入。課兒攻詩羅，歲終勤考績。」這首詩只寫到這裡，以後再也未續完。不久，特大地震終於在唐山、豐南一帶發生，餘震波及北京。外地親戚聞訊震驚，飛函詢問茅盾一家安危。他覆信說：「地震時，我們未損失一物，房子也完好。但工程房來人檢查三次，謂外表雖好，結構老了，再逢地震不

〔註23〕均見《茅盾書簡》，浙江文藝出版社出版。
〔註24〕駱賓基：《悼念茅盾先生》，《北京日報》1981 年 4 月 12 日。

保險，作了改建（上房兩排）方案，有圖，是拆掉重建，因此我們搬到西郊住。」豈知他搬到西郊三里河南沙溝不久，中國又遭到另一次「特大地震」：毛澤東主席於 9 月 9 日逝世了！茅盾再度沉浸在巨大的悲痛、哀悼之中。

　　十年浩劫，此時已登峰造極。物極必反。茅盾在一首詩中寫道：「寰宇同悲失導師，四凶逆謀急燃眉。烏雲滾滾危疑日，正是中樞決策時。」他和全國人民都在企盼著「雲散日當空，山川一脈紅」的一天早日到來。

　　　　　　　　※本章原發表於《湖州師專學報》1988 年第 1 期。

5 茅盾與孔德沚、秦德君關係初探

　　我在研究茅盾生平事蹟的過程中發現了一個現象：茅盾原名沈德鴻，他妻子的姓名是孔德沚，他亡命日本時同居的情人叫秦德君，三個人的姓名中都有一個「德」字。這是巧合還是命中注定的緣份呢？三個人中，最早去世的是孔德沚，死於 1970 年 1 月 28 日；其次是原名沈德鴻的茅盾，逝世於 1981 年 3 月 27 日；秦德君今年 84 歲，仍健在，寓居北京。他們三人都是共產黨人，而在人生的歷程中，又因命運的安排，發生了種種糾葛，愛愛恨恨，恩恩怨怨，留下許多未曾言說的事情，任後人研究、評說。對於茅盾與孔德沚、秦德君的關係，我曾閱讀過一些史料、回憶錄和其他有關的文章，也訪問過一些前輩作家、茅盾的親戚，還訪問過秦德君老人，通過信，請教過有關的問題。然而至今仍未解開他們三人關係中的許多疑團。隨著茅盾研究工作的深入，學術環境的改善，一些人為的干擾與阻礙已經消除，現在開始提出和研究茅盾、孔德沚、秦德君三人的關係，時機和條件已經具備。至少，我的認識是這樣的。據悉，有關的人士也已說過，茅盾與秦德君的關係，可以進行研究。本章撰寫就在於「拋磚引玉」，希望有助於深入研究這個人人關心而又極少公開評論的重要問題。

I、1896～1928：「五四」前後到大革命

1-1 婚前的茅盾與女性

　　茅盾在與孔德沚結婚之前，所接觸的對他影響最大的女性，我以為是以下兩人：

其一是母親陳愛珠。這位女性是他一生中最崇敬和親愛的人。他欽佩母親知書達理，勤勞能幹，孝敬長輩，愛護小輩，忠於丈夫，任勞任怨，眼光遠大，嗜好書報，和藹可親，等等。他在《我的家庭與親人》一文中，專門用一節寫《我的母親》，記敘母親從小就「學會了讀、寫、算，還念過不少古書」，「學會做菜、縫紉」，「不但能縫製單、夾衣褲、還能縫製皮衣」，「不但知書識禮，而且善於治家」。在《我的父親》，一節裏又說：「我母親讀過四書五經，《唐詩三百首》，《古文觀止》，《列女傳》，《幼學瓊林》，《楚辭集注》（朱熹）等書，而且能解釋。」他的母親還成了他的「第一啓蒙老師」，用《字課圖識》、《天文歌略》、《地理歌略》等新教材和自編的歷史讀本給幼年的茅盾進行啓蒙教育。母親與父親的恩愛情景早已印在他的心上，直到晚年寫回憶錄他還背出了母親悼念父親的對聯：「幼誦孔孟之言，長學聲光化電，憂國憂家，斯人斯疾，奈何長才未展，死不瞑目；良人亦即良師，十年互勉互勵，電碎春紅，百身莫贖，從今誓守遺言，管教雙雛。」母親愛看小說也影響了他，使他從小培養了對文學的愛好。母親的言傳身教，給他極大的影響。84歲高齡時作《我走過的道路》序，還特地寫上：「幼年稟承慈訓，謹言愼行。」他在烏鎮讀小學，到湖州、嘉興、杭州讀中學，報考北京大學預科，乃至進入商務印書館編譯所工作，與孔德沚結婚，移家上海，無一不是由於他母親的安排。他一生的成就與他「稟承慈訓」，關係極爲密切。孝順寡母與敬愛母親和緬懷母親，貫穿茅盾人生歷程的始終。他在 1970 年秋作有《七律》：「鄉黨群稱女丈夫，含辛茹撫雙雛。力排眾議遵遺囑，敢犯家規走險途。午夜短檠憂國是，秋風落葉哭黃壚。平生意氣多自許，不教兒曹作陋儒。」是他對母親的評價和頌歌。這中間，是否隱有弗洛伊德學說中所稱的戀母情結呢？從文字表面看不出來，但茅盾作爲一個大孝的男兒，從本能上說，肯定是存在戀母情結的。

其二是表姐「三小姐」。他的舅父陳粟香的前妻生有兩個女兒：三小姐和五小姐。她倆都比茅盾大。茅盾 13 歲，三小姐「大約十八、九歲」。這時期的茅盾還是少年，性意識還很朦朧，但很明顯地是已經萌動：開始注意女性美。如他寫道：「三小姐是個美人，像從最有名的仕女畫上摘下來的，而且不僅貌美，眉毛眼睛會說話。三小姐自知貌美，還想有才，做個才貌雙全的佳人。」〔註1〕三小姐還曾嘴唇湊著他的耳朵跟他講心中的秘密，和他手拉手地

〔註 1〕茅盾：《我走過的道路（上）》，第 57 頁。

走到母親的廂房、坐下說悄悄話。他受三小姐之託，將母親從舅父煙榻邊引出來，聽三小姐與母親商量「終身大事」。對這件男女兩性的事情，茅盾記得十分清楚，直到晚年還歷歷在目，於回憶錄中作了生動的敘述。按照心理學的理論，茅盾在 13 歲「歇夏」時所見的「美人」三小姐及其婚事，之所以在以後久記不忘，這是情緒記憶的巨大作用的結果。雖說「愛美之心人皆有之」，但是「愛美人之心」卻只是具有性愛意識的人才會有。少年茅盾喜愛文學，他不能不從文學作品中獲知男女之間存在著性愛，並對此留有印象。「歇夏」時「發現」三小姐「不僅貌美，眉毛眼睛都會說話」，產生興趣，也是人之常情，是很正常的。那時，茅盾正由少年期進入青年期，性意識也由萌動趨向覺醒，且向成熟發展之中。證據之一就是他更注意男女之間的事了：1911 年春天，茅盾 15 歲，他說：「這時，發生了一件事。上文講過的姓張的新生，現在是一年級下學期學生了，同學們說他是個半雌雄，理由是嗓門尖，像女人，而且天氣酷熱的時候，他還是不脫衣服。然而這姓張的同學身材高大，翻鐵槓比一般同學都強，力大，疑他是半雌雄的高年級學生（也是二十多歲）想挑逗地，卻被他痛打。可是這姓張的同學卻喜歡和年齡比他小的同學玩耍，而我也是其中一個。這引起一些調皮的同學釘著我說些不堪入耳的話。這使我很氣惱，也不能專心於功課了」。〔註 2〕這其中的「調皮的同學」是如何的「調皮」，「釘著我說些不堪入耳的話」是如何「釘著我說」，又是哪些「不堪入耳的話」，以及他「很氣惱」的心態及其表現，「不能專心於功課」的情狀，茅盾都未具體寫。然而，憑著常人的想像力，我們也是可以想像得出的罷。對於三小姐，少年茅盾由視覺印象而產生對女性美的欣賞的美感；而對於「不堪入耳的話」，少年茅盾由聽覺印象而產生對「半雌雄」及其連帶關係的一種醜感。我曾指出：「正是由於人生道路上的這第一杯『苦酒』，促使茅盾離開湖州而轉學嘉興。」〔註 3〕

當然，還有其他的一些女性，在茅盾的心目中留下了印象。如他的曾祖母、祖母、外祖母、長壽舅母（寶珠）、芮姑娘、阿秀、表嫂、二姑母、大姑娘阿繡、〔註 4〕阿四的新娘子、〔註 5〕表姑母王會悟，等等。

〔註 2〕 茅盾：《我走過的道路（上）》，第 81 頁。
〔註 3〕 李廣德：《茅盾與湖州關係概述》，《湖州師專學報‧增刊‧茅盾研究》第 2 輯，第 282 頁。
〔註 4〕 茅盾：《瘋子》。《茅盾全集》第 11 卷，第 297 頁。
〔註 5〕 同上。

1-2 茅盾與孔德沚的婚姻

關於茅盾與孔德沚的婚姻，他在《我的婚姻》中已作了詳細的敘述。事實如此，是完全可信的。研讀茅盾的「自述」，從中有哪些發現呢？我的「發現」有以下八點：

1-2.1 他五歲時由父親作主與孔家定親。起因是錢春江對茅盾祖父及孔德沚祖父的「建議」：「你們兩家定了親罷，本是世交，亦且門當戶對。」他祖父同意，父親同意。而他母親「卻不同意」，理由是「兩邊都小，長大時是好是歹，誰能預料」。但他父親駁掉了他母親的意見，堅持：「此事由我作主，排八字不對頭，也要定親。」

1-2.2 沈孔兩家定親後，沈家堅持要孔家的女兒「不要纏足」「要讀書識字」。而孔家「很守舊」，不聽沈家的話，認爲「女子無才便是德」，對於沈家多次請媒人轉來的要求「仍然不理」。因此，婚前的孔德沚不識字，是個文盲，雙腳「已纏過半年，腳背骨雖未折斷，卻已微彎，與天足有別」。〔註6〕

1-2.3 茅盾的母親陳愛珠對兒子與孔家姑娘定親原本不同意，在他婚前一年又徵求他的意見，「從前我料想你出了學校後，不過當個小學教員至多中學教員，一個不識字的老婆也還相配；現在你進商務印書館編譯所不過半年，就受重視，今後大概一帆風順，還要做許多事，這樣，一個不識字的老婆就不相稱了。所以要問你，你如果一定不要，我只好託媒人去退親，不過對方未必允許，說不定要打官司，那我就爲難了。」〔註7〕這位對兒子充滿了愛的母親講的是實話，她體諒兒子、爲兒子前途著想，又爲如要退親就可能打官司而感到爲難。這種兩難的處境，他母親難以擺脫，只好求救於兒子。她是一定會按照兒子的意見辦的，這裡的關鍵在於兒子的態度。

1-2.4 茅盾本來完全可以退親而在上海自由戀愛，與另一個女性結合。此時茅盾的思想中既有新的成分如追求自由、個性解放，又有舊的成分——封建的倫理觀及禮教意識，而且，在對待自己的終身大事上，後者上升到主導的地位，使得他的「孝心」發揮了決定的作用，爲了不使吃苦多年的寡母「爲難」，他毅然要娶孔德沚爲妻。這裡有一種偉大的但是錯誤的精神。他是以一種崇高的犧牲奉獻於「父母之命、媒妁之言」的禮教祭壇之前的。他的這種做法，與魯迅屈服於母命與朱安結爲夫妻、胡適屈從於禮教和母命與江

〔註6〕 茅盾：《我走過的道路（上）》，第139頁。
〔註7〕 同上。

多秀結成夫妻，都屬種一種性質，可謂不謀而合。雖說是個人命運，卻是時代使然。在「自由」與「孝道」之間，他們的意識、感情及所受的文化教養，都決定他們這樣的家庭出身、有此種性格的人，必然選擇後者。

1－2.5 茅盾與孔德沚結合，這是一樁沒有愛情的婚姻。對於這位「只認得孔字，還有一到十的數目字」，不知「北京離烏鎮遠呢，還是上海離烏鎮遠」，從照片上看長著一張圓臉，身材胖墩墩的女性，茅盾這位大學生和會說一口流利的英語、有深厚中外文學修養的商務印書館年青有為的編輯，他是怎麼看又怎麼想呢？他並沒有寫成文字。我們從他的性格來推測，他是忍受下來了，然而，心中是很不滿意的。證據之一是：烏鎮習慣，新婚後一個月不空房，空房則不吉。而茅盾婚後半月就離開烏鎮返回上海。晚年，他在孔德沚病逝世近十年後寫《我的婚姻》，雖然借他人、母親之口說了亡妻的不少好話，但也流露出潛意識中的不滿，如借母親來說：「德沚人雖聰明，但年輕心活，又固執，打定主意要做什麼事，不聽人勸。」〔註8〕婚後返回上海，他埋頭工作與寫作，長時間寄情於評論文學作品及撰寫《婦女雜誌》所需的文稿之中。

1－2.6 茅盾與孔德沚婚後三年還未生育，直到 1921 年多才有了女兒亞男（沈霞）。在這幾年間，孔德沚這位孔家的三小姐很爭氣，先是在家跟婆婆識字、寫字，後又去石門振華女校讀小學，還曾到湖州進教會辦的湖郡女塾讀過半年。1921 年初春跟婆婆一起移家上海後，又進入愛國女校文科讀書。此時她「已有高小畢業的程度」。〔註9〕茅盾晚年回憶他與妻子這段時間的生活說：「德沚上午一早去上課，中午回來吃了午飯，匆匆又去上課，下午六時以後方回家。這樣緊張的生活，她還未曾經過。晚飯後，我們陪母親談天，一過九點，德沚接連不斷打呵欠。那時母親就叫我們去睡覺，可是我們進了自己的房，我叫德沚先睡，她頭一著枕就呼呼熟睡，我則安然看書寫文章，直到十二點以後，這中間，德沚也許醒來一次，見燈光通明，含糊地說了句『你還沒睡？』就又呼呼入睡了。」〔註10〕茅盾與孔德沚雖然是由父親做主包辦結的婚，沒有愛情，但他倆畢竟是青春年少的夫妻，夜夜睡在一起，性生活的結果是生了女兒亞男之後還不到兩年又生了兒子阿桑（沈霜）。此後他們夫妻就再也沒有生育過。

〔註 8〕 茅盾：《我走過的道路（上）》第 145、173 頁。
〔註 9〕 同上。
〔註 10〕 同上。

1－2.7 茅盾於 1920 年 10 月加入上海共產黨小組後投身革命，並擔任直屬中央領導的聯絡員，又多次擔任中共上海地方兼區執行委員會的委員，後又兼任中共商務印書館支部書記、國共合作的上海特別市黨部宣傳部長、國民黨中央宣傳部的秘書（代部長爲毛澤東）。孔德沚離開愛國女校後跟楊之華、張琴秋、胡墨林一起做女工工作，她主要是幫助辦女工夜校和識字班，同時宣傳革命道路。茅盾認爲她「沒有之華和琴秋的口才和能力」，並說「就在那個時候德沚由之華介紹參加了共產黨」。〔註 11〕可以說，茅盾與孔德沚已成爲志同道合的革命夫婦。這樣才有他們 1926 年底的別母拋雛和投筆從戎的武漢之行。在茅盾擔任「中校政治教官」、「漢口民國日報總主筆」和孔德沚擔任國民黨漢口市黨部婦女部和農政部幹部的緊張戰鬥的日子裏，他們夫妻間關係很正常，孔德沚又懷身孕。但在六月底茅盾將她送上輪船返回上海後不久她小產了，此後就再未有過身孕。宋雲彬曾撰文說過：「雁冰的太太孔德沚女士，是富有男子氣概的，⋯⋯她在漢口時，最忌人家稱她沈太太，她認爲女士應有其獨立的人格，稱之爲某太太，實在不敬。雁冰呢，身體短小而極喜修飾，尤其對於頭髮，每天必灑生髮水，香噴噴的。所以孫伏園就常開玩笑，稱德沚爲『孔先生』，而稱雁冰爲『孔太太』。」〔註 12〕

1－2.8 茅盾婚後近十年接觸很多的「時代女性」，對這些「時代女性」有強烈的興趣，留心觀察並尋長問短。她們有上海大學和平民女學中女學生、中央軍事政治學校武漢分校的女生隊學員，以及唐棣華、黃慕蘭、范志超等，她們是「工作有魄力，交際廣，活動能力強的女同志，而且長得也漂亮」。〔註13〕在 1927 年 8 月中旬從牯嶺下山，從九江乘船至鎮江的航行中，茅盾與范志超一起，「住在兩人一間的房艙」。〔註 14〕至於他倆之間是否有過什麼關係，我們不能沒有根據地妄加猜測，即使早在半個世紀以前有人寫過：「雁冰素有風流才子之稱，雖然他已有了妻子（孔德沚），再有個把情婦，是極平常的事」。〔註 15〕

〔註 11〕 茅盾：《我走過的道路（上）》，第 257、327 頁。
〔註 12〕 雲彬：《沈雁冰（茅盾）》，莊鍾慶編：《茅盾紀實》，第 114 頁。
〔註 13〕 茅盾：《我走過的道路（上）》，第 257、327 頁。
〔註 14〕 雲彬：《沈雁冰（茅盾）》，莊鍾慶編：《茅盾紀實》，第 341 頁。
〔註 15〕 莊鍾慶編：《茅盾紀實》，第 2 頁。

II、1928～1930：大革命失敗亡命日本

2−1　與茅盾亡命日本前的秦德君

「到上海住陳望道家裏。我的心裏彷徨，嚮往著去蘇聯。陳望道說，他的夫人吳虹弗去日本專門研究繪畫已半年了，建議我也去日本，日本也有中國共產黨組織。巧逢沈雁冰也要去日本，正在找同伴。陳望道、沈雁冰都曾是上海平民女校的文學部教師，我都熟識，不是陌生人。沈雁冰負責買船票，叫好汽車，我便隨他登上輪船，啓程東渡了。」〔註16〕這是秦德君在《暮雲深——我和劉伯堅》一文結尾所寫的話。那麼，秦德君是怎麼樣一個人呢？下面先概括地介紹一下她與茅盾亡命日本之前的主要經歷。

秦德君，女，1905 年 8 月生於四川忠縣，是明末女英雄秦良玉的後裔。小學畢業後爲姨母家放牛，13 歲到萬縣讀女子初級師範，半年後跋涉一千多里到成都，入四川省立女子實業學校求學。1919 年 5 月，成都各校學生聲援北京愛國學生，舉行萬人示威，她爲遊行隊伍第一排的四個女學生代表之一。參與創建「四川學生聯合會」及創辦《學生潮》報。以秦文駿爲筆名，撰寫《我的黑暗家庭》、《要求女子參政》等文在《學生潮》、《國民公報》及《川報》發表，並帶頭剪去辮子理成短髮。在學生運動中與劉伯堅相識。因思想激進被學校開除，由學生聯合會介紹，去重慶找到吳玉章和《新蜀報》創始人陳愚生，參加吳玉章領導的聯省自治和婦女運動。15 歲，隨陳愚生乘船出川，前往北京找李大釗。在「少年中國學會」成立大會上做服務工作。曾入北平女子高等師範附設補習學校學習，準備考大學。後隨李大釗、陳愚生到上海工作。李大釗爲籌建平民女校工作部，派秦德君進健華鐵工廠附屬襪廠做學習女士。在平民女校籌建期間，曾隨惲代英到瀘縣川南師範學校「當了三個月的附屬小學教員」，同事有胡蘭畦，後爲好友。其間曾跟惲代英學英文。平民女學開學，即返上海，擔任該校工作部長，負責十二部織襪機、四部織毛巾機。與蔣冰之（丁玲）、王一知、王劍虹等六位文學部高級班學員一起，跟沈雁冰、沈澤民、安立斯等人學英文。沈雁冰（茅盾）教英文文法。後平民女校發展爲上海大學，秦德君與沈雁冰既爲同事，又是師生關係。後隨鄧中夏到南京，在鄧的幫助下進入南京國立東南大學教育系體育科讀書，依靠課餘爲人織毛衣所得交伙食費。1923 年春，由鄧中夏介紹加入中國共產黨。

〔註16〕秦德君：《暮雲深》，《龍門陣》1987 年第 1 輯，四川人民出版社出版，第 45頁。

常化裝後爲鄧中夏傳遞緊急要件。並受鄧的派遣，到楊杏佛創辦的《人權日報》社管總務。在南京，與中學教員穆濟波結婚。1925 年，「五卅」運動後《人權日報》被迫停辦，黨組織派她到西安，以教書爲掩護，繼續做黨的秘密工作。在西安重逢曾去法國勤工儉學、1922 年入黨的好友劉伯堅。其時，劉伯堅爲國民革命軍第二集團軍總政治部長、郭春濤爲處長。她說：「由莫斯科回國的紅色青年中，……鄧小平同志最年輕，二十一歲，足智多謀，氣宇不凡，是軍特別黨部負責人，他才華出眾，文武全才，能寫會畫，總是不辭細小，勤勤懇懇，不知疲倦地工作，創辦軍事學院和中山學院，培養軍事人才和政治人才」〔註17〕。他們皆爲戰友。1926 年，僅 20 歲的秦德君已經是西安市婦女協進會主席、西安市黨部婦女部長、二集團軍特別黨部常務委員、陝西省立女子師範學校校長、二集團軍女子宣傳隊隊長。她與劉伯堅之間產生了愛情，但卻未能成爲夫妻。軍隊出發，他們戰鬥到洛陽。她從馬上摔下，腿受傷。後到武漢。1927 年大革命失敗，劉伯堅去敵後作戰，秦德君因腿傷行走艱難，暫留武漢。她說：「幸而我的腿傷已逐漸好轉起來，於 1927 年 11 月平安地生下我和伯堅的女兒『秋燕』。」〔註18〕其後她帶著女兒輾轉到南昌，又到南京，將小女兒交給他的老師湯用彤夫婦照管，然後更名「徐舫」隻身到上海找黨，住到了陳望道家裏。此時已是 1928 年春。

從上述秦德君少年、青年時的經歷可以看出：她童年嘗盡人間辛酸，好學上進，知書達禮，性格剛強，少年即投身革命，1923 年加入共產黨，在李大釗、吳玉章、惲代英、鄧中夏等人培養下，與劉伯堅、鄧小平、劉志丹、陳延年、安子文、郭春濤、鄧飛黃等爲戰友，是一個英勇獻身革命事業的女共產黨人。

2－2 茅盾與秦德君結伴亡命日本

關於茅盾在大革命失敗後亡命日本這件事，他在回憶錄《我走過的道路（中）》的《創作生涯的開始》和《亡命生活》兩節中都有記敘。但是，他卻有意或無意地遺漏了一個重要的事實：1928 年 7 月，他是與秦德君結伴東渡，乘同一條輪船，到東京後來往密切，有了愛情，後到京都兩人即同居，秦照

〔註17〕 秦德君：《暮雲深》，《龍門陣》1987 年第 1 輯，四川人民出版社出版，第 37 頁。

〔註18〕 秦德君：《暮雲深》，《龍門陣》1987 年第 1 輯，四川人民出版社出版，第 45 頁。

料他的生活起居，並協助他創作小說，寫作論文。兩人曾準備去蘇聯，未能
實現。1930 年 4 月，他與秦德君一同乘船回國，住在楊賢江家中。四個月後，
兩人才結束這段關係。

　　我這樣說，是有根據的。請看以下筆者所見到的一些公開發表的文字材
料：

　　2－2.1 宋雲彬 1946 年 6 月寫於桂林，發表於同年 9 月 1 日重慶《人物》
雜誌第 8 期的《沈雁冰（茅盾）》一文寫道：

　　　　……不久雁冰東渡日本。中間他們鬧了一回戀愛事件，德沚在上海
　　　急得發跳，我常常去慰問。後來雁冰歸國，一切回復原狀。

　　其中的「戀愛事件」就是茅盾與秦德君的戀愛與同居。

　　2－2.2 錢青發表在 1983 年 3 月《桐鄉文藝（紀念茅盾逝世二週年專輯）》
上的《茅盾在日本京都》一文寫道：

　　　　　記得當時茅盾先生已寫了《虹》，我看過部分原稿。我問他梅女
　　　士這個人物，有些地方是否取材於 Z 女士，他側首望著 Z 女士，笑
　　　著點點頭。

　　這裡的「Z 女士」，就是秦德君。

　　2－2.3 胡風發表在《新文學史料》1984 年第一期上的《回憶參加左聯前
後》寫道：

　　　　　我是 1929 年 9 月和同學朱企霞一起去東京的。上船後遇見了秦
　　　德君，她是我在南京上中學時的教員穆濟波的女人。當時見過。1927
　　　年大革命時在武昌，我在他們夫婦租住的房子裡借住過，1927 年底
　　　到 28 年初又同在南昌。在船上見到後，知道她離開了穆，當時和茅
　　　盾在京都同居。她這次回國為茅盾討版稅，看朋友。她告訴我，茅
　　　盾看了我在《新生命》雜誌上發表的小說《三年》覺得很好，她就
　　　向茅盾介紹了我的情況。船到長崎暫停時，茅盾從京都坐火車趕來
　　　上船接她。他們坐在甲板上談話，我上甲板時遇見了只是彼此望見
　　　點了點頭，我沒有上前去，也就沒有談話。好像是茅盾把她接上岸
　　　坐火車回京都去了。

　　2－2.4 秦德君於 1985 年 4 月 16 日出版的香港《廣角鏡》（151 期）上發
表《我與茅盾的一段情》，副題是《願以本文引起健在者的追憶與補充》。此
文對她與茅盾結伴東渡和在日本亡命生活有詳細的記敘。該文的小標題依次

爲：「白色恐怖，何處落腳？」、「茅盾想找同伴東渡日本」、「初相見：一九二二年」、「『好香，捨不得把它花掉』」、「談往事，多少唏噓」、「茅盾比我大十歲」、「我們都是亡命客」、「茅盾總是殷勤地給我迎送」、「茅盾把我升格爲命運女神」、「同居」、「我和茅盾住在第四號門牌」、「《虹》是我提出來的」、「茅盾對我經歷興趣濃厚」、「寫進小說中去」、「模特兒是胡蘭畦」、「楊森想要控告茅盾」、「一帖臨別合照」。其中的「模特兒胡蘭畦」一節寫道：

> 三十年代，成都的有些小報指我爲《虹》裏的梅女士，其實不然。儘管其中有個別事情如梅女士在益州女學讀書、剪髮等，可能取我在實業女校的經歷。但原型或模特兒是胡蘭畦。

> 胡蘭畦現仍健在，任四川省政協常委和全國政協委員……解放戰爭時期，她和我在上海一起搞地下工作，我被國民黨處死刑，幸虧解放軍進兵神速，未及執行，第一個到監獄迎接我的，也正是我親愛的胡蘭畦。

她在「楊森想要控告茅盾」一節裏說：

> ……我和茅盾流亡在日本西京的生活中，一半是茅盾的薰陶，一半是他的鼓勵，我也硬起頭皮，寫過一些文章……評過一些小說，這些稿件都由茅盾寄往上海《小說月報》、《東方雜誌》、《文學週報》發表。筆名辛夷、秦覺。

在「一幀臨別合照」中她回憶道：

> 我們每次出遊，茅盾照例帶照相機、照許多像片……現在我手頭的一張最後離別紀念合影，還是茅盾贈送給胡風的。於 1966 年 3 月，胡風由公安部轉移成都，路過北京轉贈給我的。感謝老朋友留給我這一文物，非金銀所能買得來的。1966 年紅衛兵抄家，這像片夾進一疊稿子裏，又隨稿子滑落在抽屜縫裏。後來又被公安部抄去，又很幸運地物歸原主了。……

> 我們到了西京，茅盾一場病後，把我預備的旅費消耗得只剩八百元了。

> 當然我們仍然作去蘇聯的打算，所以我懷孕後只好去流產，以免累贅。對日本社會不熟悉，茅盾護送我到神戶，讓我搭「上海丸」回上海，向住在閘北景雲里他母親隔壁的葉聖陶取了一筆醫療費。

　　葉夫人胡墨林還給我縫製了一些衣服。茅盾委託已由東京回到上海
　　的吳庶五陪伴我到北四川路福民醫院，找日籍醫生「板板」作了人
　　工流產手術以後，我再隻身東渡，海船上巧遇張光人（胡風）。……
　　茅盾和胡風交上朋友是我介紹的。這是 1929 年 9 月的事。……

秦德君的這篇長文發表以後，許多人受到震動，有的寫文章給《廣角鏡》，有
的在一定場合發表看法，有不少人私下議論。茅盾的兒子韋韜的信在《廣角
鏡》上刊出後，秦德君又給該刊編輯寫了信，也發表出來。她在 1985 年 5 月
22 日的這封信中說：「我想，要把中國歷史上這重要一頁理清楚，必須和國內
外研究茅盾者合作，調查清楚，共同研究，實事求是，得出結論，才能算是
完成研究者的任務與責任，方可流傳後世。當年的當事人中尚健在的有胡愈
之、葉聖陶、丁玲、胡風、梅志、沈起予、白薇、胡蘭畦等。當時在日本京
都高原町的劇中人尚健在的有：高爾松、高爾柏、漆湘衡、周憲文等等。當
時在日本西京奈良女子師範學校留學的錢青女士，在上海《解放日報》寫過
回憶我們暢遊奈良公園的花絮，她還到我和茅盾家裏做客。茅盾發表《詩與
散文》後，王會悟在副刊雜誌上，提名指責『我』是散文不是『詩』。」〔註
19〕這年（1985）9 月 13 日，日本大阪外國語大學中文系教授、日本茅盾研究
會負責人是永駿先生在給我的信裏說：「茅盾的身份太複雜，是值得研究的。
今年秦德君發表手記《我與茅盾的一段情》（香港《廣角鏡》），茅盾已逝，無
從作證，但是有關茅盾身份的一篇驚人的手記。我看到茅盾這位作家的魅力
在於他雖然骨幹是唯物論馬克思主義者，可是他的意識是多層次多方面，好
像是萬花筒似的。」由此可見，對秦德君的這篇文章，國外的學者是很重視
的；在國內，鄭州的《名人傳記》經過刪節，發表了這篇文章的主要內容，
一些著名茅盾研究學者也很重視這篇文章；如葉子銘教授在首屆茅盾研究講
習會上作學術報告時就說：「有人曾經說她參加過《虹》的創作，那就沒有根
據了。爲《虹》的寫作提供過素材，特別是關於胡蘭畦的經歷，這倒是真的」。
〔註 20〕

　　2－2.5 陳學昭發表於 1986 年第 3 期《隨筆》上的《意外波折》一文寫道：
　　　　沈先生去日本時，用的是假名，但在船上，就被人認出，於是

〔註 19〕　香港《廣角鏡》月刊第 153 期，1985 年 6 月 16 日出版。
〔註 20〕　葉子銘：《茅盾六十餘年來的文學活動的基本特點》，《湖州師專學報增刊・茅
　　　　　盾研究》第 2 輯，第 47 頁。

> 傳來傳去，船上的男女旅客都知道了。有人立刻追求他，接近他，
> 到了日本，這位有目的的追求者說：「你一個人太孤單了。我陪陪你
> 吧！」這樣，慢慢地就達到了目的。

其中的「有人」，顯然是指秦德君，而非他人。

2－2.6 邵伯周在 1987 年 1 月四川文藝出版社出版的《茅盾評傳》中寫道：

> 在日本時，茅盾曾與同時流亡日本的秦德君同居，秦德君熱情
> 地照顧茅盾的生活，並幫他抄寫稿子。一九三〇年四月茅盾回國後，
> 他們才告分手。

2－2.7 秦德君在 1987 年第 3 期《龍門陣》（四川人民出版社出版）上發表《暮雲深》，結尾寫到了她與茅盾一起東渡日本。我在前面已引述了有關的一段，此處不再重複。

2－2.8 秦德君的手記《櫻蜃》在日本中國文藝研究會辦的刊物《野草》1988 年第 41 期、第 42 期連載刊出，全文 2.5 萬字。此文係秦德君在 1982 年定稿的。她發表於《廣角鏡》上的《我與茅盾的一段情》即從這篇《櫻蜃》節選出來。1986 年 11 月 22 日，我和徐越老師由四川文藝出版社編輯段百玲同志陪同，訪問了暫住在兒子家的秦德君老人。她已 81 歲高齡，仍然思維清晰，耳聰目明，記憶力很強，對當年她與茅盾東渡日本時的生活情景，講述得很具體，許多細節也都說得很生動。她在 1987 年 2 月 27 日致我的信中說，她的回憶錄原稿是「三部曲」：一、《女囚》，二、《暮雲深》，三、《櫻蜃》。其中的《櫻蜃》是「專寫我和茅盾去日本的一段經歷」。又說：「我現在手裏的《櫻蜃》原手稿，寄給你參閱後，不管怎樣使用，但稿務必寄還給我。我用『櫻蜃』二字，乃取之蘇東坡的『海蜃』，有何見教，亦請函示。蘇東坡寫的是『海市蜃樓』，我寫的是櫻花樹下的海誓山盟。」日本《野草》雜誌將秦德君的手記《櫻蜃——革命回憶錄》刊出，有助於日本和各國學者研究茅盾與秦德君的關係，是值得在茅盾研究史上記下一筆的。我希望國內也能有刊物將《櫻蜃》全文發表，以供人們研究。

2－3 孔德沚在上海艱辛日子

茅盾與秦德君結伴東渡日本過起亡命生活以後，他的妻子孔德沚和茅盾母親帶著沈霞沈霜，過著艱難困苦的生活，雖然茅盾離家時留下一些錢，茅盾母親也有一些積蓄，葉聖陶夫婦也不時給他們一些幫助，但是坐吃山空，孔德沚不得不去工人夜校及一所中學兼教幾個鐘點的課，貼補家用。而當她

得知茅盾與秦德君同居的情形後，又氣又惱，極端痛苦，幾不欲生。好在時間不長，只有近兩年的日子，風波雖大，終於平息。

以上從兩個時期對茅盾、秦德君、孔德沚三人的關係作了些介紹。從當事人、知情人和研究者所寫的文章來看，所敘的事實在細節雖未盡相同，但基本內容相同。今天，我們以歷史的、科學的態度進行研究，我以為，可以得出以下結論：

茅盾 1928 年離開上海東渡日本時是與曾經為同事和學生的秦德君同行的。他們都是流亡異國的中國革命者、共產黨人，又都是青年人，在淪落天涯的日子裏「同病相憐」，由互相安慰、勉勵、幫助、照顧而產生愛慕之心，進而由戀愛發展到同居，是合乎人性的與合乎情理的。後人對茅盾與秦德君這段關係應實事求是地進行研究，不為賢者、尊者諱，不對茅盾和秦德君兩人中的任何一人進行任何的責難與苛求，秦德君在茅盾流亡日本期間對茅盾的思想、感情由消極向積極轉變是起了作用的，他對茅盾的創作和生活上的幫助是非同一般的；沒有秦德君向他提供胡蘭畦的材料及她自己的經歷、敘說川江風光及其他人如楊森等的故事，就不會有《虹》這部小說，就沒有梅女士；當然，沒有茅盾的幫助、指導、薰陶，秦德君的文學修養也不會在那段時間裏有那般的提高，她心靈的空虛也不會迅速得到填補，精神上的痛苦也不會得到消除，更不會獲得愛情上的甜蜜與同居的歡樂；如果茅盾與秦德君在日本想到了辦法真的去了蘇聯或者一直逗留在日本，而不是於 1930 年 4 月返回上海，可能就沒有了《子夜》，沒有了我們現在所知道的茅盾、所瞭解的秦德君。總之，茅盾與秦德君結伴亡命日本從戀愛到同居並一同從事文學創作事業，是既有利於他們個人的思想、感情、性格的成熟、完美，又有利於中國新文學事業的豐富、多彩並有利於中日兩國文化交流和人民友好的事業的。

Ⅲ、1930～1949：從子夜到黎明

3-1　秦德君與茅盾「分道揚鑣」，茅盾與孔德沚「破鏡重圓」

茅盾在《「左聯」前期》中說：「一九三〇年四月五日，我回到上海，為了避人耳目，暫住法租界某路楊賢江家中。」

事實是否真的如此呢？其他人又是怎樣說的呢？

當事人之一的秦德君寫道：「蘑菇到一九三〇年四月初，我和茅盾才無可

奈何地回到上海，開始時住旅館，然後移住到楊賢江家裏的三層樓。……因為窮，我們訂計劃，他寫文章，我給他抄稿子而外還繼續翻譯。由於茅盾的面子，開明書店和我訂約翻譯一部日文『中國戲曲小說史』，十萬字……才翻譯到二萬多字，我又懷了茅盾的第二個孩子。他的『野貓』以兩千元離婚費未付爲理由，朝朝暮暮來哭訴，討取風流債。據茅盾說，是她那姓盧的愛人死了，雖然又有一個姓張的，又嫌新人不如故人，想破鏡重圓，以討債爲藉口。當時的光景，我們自顧不暇，哪來兩千元還『債』呢。」又說，後來茅盾無奈，「要求我和他訂四年之約，他們四年功夫來寫作，把稿費來還清她兩千元，我們再圖百年之好。……當時我們沒有經濟力量安家，也沒有兩千元還『債』，寄居在楊賢江家裏，也非長久之計，我只好同意他的四年之約。……這是一九三○年八月在上海，我和茅盾協商好了，大計已定，暫時分手四年以後，我約茅盾和孔德沚（野貓）三個人一起到虹口公園，茅盾對孔德沚不理睬。我們三個人同坐一條綠色橫條木料長椅，我在中間。茅盾還是繃起臉不理睬姓孔的，我就站起來把他們拖攏來擠在一塊兒，我就走了。就這樣他們才破鏡重圓的。我和茅盾又一起去看望丁玲，對她說明我們的分離的計劃。丁玲堅決反對我們這樣做。但事已至此，乍能反悔呢？回頭來，茅盾仍然按計劃，護送我到『福民』醫院，仍然是『板板』醫生作人工流產手術，把我肚裏的孩子挖掉了。至今思之，算個什麼名堂？……」〔註 21〕後來她曾以吞安眠藥 200 片自殺未遂，被人送進紅十字醫院搶救，出院後由她侄子秦國士將她背上船，送回四川老家。這是親歷其事者的回憶。

再看陳學昭在《意外波折》中所寫的：「回國後，侵佔了他們的家，德沚姐只好走了。這位第三者和沈先生的母親和兩個孩子關係也不好，並要虐待她們，由於沈先生從小孝順母親，是在母親的撫養、教育下長大的，他也憐惜這兩個孩子，於是請這位第三者離開；可是條件來了：多少錢，一千元，不夠；兩千元，不夠，沈先生只好去借錢。終於，走了……沈先生希望德沚姐回來，那時，德沚姐在工人夜校上課，同時擔任著一個中學的教導主任。從這時起，德沚姐全心幫助沈先生寫作。」〔註 22〕這裡所寫的事情，其內容顯然是聽來的，不是第一手材料，其眞實性如何難以斷定，而且，作者的傾向性是很強烈的。

〔註 21〕 秦德君：《櫻蜃——革命回憶錄》，日本《野草》第 42 號，第 5～7 頁。
〔註 22〕 陳學昭：《意外波折》，《隨筆》1986 年第 3 期。

　　以上三人所說的，除茅盾的「回憶」外，秦德君的「回憶」與陳學昭的「說明」是大致相同的：茅、秦二人回國後又同居了四個月然後才「分道揚鑣」；茅、孔分離兩年多之後又「破鏡重圓」。

3－2　孔德沚追隨茅盾，在抗日戰爭和解放戰爭中輾轉於各地，歷盡艱難困苦

　　茅盾在其回憶錄《我走過的道路》中冊及下冊裏對此有詳細的敘述，這裡不贅引。我想說的是，茅盾與孔德沚在共同生活日益加深，他們相互愛護，相互照顧，心繫革命，心繫兒女，相依為命，共謀生計。從 1930 年 9 月至 1949 年 9 月，兩人從未分開過，一同去香港，又同往新疆；一同去重慶，勝利後雙雙從上海前往蘇聯訪問；第三次到香港，後經大連到北京，定居下來。

　　有兩個人的文章有助於說明他們夫妻和好、關係密切的真實情況。一篇是解放前孔另鏡寫的《茅盾出國記》，其中寫道：「茅盾夫人是非常敬愛茅盾的，我和他們倆一別十年重逢之後，我感覺她更愛護他了，而他對她比起十年前更覺愛得多了，這也許是因經過了太長久的時間磨煉，漸漸沖淡了相異而生長了調和，也恰恰證明了感情這東西確實是時刻在動的過程中，須要培植，也須要磨煉的。實在說，茅盾夫人也並非是一位不能幹的女性，可是她的才能只不過及於忠實的執行，她只有在像茅盾這樣的愛護之下，才可以發揮她的才能，過去她是落過多次辛酸淚的，而現在，我想她該笑一笑了吧。」〔註23〕另一篇是前文已提到的陳學昭的《意外波折》，其結尾說，茅盾在回憶錄中不寫與秦德君的關係，「他沒有寫到這段波折我是理解的。雖然他有弱點，但開始他是被動的，他態度溫和，從來不隨便罵人，總是說道理。……這件事上，他對德沚姐一直懷著懺悔的感情」。〔註24〕上述兩篇文章，雖然分別為孔德沚的弟弟及沈、孔兩人的好友所寫，不無傾向性和感情色彩，但比較客觀，是可以相信的。

3－3　茅盾與秦德君幾次相逢，心態複雜難以言說

　　茅盾與秦德君在 1930 年 8 月分手時，據秦德君回憶所說，兩人曾約定四年之後相見以結「百年之好」。然而事情沒有這樣發展。茅盾與結髮妻子重歸於好，夫妻關係中的「意外波折」已經平息。茅盾既然向孔德沚「懺悔」（如

〔註23〕莊鍾慶編：《茅盾紀實》，四川文藝出版社 1986 年 1 月第 1 版，第 119 頁。
〔註24〕陳學昭：《意外波折》，《隨筆》1986 年第 3 期。

陳學昭所說），就必然要徹底斷絕與秦德君的一切關係。據秦德君說，「茅盾得知我已臥床不起，生命垂危，來信說他已搬到哪街哪弄，幾號門牌，就此渺無聞訊。」〔註25〕查《我走過的道路（中）》，茅盾此時的確兩次搬家。他在第 49 頁寫道：「我同德沚和母親商量今後怎樣生活。我說，目前我要找公開的職業不容易，只好蟄居租界，繼續賣文爲生；好在文章寫出來書店老闆肯要。但是景雲里這個家要搬出來，換一個不爲人知道的地方。他們也覺得只有這條路。」他先是將家搬到公共租界靜安寺東面的某路某里，不久，又因「房租太貴、「母親決定回烏鎮去」而第二次搬家，搬到了「愚園路口樹德里的一家石庫門內的三樓廂房」。這樣，茅對秦就斬斷了一切的情絲。秦德君又怎樣呢？她說，「而今四年已過，所謂『百年之好』，也不過是畫餅而已，什麼『此生不愛第二人』？他已背信棄義，撕毀『海誓山盟』，讓他走他的陽關道罷！我就憤而把那張最後『相約四年』離別紀念的六吋合影小照和他分手後他寫給我的一系列的信件，放火燒了。」她又說，「林黛玉焚稿斷癡情，含恨而亡。我可不是林黛玉，也不可能再爲背義者去殉生命，我願走自己的獨木橋。人有感情，也有理智，我還嚮往著革命的前程。」〔註26〕自此之後，秦德君繼續走自己的人生道路。她先在劉湘的軍隊裏任參議官，「以後她在儲奇門半坡上新建了一幢三層樓房，爲聯合抗日，周恩來、董必武，張瀾等經常在這裡聚會。秦德君與王炳南、郭春濤組織了『東方文化協會』，他們以這裡爲點，組織動員群衆，共同抗日。她和郭春濤在西安共過事，後又一起從戎，都在劉湘部下任職。在抗日統戰工作中，他倆終於結成伴侶。三年解放戰爭中，周恩來指示郭春濤留在上海對敵作策反工作，秦德君予以協助。解放前夕，地下工作暴露，郭春濤被特務盯緊了，秦德君爲讓其擺脫危險，假裝出脫，被一群特務抓住，關押在上海監獄，儘管遭到毒打拷問，她守口如瓶，被國民黨判處死刑。柳亞子在北平聞訊後，悲慟地寫下了《聞德君同志噩耗而作》一詩。」〔註27〕只是由於解放軍進兵神速，才把她搶救出來。郭春濤曾任政務院副秘書長，後病逝於北京。

〔註25〕秦德君：《櫻蜃——革命回憶錄》，日本《野草》第42號，第8頁。

〔註26〕同上，第9頁。

〔註27〕《女革命先驅秦德君》，四川《文摘周報》1988年12月16日第一版。柳亞子悼秦德君的詩爲：「宗鳳眞衍秦良玉，說部能開沈雁冰。玉貌錦衣猶在眼。秋墳向傑忍傳燈。東坡瞻耳滔容誤，一妹南都血尚凝。猛憶渝州初識面，含光佳俠氣飛騰。」

從 1930 年 8 月至 1949 年 8 月長達 19 年時間裏，秦德君說，她曾與茅盾幾次邂逅，所謂「人生何處不相逢」。爲了與大家一起研究，我在下面轉引幾段：

> 一九三八年在陪都重慶於官府街七號，郭沫若領導的文化工作委員會的大門口，山城陰雨綿綿，烏雲密佈，我穿的玫瑰紅晴到雨兩用衣，進門之間，我進去，茅盾出來，冷不防地遇見他拿著一把黑傘走出門，無意地撞了個滿懷，眞所謂「人生何處不相逢？」我們都不約而同地站住了，彼此都不知從何說起，喉頭梗塞著沒有話，他低下頭去，頗表不敢正面看我而內疚。他還是那般地消瘦，那般地憔悴，那般地可憐相。使他驚詫的是我還活著，給他以精神壓力，當然不小啊！

> 爲南國詩人柳亞子祝壽，也是在天官府街七號，濟濟一堂，滿滿地四桌騷人雅士……茅盾忽而毛遂自薦地站了起來，代表壽翁巡迴敬酒。他原來坐在我背後一桌，和我背對背，他這一轉身站起來，就和我面對面了。他習慣地偷眼看我，但他那偷覷的眼珠老是和我正視他的眼光相撞，他立刻一溜煙把目光閃開了。哎！何必如此狡情！何不落落大方點呢？我們並不是相逢何必曾相識呢？

> 抗日戰爭勝利後，在上海爲郭沫若祝壽，在郭家客廳裏酒宴上，也是如此。

> 一九四六年夏天，在上海花旗銀行大廳裏，爲李公樸、聞一多追悼會開籌備會，因爲忙，女兒秋燕飛北平轉解放區，一去無消息，我已是四個夜晚沒有休息，困倦極了，在主持人宣佈開會前一刻，不自禁地把頭歪在手提包上睡著了。茅盾遲到，是最後入場的一個人。他一進來就挨個握手。我不但沒有看見他茅盾過來給我握手，連宣佈開會也沒聽見。……散會後就有人議論，說什麼『秦小姐』『北歐命運女神』好驕傲啊！茅盾走到她跟前向她握手，她竟然刮茅盾的鬍子——不理睬。我說，天曉得！我睡著了，不知道。好心腸的朋友勸我解釋一下誤會，以免傷感情，我說，算了唄，誤會就誤會罷！如果是眞心人，自然不會誤會的。

> 上海文藝界歡送茅盾去蘇聯的會上，女詩人白薇莊嚴而又沉重

地對茅盾提出建議，叫他到托爾斯泰的墳墓上多走走，多看看，多想想，回頭來寫一部中國的「復話」。難道茅盾聽不懂白薇女詩人的心意就是鼓勵他寫懺悔嗎？不過，又何必讓他懺什麼悔呢？我可不存在這種想法，最好連他的面也不要見到。然而冤家對頭，偏偏是狹路相逢，甚至多次，多次地面對面。

一九四九年八月，第一屆全國新政治協商會議籌備期間，我住在北京飯店二層樓十七號房間，想不到茅盾就住在三層樓的頭頂上。當清晨我到陽臺上活動鍛煉，他雙手扶靠著陽臺欄杆，一張笑臉，目不轉睛地投向我。但到我遭受政治誣諂而受審查的時候，陽臺上再也看不見他含情脈脈的笑臉，連背影也看不見了。電梯裏上上下下，儘管我和他面對面，肩碰肩，背靠背，陌路人一般，他還流露出幸災樂禍的神情。細想起，夠多麼庸俗的患得患失呢？〔註28〕

以上所引秦德君回憶，有著濃厚的感情色彩，眞實性怎樣，因爲茅盾已去世，無從對證。而其他人不是當事人，更不能作證。不過，凡是與秦德君老人交談過的人，從她那坦誠直率的神色，鮮明的愛憎，流暢的言語，可以相信她的話是眞實可信的。

Ⅳ、1950～1981：新中國誕生、十年浩劫至茅盾逝世

4-1 孔德沚成為文化部長的賢內助

茅盾在擔任文化部部長、政協全國委員會常務委員、全國文聯副主席、中國作家協會主席等職務之後，夜以繼日爲開創新中國社會主義文化事業殫精竭慮。

孔德沚在新的時代開始的時候也想參加工作。她曾向周恩來總理提出，請求能給她安排一個工作。周恩來認眞考慮後答覆她：給她安排的工作就是「照顧好茅盾同志」。對她說，茅盾「是我們國家的寶貴財富，今後要他爲新中國描藍圖，爲新中國作出新的貢獻。你要好好照顧他，這是黨交給你的任務，這比您做任何工作都重要！」〔註29〕從此之後，孔德沚就成了茅盾這位新中國第一任文化部長的賢內助，直至她在「文化大革命」中期沉疴不起而去世。

〔註28〕秦德君：《櫻蜃——革命回憶錄》，日本《野草》第42號，第9～10頁。
〔註29〕金韻琴：《記茅盾和孔德沚》，見《中國當代文學研究資料——茅盾專集》，福建人民出版社1984年出版。

俗話說：「少年夫妻老來伴」茅盾也與孔德沚相依為命，共度了人生的最後一段歷程。陳學昭作為茅盾夫婦的好友，曾在文章中寫道：

> 在德沚姐患病期間，他自己身體不好，竟日夜陪著她；有時她尿在床上，他總要親自替她抹床。就是後來進了醫院，他還是去陪她。兒子和媳婦看見爸爸樓上樓下的跑，室內室外進進出出，完全忘了自己身上的病，勸又勸不住他！〔註30〕

我在拙著《一代文豪：茅盾的一生》〔註31〕中，曾引用茅盾寫給表弟陳瑜清的幾封信，寫了茅盾在妻子患病期間、搶救無效以及病逝以後的神態和心情，讀者可以參看。

4－2　茅盾經新中國建國後多次政治運動、「文革」浩劫、復出至病逝和恢復黨籍

有關這些內容，與本書論題關係不大，且研究文章、著作已不少，茲略去不再贅述。

4－3　秦德君在幾十年風雨中的命運和遭遇

秦德君「1938年到重慶，1945年加入民盟，任婦女運動委員，又任婦女文化公司總經理兼常務董事。1946年到1949年她又到上海做地下交通，參與策反國民黨海陸空軍的工作。1949年5月17日被國民黨政府逮捕，即被判處死刑。但幾天後上海就解放了，她幸免於難。解放初，秦德君任上海婦聯籌備委員，隨後奉調北京」〔註32〕，參加全國政協籌備工作，之後長期在教育部任職。「文革」浩劫中身囚秦城監獄多年。粉碎「四人幫」後，冤案平反，現住北京，任全國政協委員，仍筆耕不已。

由於她與茅盾的關係，在秦城監獄中，專案組曾逼她「交代一九二七年『四一二』事變後跟茅盾逃到牯嶺白雲洞幹什麼反革命勾當」，其實她根本沒有跟茅盾到過牯嶺白雲洞，當年茅盾在牯嶺與之有來往的女性只有范志超。

秦德君回憶錄中還有兩段值得注意、研究：

其一，她說：「一九五一年當我在教育部工作時，寫了跟茅盾一路去日本的一段經歷，組織上拿到文化部去找他核實。他滿口承認說：『事實就是如此。』

〔註30〕陳學昭：《意外波折》，《隨筆》1987年第3期。
〔註31〕李廣德：《一代文豪：茅盾的一生》，上海文藝出版社1988年10第1版。
〔註32〕辛古木：《茅盾的〈虹〉與秦德君》，《上海灘》1988年第11期。

但是要他寫個證明，他卻全身發抖不肯寫。還說他不是黨員，這是關係到我的政治生命問題。他、他、我用雙掛號寫給他的親啓的信，談的是組織關係的正經事，想不到猶如石沈大海，杳無信息，這算個什麼問題呢？」〔註33〕

其二，她說：茅盾逝世後，「沈雁冰治喪委員會送來兩份請貼：一份請到北京醫院向沈雁冰遺體告別，一份請到人民大會堂參加舉行沈雁冰的追悼會。啊！中國的一顆巨星殞落了。這麼一來，使我心裏頗不安静，去向他的遺體告別嗎？向他，向茅盾的遺體告別，我們的眼珠子，還能夠相碰嗎？向他，向茅盾的靈前去追悼他，我和他是個什麼關係呢？站在他的靈前算個什麼身份？思前想後，還是不去的好，免得觸景傷『情』，空惆悵。」〔註34〕

雖然茅盾已去世八年，但是人們至今還未能查閱茅盾的檔案。對以上的材料，也就只能留待以後進行核實和研究了。

4−4　秦德君對她與茅盾之間的關係的總認識和對茅盾的總評價

在《櫻蜃》中，秦德君說一生經歷了幾轉幾折，「每次都碰巧碰上了中國革命的轉折關頭，而每次也都巧逢轉折中的某些重要人物或典型人物。這就構成了許多值得憶而錄之的典型故事。其中一節就是大革命失敗後我和茅盾的三年流亡生活。我敢說，沒有那一段不幸的遭遇，我就不會成爲現在這樣的我；而我更敢說，沒有那一段，茅盾更不會成其現在這樣的茅盾。我雖然微不足道，可有可無，無可無不可，而茅盾卻是舉世聞名的文學巨匠。我反覆忖度，若是把這段湮沒了，雖然保全了對於欺世盜名者英名的流傳，那就對不起後來人，更對不起研究者。」〔註35〕

我很敬佩秦德君老人的態度，她這個態度是誠懇的，明白的。我們根據現有的材料已經可以得出一個結論；從提供有關梅女士的原型材料這一意義上說，沒有秦德君，就沒有《虹》；茅盾不去日本流亡也確實「不會成其爲現在這樣的茅盾」；他現今在日本也不會那樣爲讀者和學者感興趣，也不可能專門組織一個「茅盾研究會」對他開展研究。

秦德君對茅盾的一生的偉大成就，也做出了自己的、高度的評價。她稱「茅盾的一生，可以算是中國現代文學史的一塊豐碑。人們將會永遠懷著崇敬的心情去瞻仰。」這種評價是實事求是的。是的，茅盾這座豐碑是歷史的

〔註33〕秦德君：《櫻蜃——革命回憶錄》，日本《野草》第 42 號，第 11、12、15 頁。
〔註34〕同上。
〔註35〕同上。

巨手樹立起來的，已樹立在史冊上，並牢牢地樹立在億萬人民的心中。

有人說秦德君發表有關她與茅盾的回憶文章是要「標榜自己，貶抑逝者」、有意「攻訐」。這種觀點，顯然是筆者無法同意的。我們如果要評論秦德君的回憶錄，那就必須全面、深入地研究方方面面的材料並從中找出真正的事實、徹底弄清真相，只有如此之後才能實事求是地做出科學的結論。

本章對茅盾、孔德沚、秦德君三人在半個多世紀中的經歷及其相互關係和影響進行了初步的探討。我的一個基本觀點是：人不是神，人就是人，是「社會關係的總和」，既然社會上的「人無完人」，茅盾與孔德沚、秦德君也就都不是「完人」。她們食人間煙火，有思想，有感情，有性格，有性欲，是真實的人，社會的人。對他們三個人，研究者不能有所褒貶，只能進行研究，以恢復歷史的真相。我在文中不厭其煩地引出了許多材料，就是希望有更多的人對它們進行研究。至於我的論點和論述，限於水平，缺點和錯誤在所難免，敬請專家和讀者教正。

※本章原發表於《湖州師專學報》1989 年第 3 期「茅盾研究專號」。

6 從顧仲起到《幻滅》中的強連長

塑造小說中的典型人物有兩種方法，其一是根據自己所熟悉的某一人物，以這一人物作爲模特兒，再經過藝術加工而成；其二對眾多的人物進行觀察、概括，然後進行藝術加工、提煉而創造出來。優秀作家都是擅長這兩種典型化的方法的。文學大師茅盾經常運用的是後一種方法，即如魯迅所說是「雜取種種人合成一個」，如吳蓀甫、林老闆、老通室……等等。然而他筆下的某些人物，有時也用第一種方法，即根據一個模特兒進行加工來寫成，如《幻滅》中的強連長就是這樣一個人物。

茅盾早在 1933 年 5 月就指出，他在《幻滅》中「把三個女性做了主角，不是偶然的。稍稍知道我的生平，但和我並不相識的人們，便要猜想那三位女性到底是誰，甚至想做『索隱』，然而假使他們和我熟識並且也認識我的男女朋友，恐怕他們就會明白那三個女主角絕對不是三個人，而是許多人，——就是三種典型」。〔註 1〕而作爲茅盾「注意寫的」靜女士的戀人強連長，情況卻與這三個女主角不同，茅盾在寫作《幻滅》64 年之後披露：「強連長這人有一小部分是有模特兒的，這就是顧仲起。」〔註 2〕

關於顧仲起，茅盾在寫回憶錄時有三次提到他。在寫《文學與政治的交錯》一章時，茅盾回憶他被選爲中共上海兼區地方執行委員會委員以後，接著寫道：「因此我曾到蘇州去過幾次，找在那裡有過文字關係的人（例如我編《小說月報》時曾投過稿或通過信的），發展爲黨團員。在南通，有個南通師範學校的學生顧仲起曾經投稿（詩），思想左傾，可以先和他通訊，慢慢發展

〔註 1〕 茅盾：《幾句舊話》，《茅盾論創作》，第 6 頁。
〔註 2〕 茅盾：《創作生涯的開始》，《新文學史料》1981 年第 1 期。

他為團員。」〔註3〕這是第一次提到顧仲起。可是這段文字在《我走過的道路
（上）》裏已被茅盾刪去。刪去的原因從後文看，是為了避免重複，也為了更
集中交代顧仲起其人其事。

第二次提到顧仲起是在《一九二七年大革命》一章裏。茅盾回憶到他和
孫伏園「聯絡了十個人，組成了『上游社』。這十個人是沈雁冰、陳石孚、吳
文祺、樊仲雲、郭紹虞、傅東華（當時不在武漢）、梅思平、顧仲起、陶希聖、
孫伏園。……我只在《上游》創刊號上（三月二十七日）寫過兩篇文章：一
篇是為了詩集《紅光》寫的序，《紅光》的作者顧仲起是我在一九二五年初介
紹他去黃埔軍校從軍的青年作家，現在他也來到了武漢，而且居然沒有放棄
文學。可惜這本詩集和它的作者，後來都不知音訊了！」〔註4〕這一段回憶文
字對我們瞭解茅盾與顧仲起的關係很重要，可以使我們知道茅盾從事文學工
作初期是怎樣培養青年作家，引導文學青年獻身革命、報效祖國的。稍感不
足的是這段回憶敘述得太簡略了。

在《創作生涯的開始》一文中，茅盾對他與顧仲起的交往作了進一步的
回憶。這段文字敘述得較詳細，主要內容是：一、顧仲起在 1923 年常給《小
說月報》投稿，當時他是「因為參加學生運動被學校開除」，「離家出走到上
海，在碼頭上當搬運工人，也做過其他各種雜工」。二、1925 年初，茅盾為顧
仲起報考黃埔軍校寫了介紹信，並和鄭振鐸一起為他湊了路費；「兩星期後，
他給我們來了一封信，說他要上前線打仗去了。記得我當時還寫了一篇文章
叫《現成的希望》，對這位有著豐富下層生活經驗的青年作者寄予很大的希
望。」三、一九二七年顧仲起找到茅盾時已是國民革命軍第四軍某師連長，
茅盾從談話中發現他當兵打仗只是為了尋求刺激，原有的理想和反抗思想已
經消失，但他仍在寫作，於是茅盾邀他加入了上游社。四、「《幻滅》中的強
連長就有一部分取材於顧仲起，寫這樣的一種人對革命的幻滅。」〔註5〕

茅盾在上述回憶中提到的《現成的希望》一文，原載《文學週報》第 164
期，出版於 1929 年 3 月 16 日。這篇文章的開頭就寫到他介紹顧仲起投考黃
埔軍校的事：

　　　　曾經在《小說月報》上和諸君見過面，曾經在大達碼頭的輪船

〔註 3〕茅盾：《文學與政治的交錯》，《我走過的道路（上）》。
〔註 4〕茅盾：《一九二七年大革命》，《我走過的道路（上）》，第 337～338 頁。
〔註 5〕茅盾：《創作生涯的開始》，《新文學史料》1981 年第 1 期。

上和水手打過架，曾經在上海跑馬場裏做過工、拔過草——這些事，他曾經作一篇小說來描寫的——顧仲起君，兩月前到廣東黃埔陸軍教導團裏去當兵去了。仲起君因爲考教導團先須二人介紹，曾拉我做個湊數的介紹人；我那時聽他說著，不住把眼瞅著他那瘦削的面龐和那一雙曾經拔過跑馬廳裏的綠草的粗手；照他那雙手看來，他是有資格拿槍的，但是我一看他的面龐，不禁怕他擔當不了軍營中的鐵也似的生涯。

他一去有兩個月了，正當廣東東江戰雲彌漫的時候。前兩星期接到他的來信，說他的一班，也要開到前敵，嘗嘗沙場的滋味了；他並且說，「幸而生還，還要把親身經歷做幾篇小說」。我知道他一定是「生還」的，因爲他們雖然開赴前敵，大約不過擔任後方警備，未必上火線罷？我很慶幸我大概準可以看見他所應許我的幾篇小說了。

從以上兩段話來看，茅盾和顧仲起的關係是很好的，怪不得茅盾在《現成的希望》的篇末說：「我的現成的希望，便是顧仲起君了」。

的確如茅盾所說，顧仲起在文學創作上是很有希望的。我們從很少的一些資料知道：顧仲起原名自謹，1903 年生於江蘇省如皋縣白蒲鎮西鄉顧家埭的一個破落地主家庭。兄弟四人，他排行第三，從小過嗣給擔任小學教師的伯父。幼年就讀古詩和《三國演義》、《水滸》、《紅樓夢》等古典小說。讀小學時，各科成績優良，國文爲全班之冠。五四時期，他正在南通的通州師範學校學習。他因受進步思潮的影響，開始寫作以反帝反封建爲內容的白話詩文，在當地報刊上發表。1922 年下半年，顧仲起因參加學生運動被學校當局開除，回鄉後又受到父親、伯父斥責和其他人的奚落，於 1923 年初毅然離家流浪到上海。他在到上海的第一年裏，曾在街頭賣報，在外灘碼頭當搬運工人，在跑馬廳清除雜草，拉過板車，有時不得不求乞度日，飽嘗了失學、失業、貧病、凍餒的人間辛酸痛苦。他於是拿起筆描寫舊社會的貧富懸殊的黑暗現實，抒發自己掙扎於生活激流中的深切感受。先後在《小說月報》上發表了《深夜的煩悶》、《最後的一封信》、《風波的一片》、《碧海青天》等短篇小說〔註6〕，引起了讀者的注意。1925 年初，顧仲起經茅盾、鄭振鐸介紹考入

〔註6〕《小說月報》1923 年第 14 卷第 7、8、9、10、11 期，1924 年第 15 卷第 1 期。

廣東黃埔軍官學校教導團，不久即參加中國共產黨。隨後參加東江戰役，先任班長，後升為排長，北伐時擔任連長、連黨代表，並在國民革命軍第八軍政治部做過宣傳工作，在該部宣傳科出版的《前敵》雜誌第十一期和第十二期上發表過兩篇文章：《安國軍之內幕》、《總理逝世兩週年中之國民革命軍》。曾在武漢加入茅盾發起成立的文學團體「上游社」。1927年大革命失敗後他先去上海，後流亡天津。1928 年初又回到上海，加入革命文學團體太陽社。在生活十分艱苦的情況下，他勤奮地寫作，出版了短篇集《生活的血迹》、《笑與生》、《愛情之過渡者》、《墳的供狀》，中篇《葬》和《殘骸》。1929 年初，他「由於出身於非無產階級，又沒有得到徹底改造，政治上的苦悶，經濟的壓迫，終於使他走上了自殺的道路。」〔註7〕他葬身黃埔江的自殺是消極的，作為一個共產黨員來說，更是錯誤的，但也不啻是對萬惡的舊世界的一種無可奈何的反抗。

就是這樣的顧仲起，卻成為《幻滅》中的強連長的生活原型。一個作家成為另一個作家塑造的人物的模特兒，這種情況在以往的文學史上是罕見的。當然，小說中的人物不等於模特兒，強連長並不就是顧仲起。但是，我們研究作家塑造典型人物的經驗，不能不注意作家強調指出的：「強連長這人有一小部分是有模特兒的，這就是顧仲起。」「《幻滅》中的強連長一小部分取材於顧仲起，寫這樣的一種人對革命的幻滅。」〔註8〕從《幻滅》的第十二章至十四章內容來看，茅盾描寫強連長時，取材於顧仲起的有以下幾個方面：

一、少年時的愛好。強連長對靜女士說「我在學校時，幾個朋友都研究文學，我喜歡藝術」。〔註9〕這與顧仲起在通州師範學校讀書時就寫詩作文，並向報刊投稿是一致的。

二、藝術型的軍人。強連長是個「崇拜藝術上的未來主義」的國民革命軍下級軍官，他認為「依未來主義而言，戰場是最適合於未來主義的地方」，「戰場的生活並且也是最藝術的。」他是軍人，也是藝術家，雖然茅盾筆下的強連長並未告訴讀者他有些什麼作品。這種描寫也取材於顧仲起。顧仲起的藝術氣質在從軍以後仍然保持著。1927 年初，他跟茅盾見面時，就告訴茅

〔註7〕 復旦大學中文系編著：《中國現代文學史》（上冊）第四章第三節，上海文藝出版社出版。

〔註8〕 茅盾：《創作生涯的開始》，《新文學史料》1981 年第 1 期。

〔註9〕 茅盾：《蝕》，第 84 頁。

盾他仍在寫作，並拿出他創作的一本題為《紅光》的詩集原稿讓茅盾指正，還要茅盾給他的詩集寫序。由於《幻滅》最後幾章是以寫靜女士為主，強連長的出現是作為靜女士的陪襯，因而茅盾對強連長的描寫，只用了顧仲起作為藝術家的生平事蹟的很小的一部分。

　　三、理想幻滅與追求刺激。強連長是「因為厭倦了周圍的平凡，才做了革命黨，才進了軍隊」，他說「別人冠冕堂皇說是為什麼為什麼而戰，我老老實實對你說，我喜歡打仗，不為別的，單為了自己要求強烈的刺激！打勝打敗，於我倒不相干！」〔註10〕他對戰場的描寫是：「尖銳而曳長的嘯聲是步槍彈在空中飛舞；哭哭哭，像鬼叫的，是水機關；……大炮的吼聲像音樂隊的大鼓，替你按拍子。死的氣息，比美酒還醉人，呵，刺激，強烈的刺激！」〔註11〕對於這種「新奇的議論」，茅盾通過靜女士的內心活動作了評論：強連長是生活中的「傷心人」，他「對於一切都感不滿，都覺得失望，而又不甘寂寞，所以到戰場上要求強烈的刺激以自快。」「他的未來主義，何嘗不是消極悲觀到極點後的反動。」〔註12〕而強連長的模特兒顧仲起，原先是一個有理想、有抱負、敢於反抗的知識青年，但他從班長、排長、升為連長之後，卻對革命、理想產生了幻滅。當茅盾問他對時局有何感想時，顧仲起竟說他對這些不感興趣，軍人只管打仗。他對茅盾說：「打仗是件痛快的事，是個刺激，一仗打下來，死了的就算了，不死就能陞官，我究竟什麼時候死也不知道，所以對時局如何，不曾想過。」茅盾在回憶他與顧仲起的交往時還說，當時「顧仲起住在旅館裏，有一次我去看他，他忽然叫來了幾個妓女，同他們隨便談了一會兒，又叫他們走了。當時軍人是不准叫妓女的。我問旅館的茶房。茶房說，這位客人幾乎天天如此，叫妓女來，跟他們談一陣，又讓她們走，從不留一個過夜。原來他叫妓女也是為了尋求精神上的刺激。」〔註13〕這一件事，茅盾在塑造強連長時未用上去，但強連長與靜女士的戀愛也同樣表現出是「為了尋求精神上的刺激」，如靜女士所說：「這個未來主義者以強烈的刺激為生命，他的戀愛，大概也是滿足自己的刺激罷了」。〔註14〕

〔註10〕茅盾：《蝕》，第84頁。
〔註11〕同上，第83頁。
〔註12〕同上，第84頁。
〔註13〕《新文學史料》1984年第1期。
〔註14〕茅盾：《蝕》，第95頁。

　　強連長就是如此鮮明地帶著他的模特兒顧仲起的愛好、思想、感情、性格、興趣出現在茅盾筆下的。

　　然而，強連長也有種種不同於顧仲起的地方，主要是：

　　一、強連長「是廣東人。父親是新加坡富商。大概家庭裏有問題，他的母親和妹妹另住在汕頭。」〔註15〕而顧仲起則是江蘇人，出生在「一個破落地主家庭」。〔註16〕身世遭遇也不同。強連長是「因爲厭倦了周圍的平凡，才做了革命黨，才進了軍隊。」而顧仲起的道路則較爲坎坷曲折，如他自己在小說《殘骸》序文中概括的，就是「奔波勞碌，飢餓，乞丐，做工，賣報，當兵，革命，戀愛，而終於失敗」這樣一個過程。

　　二、強連長雖然同顧仲起一樣不管政治，但是他卻關注著戰事進展，受傷住院還天天看報或聽靜女士讀報。他埋怨「這裡的報太豈有此理，每天要到午後才出版！」他對靜女士說：「我著急地要知道前方的情況。昨天報上沒有捷電，我生怕是前方不利。」〔註17〕他雖然受了傷，卻並未厭惡作戰，他說「我還是要去打仗。戰場對於我的引誘力，比什麼都強烈。」〔註18〕這是使得靜女士在熱戀之後重又陷入幻滅之中的重要原因。

　　三、顧仲起在大革命失敗後即脫離軍隊流落到上海，而強連長卻在靜女士的鼓勵下「仍舊實踐他的從軍的宿諾」，拋下靜女士，下了牯嶺，去參加「日內南昌方面就要有變動」的南昌起義的戰鬥。

　　可以看出：強連長並不是顧仲起。他在《幻滅》中雖然只是一個作爲「靜女士的很大安慰」而出現的次要人物，但由於茅盾要通過他的出現寫出「靜女士終於在戀愛中也幻滅了」，並且含蓄地透露出南昌起義的消息，所以，仍然是一個刻劃栩栩如生的有著典型意義的人物形象。

　　關於小說家塑造人物是否可有模特兒的問題，茅盾在 1936 年 11 月著的《創作的準備》一文中明確指出：「一般說來，『人物』有『模特兒』不是壞事，而且應該有『模特兒』。」同時，茅盾也強調說明：「不過挑定了某人來做『模特兒』時，結果就成爲此某一人的畫像，就缺乏了普遍性，成功的『人物』描寫，決不是單依了某一個人作爲『模特兒』。比方說，要寫一個商人罷，

〔註15〕茅盾：《蝕》，第 85 頁。
〔註16〕巴彥：《顧仲起生平紀略》，《新文學史料》1980 年第 2 期。
〔註17〕茅盾：《蝕》，第 80 頁。
〔註18〕同上，第 83 頁。

應當同時觀察了十幾個同樣的商人，加以綜合歸納。這樣創造出來的『人物』，一方面固然是『創造』，但另一方面卻又決不是『想當然』的造作了；這一『人物』說他是實在有的『我們的熟人』呢，倒又不是，然而『面熟』得很，『我們的熟人』們中間都有『他』的影子，都有一點兒像『他』，但並不就是『他』，各人都有點像『他』，然而又不『全』像『他』；到處都可以碰見『他』，然而不能指認『他』就是誰某：這才是『人物』創造的最上乘」。〔註19〕茅盾創造的強連長，正是這樣一個「熟悉的陌生人」。在茅盾本人披露強連長「有一小部分取材於顧仲起」之前的半個世紀中，沒有一個熟悉茅盾的人或者研究者「指認」茅盾筆下的強連長是一個雖有模特兒卻又典型化的人物形象。

為什麼這樣說呢？我們可以從強連長這一人物的環境、經歷和性格三個方面作一些具體的論述：

一、典型化的人物環境。茅盾在《幻滅》中描寫的主人公是靜女士，為了深入地寫靜女士的「幻滅」，他在第十二章中引進了以前各章從未出現過的新的人物——強連長。「第六病院」是強連長離開戰場後進入的一個新的環境。這樣的環境對於強連長來說，其意義不在於使他遠離戰場由鬧入靜，也不在於使他可以感歎「和戰場生活比較，後方的生活簡直是麻木的，死的！」，而在於這一新的環境使他的人生觀和生活道路發生了重大的變化。與此同時，他的出現也改變了靜女士的生活道路，使靜女士的命運與一個青年革命戰士緊密地結合起來。

從第十一章結尾，我們看到王詩陶為靜女士選定的第六病院「是個專醫輕傷官長的小病院，離慧的寓處也不遠」，這就為強連長在第六病院住院治療並和靜女士產生戀愛關係作好鋪墊。

茅盾指出：「人」是在「環境」中行動的。「環境」固然支配了「人」，但由於這被支配而發生的反作用，能使「人」和環境的關係不是片面的；「人」與「環境」之間的作用，是交流的，是在矛盾中發展的。〔註20〕在《幻滅》的最後三章裏，茅盾描寫的人物與環境，就不是孤立的、靜止的、片面的環境，而是與人物活動緊密關聯的、變化的、立體的環境。不論是在第六病院裏強連長對靜女士講戰爭、談未來主義、敘述家庭身世，還是在牯嶺上他和靜女士度蜜月、賞風景、傷離別，病院、牯嶺對強連長來說都是「小環境」，

〔註19〕《茅盾論創作》，第 83 頁。
〔註20〕茅盾：《創作的準備》，《茅盾論創作》，第 471 頁。

而靜女士與他的關係則是體現社會意義的「大環境」；反之，對靜女士來說也是一樣，強連長與她的關係即是體現社會意義、影響人物命運變化的「大環境」。例如，靜女士因強連長入院養傷而出現「許多複雜的向『他』心」，又因強連長關於未來主義的「一席新奇的議論，引起了靜的別一感想」，由最初的「敬重他為爭自由而流血——可寶貴的青春的血」，「並且寄與滿腔的憐憫」，發展到終於因強連長的「善知人意」和少年英俊而以身相許。在強連長這方面來說，由於靜女士在他的生活中出現，使他的生活環境全然一新，思想和性格也隨之發生了新的變化。他從原來「崇拜藝術上的未來主義」，認為「戰場是最適合於未來主義的地方」，漸漸地對靜女士產生好感。當靜女士問他：「強連長，確沒有別的事比打仗更能刺激你的心麼？」他「辨出那話音帶著顫。他心裏一動。」而這「一動」導致他與靜女士雙方的環境都發生重大的改變——雙雙上廬山度蜜月。當然，從武漢第六病院的舊環境裏走出，進入牯嶺旅館和自然風光的新環境之中，這一重大變化的社會背景是「第二期北伐自攻克鄭汴後，暫告一段落，」「因此我們這位新跌入戀愛裏的強連長，雖然尚未脫離軍籍，卻也有機會度他的蜜月。」這種環境對於《幻滅》中的主人公靜女士和她的新的戀人強連長來說，的確是典型化了的，作者正是通過對這種典型環境的描寫，真實而形象地表現了人物在現實中的思想、感情和生活的變化。

二、典型化的人物經歷。小說作者描敘人物的經歷，是構造故事情節、刻劃人物形象的重要手段之一。「小說是一篇臆造故事」，所謂「臆造」就是「虛構」，也就是故事情節的典型化。，對於青年軍官因住進醫院治病和年青的女護士發生戀愛關係而自由結合的事情，茅盾當時在武漢的中央軍事政治學校武漢分校擔任中校政治教官，後來又任《漢口民國日報》總編輯時，看到和聽到的一定很多。然而寫進《幻滅》最後三章中的強連長的生活經歷和靜女士與他的關係，卻是對許多素材進行藝術加工即典型化的結果。我們知道，青年作家顧仲起生活經歷的「小部分」，已經作為「模特兒」成為強連長生活經歷的組成部分之一，但是顧仲起並沒有「上廬山度蜜月」一事；而作者雖沒有在牯嶺度蜜月的韻事，卻有著從九江上牯嶺，在牯嶺遊山、養病並在山上聽到南昌起義發生、看到一些人下山趕赴前線的經歷。可以這樣說，茅盾對於強連長生活經歷的敘寫，是從多方面的素材中挑選、剪裁、提煉後才寫進作品中的。

　　《幻滅》的第十三章集中寫的是強連長與靜女士的愛情故事。這個故事正是作家對強連長和靜女士這兩個人物的生活經歷進行典型化加工的結果。這一章小說開頭寫的就是：強連長與靜女士的「這一個結合，在靜女士方面是主動的，自覺的；在那個未來主義者方面或者可說是被攝引，被感化，但也許仍是未來主義的又一方面的活動。……然而兩心相合的第一星期，確可說是自然主義的愛，而不是未來主義」。尤其值得我們注意的是，茅盾在寫兩人遊山談愛的情節中，插敘了強連長保存著一張女子照相的往事。作者插敘這件事，對於刻劃強連長的形象是很重要的一筆。從強連長對靜女士的回答裏，我們知道強連長保藏這張女子的照相，原因是照相上的女子是他的同鄉，他曾覺得這個女子「可愛」，「還藏著她的照片，因為她已經死了」，「是暴病死的。」這些話道出了他對昔日女友一片純潔的感情。至於他對靜女士說的「從前很有幾個女子表示愛我，但是我不肯愛」；「我進軍隊後，也有女子愛我。我知道她們大概是愛我的斜皮帶和皮綁腿，況且我那時有唯一的戀人——戰場。靜！我是第一次被女子俘獲，被你俘獲！」這一段話是強連長向靜女士所傾訴衷情的肺腑之言，它是強連長的愛情觀的直接表白。而這段人物自白正是從上面提到「一張女子照相」引出來的，沒有上段插敘就不可能有這段自白。我們正是從前後兩段對話中，窺見出強連長與靜女士給合對他的人生道路發生怎樣的影響。茅盾對人物經歷進行典型化的藝術加工，寫明了人物的「來龍去脈」，這就保證了他樹立起來的人物形象具有合理性和可信性。

　　三、典型化的人物性格。「有一小部分取材於顧仲起」的強連長，在《幻滅》裏是充分典型化了的。強連長的性格絕非顧仲起的性格，雖然強連長身上有著顧仲起和其他許多北伐軍青年軍官都具有的共性，但是出現在《幻滅》最後三章中的這一人物，他之所以為讀者和研究者重視，則是他身上表現出來的「這一個」人物獨特的個性。這種獨特的個性是經過作家的精心構思，運用典型化的方法塑造出來的。讓我們分析一下強連長這種典型性格的形成過程：

　　茅盾筆下的強連長是一個華僑富商的兒子，但是家庭生活並不圓滿，因為「家裏有問題」，所以他的母親、妹妹另住汕頭，這在他年青幼稚的心靈上刻下了深深的創痕。他在學校求學時，受到「五四」運動後新思潮的影響，衝出封建家庭的束縛，走上了社會，參加了革命黨，投筆從戎，成為革命軍隊的一員。然而他是懷著未來主義的思想加入革命隊伍的。這種未來主義產

生於二十世紀初的資產階級文藝思潮，它以尼采、柏格森的哲學為根據，崇拜強力，鼓吹刺激，宣揚極端的民主主義，否定文化遺產和一切傳統。在今天看來，未來主義是反動的。然而在《幻滅》所描寫的強連長——強猛即強惟力的時代，未來主義作為一種資產階級文藝思潮，它對於衝破封建主義加於青年思想的禁錮，喚起民族感情和反帝思想，掃蕩一切因襲的舊意識，使青年奮起投入時代洪流，在客觀上卻有一定的積極意義。強連長正是接受了未來主義，「追求強烈的刺激」，「因為厭倦了周圍的平凡，才做了革命黨，才進了軍隊」。但是，強連長並不是一個完完全全的未來主義者，我們從《幻滅》中看到，他口頭上宣揚未來主義，而在實踐上他並非處處按未來主義行事。他對靜女士說：「我喜歡打仗，不為別的，單為了自己要求強烈的刺激！打勝打敗，於我倒不相干！」然而在他傷勢稍一好轉，他卻焦急地盼著報紙的到來，好從報紙上獲得戰事進展的情況。他明明是身在後方的病院而心在前方的戰場上的，應該說，強連長也是一個「矛盾」的人物。這種矛盾在他與靜女士講故事、議軍情、談人生之後，尤其是在他「被攝引，被感化」而與靜女士戀愛、結合、上牯嶺度蜜月期間，逐漸向前發展，導致了他的未來主義信仰的動搖。在《幻滅》的最後一章。強連長再也不讚美「死的氣息比美酒還醉人」，再也不宣揚「戰場是最合於未來主義的地方：強烈的刺激，破壞，變化，瘋狂的殺，威力的崇拜，一應俱全！」了。他對靜女士說，他已答應前來通知他的另一位連長，即將下山再去帶兵打仗，可是當靜女士傷心落淚之後，他就兩三天不提下山打仗的事，而且對靜女士說：「從前，我的身子是我自己的；我要如何便如何。現在，我這身子和你共有了，你的一半不答應，我只好不走。」而當靜女士反轉來勸他前去打仗，對他說：「平淡的生活，恐怕也要悶死你。惟力，你是未來主義者。」這時，強連長對他說：「我已經拋棄未來主義了。靜，你不是告訴我的麼？未來主義只崇拜強力，卻不問強力之是否用得適當。我受了你的感化了。」至此，這個名字叫強猛、強惟力的強連長，已不再是「惟力」的未來主義者了。他的未來主義的冰山已徹底崩潰，幾乎融化殆盡。那麼，他的「拋棄」未來主義是否只是口頭上說說而已呢？馬克思指出：必須「把一個人對自己的想法和品評同他的實際人品和實際行動區別開來」〔註21〕。我們看到在《幻滅》的最後，強連長終於以下山參加南昌起義的實際行動實踐了他「拋棄未來主義」的宣言。他的這種性格

〔註21〕馬克思：《路易·波拿馬的霧月的十八日》。

的轉變在當時是有普遍意義的。許多人在參加北伐時懷著各不相同的思想和信仰，但是革命鬥爭的內在邏輯力量，人們對真理的追求，使得其中為數不少的人轉向無產階級一邊，投身人民革命事業。當然，這並不是說，強連長已成為一個具有共產主義理想的無產階級戰士。如果茅盾這樣寫的話，那強連長將不是一個典型人物，而只能是政治的化身。茅盾不是這樣寫的，他的強連長雖然「拋棄」了未來主義，但仍是一個小資產階級思想感情濃厚的青年軍人，他在和靜女士訣別時說的話是：「靜，此去最多三個月，不是打死，就是到你家裏！」茅盾寫他說完這句話後，「一對大淚珠從他的細長眼睛裏滾下來，落在靜的手上。」這種對人物的刻劃，是多麼的形象、生動！正是茅盾準確地把握住了人物的典型性格，才會作出這樣的描寫，才會使人物如此地血肉豐滿，而不是一具沒有靈魂和血肉的軀殼。

　　《幻滅》中的強連長這一人物形象，的確是只有「一小部分」取材於青年作家顧仲起；強連長這一典型的塑造主要是作家展開形象思維，進行藝術創造的結果。然而長久以來，人們在教學和研究中對強連長這一形象的意義是不重視的。缺乏分析研究，甚至是歪曲醜化的。如有的現代文學史教材竟無端地給他加上「新軍閥的走卒」、「新式的『惡魔』」的罪名。因此，我們有必要在研究強連長這一形象塑造的同時，正確評價這個典型形象。本章重點不在於此，但我認為對強連長這一形象可作如下簡要的表述：

　　強連長是《幻滅》中一個著墨不多卻很重要的人物。他作為靜女士的新的戀人出現在《幻滅》的最後三章。他崇拜藝術上的未來主義，是個準未來主義者。但未來主義只是他參加革命的起點，他終於拋棄了未來主義，加入南昌起義的革命行列。他有濃厚的小資產階級思想，但他嚮往自由，追求光明，投筆從戎，勇於獻身，是一個 1927 年大革命時期的青年革命軍人的形象。

※本章原發表於《杭州師院學報》1984 年第 4 期。

7 茅盾的諷刺小說「文人三部曲」

　　茅盾曾說，在舊小說中，他喜歡《水滸》和《儒林外史》。並說，「如果有什麼準備寫小說的年青人要從我們舊小說堆裏找點可以幫助他『藝術修養』的資料，那我就推薦《儒林外史》。」〔註1〕然而，在他自己創作的全部短篇、中篇和長篇小說中，通篇運用《儒林外史》諷刺筆法寫作的，則僅有三個短篇：《有志者》、《尚未成功》和《無題》。這三篇小說的故事、人物具有連續性的特點，與他在以前創作的《春蠶》、《秋收》、《殘冬》相似。茅盾晚年在《一九三五年記事》中曾回憶到這三個短篇的創作經過，並且謙遜地寫道：「我這三個連續的短篇，用的是諷刺的揶揄的筆調，在我的短篇小說中也算別具一格。後來有人把這三篇與『農村三部曲（《春蠶》、《秋收》、《殘冬》）』對稱戲呼爲『城市三部曲』，其實哪裏夠得上『城市』，它們只不過諷刺了一下那幾年文壇的一種頹風罷了。」〔註2〕但是，這個與「農村三部曲」相對應的「文人三部曲」，研究的人太少了。筆者不揣淺陋，試在本文中對「文人三部曲」作一些初步的探討，希望引起更多人的注意。

一、主人公的苦惱意識

　　「文人三部曲」的主人公是一個「有志」於文學創作的青年，他的職業開始是教師，後來是政府科員。這位主人公幻想創作一部傑作，成爲一鳴驚人的作家。但是五年來，他一個字也沒有寫出來。他爲寫作環境不好感到苦

〔註1〕 茅盾：《談我的研究》，《茅盾論創作》，第26頁。
〔註2〕 茅盾：《一九三五年記事》，《新文學史料》1983年第1期，第17、16頁。

惱，怨妻子、兒子的干擾，怨生活不安定，怨自己的經歷太簡單。創作不成，
「生活應該負責！」寫出了一篇新式的言情俠義小說，而當他把這部「傑作」
朗誦給夫人聽時，夫人睡著了；送到雜誌社、書店，被編輯退了回來。他更
加苦惱了。「文人三部曲」的主人公。，就是如此一個「有志」而又不得志的
苦惱人，主宰這位主人公的思想、言行的是他的苦惱意識。

　　「苦惱意識是痛苦」（黑格爾語）。它是人的主體在客體面前陷入迷津，
人的情感無所依傍的一種精神狀態；它也是建立在主觀世界對客觀世界的無
力感乃至喪失感基礎上的一種哀歎，苦惱意識往往使人的自我的內在秩序無
序化，並導致人的言行脫離常規，向著有悖於正常的方向發展，表現出異常
的情感的騷動和理性的扭曲。當然，這種苦惱意識在各色人等身上的表現是
絕非一致的。以茅盾的小說人物來說，「大革命三部曲」──《幻滅》、《動搖》、
《追求》中「時代女性」身上的苦惱意識，主要表現爲信仰的崩潰，理想的
幻滅，生活道路上的挫折所造成的憂患、迷惘、苦痛、呻吟；「文人三部曲」
這位「有志」的主人公身上，他的苦惱意識最充分地表現在「有志」與不得
志、主體與客體、幻想與現實、自我與他人的矛盾、衝突中，如思想的煩悶，
對環境與條件與埋怨，對他人的各種各樣的怪罪，以及難以名狀的煩惱和自
怨自艾。可以說，他的苦惱意識是由於不得志而心理受到扭曲所造成的，表
現於言語、行動，形成了主人公既可笑又可悲的全部性格。首先，主人公的
苦惱意識來自於對自己的錯誤認識。在求學時期和執教鞭以來，他就「有志」
於文學創作，並且也有了一些創作的「準備」：有一定的文字表達能力，讀過
不少作家軼聞趣事，知道許多外國文豪的創作方法，也關心文壇上的情況。
然而，實際上他並沒有創作才能，也不具備從事創作的心理素質和文學修養，
而對此他太缺乏自知之明，偏偏執意創作。主觀意願與現實條件所發生的巨
大矛盾，必然使他陷入異常的苦惱之中。當然，他並非全都委過於人。在「創
作」過程中，他也每每「責怪」自己，甚至產生了「難道是我才盡了麼」的
疑問。然而，「反思」的結果仍然是自視甚高，自恃有才，最後歸結到：「天
造地設的一切，是要破壞我那創作的計劃！」主人公這種對自己的才能的盲
目性，導致他作爲創作主體的殘缺和畸形，在整個創作過程中始終處於苦惱
的折磨之中。其次，他的苦惱意識又產生於對創作條件與創作方式的錯誤領
會。誠然，創作是需要一定的條件的。可是這位主人公追求的創作條件只是
安逸舒適的生活；創作也要有其方法的，而主人公實行的「創作方法」卻是

對外國大作家寫作習慣與方式的呆板的模仿。因此，他的言行不能不悖於情理而與客觀現實格格不入，甚至是荒誕滑稽，令人發笑的：他住到廟裏又喝了四杯黑咖啡，只在原稿紙秕一張上寫下「十來行核桃大的字」，而「看看地上，香煙屁股像窗外天空的星」，這使他既「委屈」又苦惱。然而他怪罪的對象是漢字，「筆畫太多，耽擱了工夫」。他想起西洋文豪伊伯尼茲有女打字員，可以一心一意去捕捉靈感，不必親自動手寫，更不用寫那麼麻煩的漢字。在這方面，他的「知識」很多。而這樣的「知識」越多，他越對「生活」不滿，越不滿又越寫不出，越寫不出就越苦惱。他先是學巴爾扎克的寫作習慣，由於「第一次開夜工成績太壞，他就不敢再學」；接著他「擬丹農雪烏」，到鄉村去騎牛；學托爾斯泰的貴族生活；他遍試各大作家的所謂「創作方法」，其實連皮毛也未學到，而卻認爲是掌握了「西洋大文豪」創作的「靈丹妙藥」。錯誤的心態怎樣不產生變態的苦惱意識呢！最後，他的苦惱意識還與他「不達目的決不罷休」——他夫人稱爲的「牛性」密切相關。在《無題》中，他的「傑作」終於寫了出來。他強要夫人聽完這部長達四萬字小說的朗誦，又「監制」夫人寫《朗誦記》，準備作爲他這部言情俠義小說的附錄。然後，又以「牛性」去一家連一家地找書店編輯，……主觀上越是偏執，與現實的距離就越大，所受的挫折也必然越大，苦惱越深。終於，他的苦惱意識以憤怒的形式表現了出來。他怒衝衝地說：「從前，我教書的時候，上課，改課卷，不許我有創作的自由。後來，改業，當公務人員了，等因奉此，又妨礙了我的自由創作。現在，天賜其便，中了一條獎卷，我可以有這麼半年八個月不愁生活，我花了三個月創作成功了，誰知我又沒有發表的自由！稿子寄出去，人家很自由的退回來，他媽的！」罵是苦惱意識迸發的極端形式。但是他的「有志」於文學創作的「牛性」並未因無人接受出版和受到種種嘲諷、奚落而有絲毫的改變。他對夫人說：「那部稿子，我暫時不拿出去出版了。不過靈感——創作衝動太旺的時候，我還想寫第二部的。」所以，他自己的盲目性、他「矢志不渝」的「牛性」與客觀現實的一連串矛盾和由此所生的苦惱意識，始終沒有解決。悲喜劇仍將繼續下去。這正是小說的諷刺力量之所在。

二、作品的敘述方式和風格

茅盾在「文人三部曲」中敘述方式不同於傳統諷刺小說。以往的諷刺小說家往往習慣於在作品中運用外視鏡（即目擊者的視鏡）作靜態描述。他們

在作品中表現出很強的「作家感」，即胸有全局、超然物外的作家姿態。我們從外國的果戈里、薩克雷和中國的老舍、張天翼的諷刺作品中，可以明顯地看出他們一以貫之地使用外視鏡敍寫的特點。茅盾創作「文人三部曲」，沒有違背傳統諷刺小說創作規律，他也運用外視鏡來作靜態敍述、描寫。與此同時，又運用內視鏡（即角色視鏡）作動態的敍述、描寫。交替地使用外視鏡和內視鏡，靈活地兼用靜態敍述和動態敍述，既使這部「文人三部曲」帶有引人入勝的故事性，又使主人公形象具有鮮明真實性和深刻的典型性。然而，綜觀全部「文人三部曲」，在敍述方式上，則側重於內視鏡的動態敍述，而且呈現出錯綜變化特點。

茅盾多次使用外視鏡從目擊者的角度描述主人公寫作時的具體情態。這些敍述，顯然充滿了作者的嘲笑和譏諷。讀者從這樣的敍述中可以很明顯地發現作家的主體性。顯然作家仍在客觀地進行敍述、描寫，但在實際上他已超越了所寫的人和事，毫不隱藏地透露出自己的主體意識。同時，茅盾又不時深入主人公的內心世界，尋找其中的奧秘，並讓主人公的內心活動很自然地自己呈現出來。作品主人公為尋找自己「可以稱道的生活」而「請教」夫人的一段描寫，顯然是運用內視鏡以角色的身份進行描述的，因而寫出主人公的鄭重而又可笑的怪異心態。這時，作者在一種深刻的感情體驗中參與到人物（角色）中間，他和人物（角色）產生了視界融合，完全沉浸在對人物的一種真切的擬語和擬態的摹寫之中。由於這種「摹寫」是那樣的真實、準確，所再現的情景就更為直接、逼真。韋勒克和沃倫認為：「小說的本質在於『全知全能』的小說家，有意地從小說中消失，而只讓一個受到控制的『觀點』出現。」〔註3〕這裡的「觀點」一詞不完全是我們通常意義上所說的看法、觀點等，它著重指觀察的角度，這也就是我們所說的作者敍述的視鏡，而且是內視鏡。只有充分運用內視鏡的動態敍述，才能有效地「堅持小說自身一貫的客觀性」。我們知道，「藝術形式，是客觀自然式和主體構建形式的一種吻合。從本質上說，它帶有強烈的主觀色彩，是藝術家對人類經驗、人生哲理所作出的組構；但是這種組構形態卻又要借助於客觀自然形態，以期構成一個能夠調動廣泛感應力的層面。於是就為心靈的體現和傳達，創造了『第二自然』。『第二自然』是對『第一自然』的『摹仿』。……由於它與藝術家的心理形式正處於對應或同構關係之中，因此，藝術形式也可看成是藝術家的

〔註3〕 韋勒克、沃倫：《文學理論》，第252頁。

心理形式對於客觀自然形式的佔有。」〔註4〕茅盾在「文人三部曲」中，把他的敘述方式著重放在內視鏡的動態敘述之中來進行創作，這使得他的心理形式——諷刺挪揄的心態同藝術形式很和諧地處於「對應或同構關係之中」。作家主體與作品客體達到了高度的統一。

　　作為一部「別具一格」的諷刺小說，它的成功，是與它的敘述方式的特點互為因果的。茅盾是很少運用外視鏡作靜態敘述的，他的作家姿態在小說中表現得並不強烈。然而他卻有著強烈的參與意識——擬語、擬態，和角色站在一起，與人物「合二而一」。他的作家主體性大部分隱藏在作品之中，所以諷刺的機鋒深藏。作品中明快的幽默和雋妙的諧趣，不是經由作者語言直接表露的，而是運用擬語、擬態向讀者傳輸會心或開顏而笑的信息。茅盾總是避開徑直的諷刺，而是使用經過提煉的語言——人物的個性化語言，讓人物作自我表現；通過人物的內部世界與外在世界的對立，揭示他的可笑；讓他的主人公在與環境、夫人、批評家、「寂寞的文壇」、編輯以及與自身的多方面的矛盾、衝突中，形神俱現，有效地刻劃了主人公愚妄而可笑可悲的性格。這種風格突出地體現了茅盾小說文體的創造性。別林斯基指出：「可以算作語言優點的，只是準確、簡練、流暢，這縱然是一個最庸碌的庸才，也是可以從按部就班的艱苦錘煉中取得的。可是文體——這是才能本身。……文體和個性、性格一樣，永遠是獨創的。」〔註5〕正是文體獨創性和有機統一性，使得《有志者》、《尚未成功》、《無題》這個「文人三部曲」在藝術上「別具一格」。

　　　　　※本章原發表於《溫州師範學報》1988年第2期，題目作了修改。

〔註 4〕　余秋雨：《藝術創造工程》，第 192 頁。
〔註 5〕　《別林斯基論文學》，第 234 頁。

8 茅盾小說人物性欲的文學描寫

茅盾小說人物性欲描寫是一個客觀的存在。研究茅盾的小說，不能對這一問題避而不談。雖然這是一個敏感的問題，卻又是一個必須研究的課題。諱言莫深，不敢越雷池一步，無助於我們對這一問題得出科學的結論。筆者試圖從以下四個方面對茅盾小說的人物性欲的文學描寫作一些初步的探討。

一、關於茅盾小說人物性欲描寫的評論概述

自從 1927 年 9 月茅盾在《小說月報》第十八卷第九號發表《幻滅》以來，已有六十餘年。在這半個多世紀裏，人們對茅盾小說性欲描寫的評論是從互有褒貶臧否到全是批評指責的。在《幻滅》、《動搖》、《追求》相繼發表不久，《太陽》（月報）、《文學週報》、《讀書月刊》、《海風週刊》等刊物上就刊出了一些評論。從這些初期的評論中，可以看出評論者在評論作品的思想、結構等問題的同時，也注意到了作品中的性欲描寫問題，而對這種描寫的評價卻相差很遠。如復三在《茅盾的三部曲》中寫道：「革命失敗了，不要說如方羅蘭輩感到深深的灰色的失望，就是如孫舞陽那般熱烈的、勇敢的青年，此時也會突然失卻了現實『黃金世界』的幻象，而沈於極度幻滅的悲哀。時代既變，生活又失了羅針，『現代人』之需要強烈的刺激和肉欲的歡樂，於是在胸中漸漸滋長。生活乃一變而浸沉於灰色的極度的肉的縱欲中。雖在這灰色的、縱欲的生活中，尚有青年的未燼之生命之火在內中燃燒。所以是時時掙扎著，企圖追求最後的憧憬，以自慰自欺這自己已創傷的心」。顯而易見，評論作者是持肯定態度。徐蔚南在評《幻滅》時，也認為茅盾寫靜女士將「她的貞操贈給了知己。那知道，那知道，抱素是個登徒子，不僅和她的女友胡鬧過一夜，並且還欺侮

一個金陵的女子。那知道，抱素不僅是登徒子，還是一個受著什麼『帥座』的津貼的暗探！章女士的安慰頓時粉碎在她的書桌上了」。評論者肯定茅盾的這樣寫法「把主人公的幻滅的情景，更加映照得非常鮮明」。〔註1〕

　　錢杏邨對茅盾的《蝕》三部曲及《野薔薇》，曾先後寫過四篇評論，影響很大。他對茅盾早期小說中的性欲描寫是有讚揚的。例如：（1）「全書描寫靜對於男性的畏懼，描寫靜經不起男性的威逼，描寫靜的性格的脆弱，分析是很精細的」。（2）「在創作方面，有婦之夫的戀愛心理，我們還沒有看到誰下過這樣的分析的工夫的」。「描寫戀愛心理，無論青年、中年，作者都很精到。孫舞陽，『是個勇敢的大解放的超人』，她的戀愛行動是很坦白的，言行一致。在她『擁抱了滿頭冷汗的方羅蘭，她的只隔著一層薄綢的溫軟的胸脯貼住了方羅蘭劇跳的心窩；她的熱烘烘的嘴唇親在方羅蘭麻木的嘴上；然後，她放了手翩然自去』的一段話和她的行動裏，寫的淋漓盡致了。寫浪漫行動的女性，也是恰如其分的」。（3）《追求》中，「他很精細的如醫生診斷脈案解剖屍體般的解析青年的心理。尤其是兩性的戀愛心理，作者表現的極其深刻」。歸納以上三點。錢杏邨寫道：「總之，就《幻滅》、《動搖》、《追求》三書去看，在戀愛心理描寫方面，作者的技巧最令人感動的地方，卻是中年人對於青春戀愛的回憶敘述，是那麼的沉痛是那麼的動人。在《追求》全書中，不僅表現了這樣的心理，而且表現了兩性方面的嫉妒，變態性欲，說明了性的關係，戀愛的技巧。無論是那一方面，作者都精細的解剖了。在作者過去的三部創作中，我感到的，作者是個長於戀愛心理描寫的作家，對於革命只把握得幻滅與動搖」。但是與此同時，他認為茅盾在《追求》中「在性欲描寫的一方面，作者的技巧卻失敗了，海濱旅館的一夜就是最顯著的證明，縱欲的技巧描寫得未能恰如其分。如阿志巴綏夫，如莫泊桑裸露的一節，也不免是一個贅疣，可以刪掉。我覺得這樣的性欲的描寫方法是不適當的，全書後部的失敗的地方在此。」於是他嚴厲地指斥茅盾說：「一個革命作家，他不能把握得革命的內在的精神，雖然作品上抹著極濃厚的時代色彩，雖然盡了『描寫』的能事，可是，這種作品我們是不需要的，是不革命的，無論他的自信為何」。〔註2〕他給茅盾扣的帽子是很大的。

　　賀玉波的《茅盾創作的考察》一文刊於 1931 年 4 月的《讀書月刊》。在

〔註1〕伏志英編：《茅盾評傳》，上海現代書局，1931 年 12 月出版。
〔註2〕莊鍾慶：《茅盾研究論集》。

文中他對茅盾描寫性欲的技巧多有批評，如他認為《動搖》第七章「描寫得不近人情；像陸慕游初見寡婦錢素貞時便和她吊上立即性交，這種情節是不會有的」。對於《追求》，他指責道：「第七章。照理本來應該很緊張的，但是作者的描寫失敗了。為的是他寫得太過於淫蕩，竟有史循在性交前服丸藥這種情節，這與《性史》的文筆簡直差不多」。在評論《詩與散文》時，他也認為這篇作品「太肉感」、「單純地描寫了性欲，近乎誘惑」。〔註3〕

　　以上的一些評論表明，對於茅盾小說中的性欲描寫存在著三種觀點：一是肯定的，二是否定的，三是既有所肯定又有所否定的。而在這以後，即從三十年代中期一直到近幾年，則基本上是一個統一的觀點：茅盾小說中的性欲描寫是受了自然主義創作方法的不良影響，這種描寫由於是「純客觀地」，因而是不足取的。而在幾部有影響的現代文學史和專著中，編著者要麼避而不談這個問題，要麼一筆帶過，即使在被稱為近幾年來最富有研究成果、學術水平很高的《茅盾的創作歷程》一書中，編著者也只是簡單地寫道：作者在《蝕》中「有時從愛情生活表現人物性欲，出現了追求官能刺激的筆調，這些都說明作者描寫人物存在著客觀主義的缺陷」。該書還認為，《野薔薇》中的作品有關人物性欲的描寫也「有純客觀的描寫」的缺陷。〔註4〕

　　我國幾十年來關於茅盾小說人物性欲描寫的評論情況，略如上述。

　　今天，在茅盾研究深入開展的時候，人們已有可能對茅盾小說人物性欲的文學描寫作進一步的研究，並力求得出較為正確的評價。

二、對茅盾小說人物性欲描寫本原的認識

　　既然茅盾小說人物性欲的描寫是一個很引人注目的現象，我們對於作家創作中的這一重要的現象就不能只停留在一般讀者的「我喜歡」或「不喜歡」的感想式的評論上，而是要對這種描寫的本原進行認識。

　　在《幻滅》、《動搖》、《追求》、《虹》、《子夜》等中長篇小說和《小巫》、《詩與散文》、《一個女性》、《水藻行》等短篇小說中，茅盾描寫了半殖民地半封建的舊中國社會中不同階級、階層和不同職業、年齡、性別的許多典型人物的性欲，當然其中大量的也是最為突出的是男女青年人的性欲。茅盾之所以在他的小說中把人物的性欲作為描寫的一個重要內容，究其本原，我以

〔註3〕莊鍾慶：《茅盾研究論集》。
〔註4〕莊鍾慶：《茅盾的創作歷程》，第64、76頁。

爲應從創作主體和對象主體兩個方面進行考察。

（一）從創作主體來考察，我們應注意作家獨特的人生經歷和他對性欲描寫的認識

第一，茅盾成爲作家時的年齡，性格及其生活經歷。茅盾發表小說《幻滅》時正是「三十而立」的年齡，他的長篇巨著《子夜》出版時，也不過三十七歲。此時的茅盾已是著名的批評家、作家和成熟的共產主義者，但是他仍然是一個青年作家，朝氣勃勃，風度翩翩。譬如，1936 年 7 月，日本作家增田涉去探望魯迅病情，當他聽魯迅解釋 X 光照片時，「一位不戴帽子，頭髮梳得很整齊，乍看只有三十左右年紀的青年走進屋來，蛋黃色褲子配著深棕色上衣，打著蝴蝶結，一身輕裝，這是上海一帶常見的摩登青年形象」。這個青年就是茅盾。增田涉對茅盾的第一印象是：「他並不是我從他的作品中主觀想像的那種笨拙而又逞強的人，一見就給人以一種瀟灑、瘦弱，神經過敏而又麻利爽快的現代青年的印象。和從作品中感受到的一樣，整個兒是年輕開朗，並不裝腔作勢。……作爲人，他到底不是個氣勢洶洶、爭強好勝的野蠻人，倒是位理智的、克己的紳士，是個有頭腦的人。我想，這可能是他肉體的和生理的條件給自己創造的吧」。〔註 5〕茅盾正是這樣一位既具有現代科學思想和文學理論修養又有豐富生活閱歷的現代青年作家。他對那個時代的青年的性欲要求、性的苦悶、煩惱和各種遭遇，有著親身的感受和體驗。他於1918 年春節時，奉母命與孔德沚結婚，並未經過「戀愛」的階段，但夫妻感情很好，不久即生有一女一男兩個孩子。後來在流亡日本期間，他曾一度跟秦德君戀愛、同居。這些直接的生活經驗是他在小說中進行性欲描寫的基礎。他在中學、大學和工作、生活、革命中的觀察，以及他對婦女問題的研究，也爲他在作品中描寫青年和其他人的性欲創造了條件。如他在《幾句舊話》裏寫道：「記得八月裏的一天晚上，我開過了會，打算回家；那時外面大雨，沒有行人，沒有車子，雨點打在雨傘上騰騰地響。和我同路的，就是我注意中的女性之一。剛才開會的時候，她談話太多了，此時她臉上還帶著興奮的紅光。我們一路走，我忽然感到『文思洶湧』，要是可能，我想我那時在大雨下也會提筆寫起來吧」。茅盾在這裡所說的他「注意中的女性之一」，據葉子銘教授在 1985 年說，她是唐棣華，「也就是現在的陽翰笙夫人」。葉子銘教授

〔註 5〕 引自松井博光：《黎明的文學──中國現實主義作家茅盾》，第 170 頁。

並且指出,「這個例子說明,茅盾早期的革命生涯對他後來的小說創作,影響巨大」。〔註 6〕茅盾在他的回憶錄中還談到他在武漢時對漢口市婦女部長黃慕蘭和范志超等三個單身女同志的觀察。他這種觀察自然是全面的,不單是觀察「時代女性」的革命言行,也觀察她們的日常生活,包括戀愛、性欲等在內。

　　第二,茅盾在開始創作之前曾對中國及西歐文學中的性欲描寫進行過研究,這使他對性欲描寫具有明確的理性認識。茅盾在《中國文學內的性欲描寫》一文中指出:「中國沒有正當的性欲描寫的文學」,其原因在於:中國以往的性欲作品所寫的「一是色情狂;二是性交方法——所謂房術。這些性交方法的描寫,在文學上是沒有一點價值的,他們本身就不是文學……所以著著實實講來,我們沒有性欲文學可供研究材料,我們只能研究中國文學中的性欲描寫——只是一種描寫,根本算不得文學」。他在研究之後又指出:「我們要知道性欲描寫的目的在表現病的性欲——這是一種社會的心理的病,是值得研究的。要表現病的性欲,並不必多描寫性交,尤不該描寫『房術』」。茅盾批評當時的一些性欲小說作者,指出他們「錯以為描寫『房術』是性欲描寫的唯一方法」,「這些粗魯的露骨的性交描寫是只能引人到不正當的性觀念上,決不能啟發一毫文學意味的」。他還認為,「中國社會內流行的不健全的性觀念,實在應該是那些性欲小說負責的。而中國之所以會發生那樣的性欲小說,其原因亦不外乎:(一)禁欲主義的反動。(二)性教育的不發達。後者尤為根本原因」。〔註 7〕這裡的三個觀點是卓有見地並且極為重要的,完全符合中國的國情。

　　茅盾關於性欲描寫的主張還有以下兩點值得我們重視。其一,他在《小說研究 ABC》裏論述「人物」時指出:「性的特徵;男女兩性因數千年來特殊環境和教育的結果,已經各自形成了性的特徵,實為不可掩的事實。古來作家對於此點亦都能注意描寫,就可惜大概只從男女體態的粗野與姣媚,性格的剛與柔等等著眼描寫。很少能從思想方式的不同上注意描寫」。這就是說,正確的描寫應該不是人物外表的性的差異,而應是描寫人物的性心理、性觀念、性道德。其二,他在《自然主義與中國現代小說》一文中闡述自然主義作家的創作方法時指出:「他們也描寫性欲,但是他們對於性欲的看法,簡直

〔註 6〕 《湖州師專學報增刊·茅盾研究》第 2 輯。
〔註 7〕 《茅盾文藝雜論集》上冊,第 247 頁。

和孝悌義行一樣看待。不以為穢褻,亦不涉輕薄,使讀者只見一件悲哀的人生,忘了他描寫的是性欲」。〔註8〕這裡的觀點是作家要描寫性欲,動機必須正確,感情必須健康,然後才能使其描寫具有「表現人生指導人生」的作用,那種「發牢騷」和「風流自賞」的動機,只能使性欲描寫成為「誨淫」的東西。茅盾的這個主張應該說是很正確的。正是在這種明晰的正確的理性認識指導下,他在小說創作中描寫人物的社會性(人生觀、革命鬥爭、反抗迫害。追求自由⋯⋯)的同時,也描寫人物的自然性(性欲、飢餓、低級情感、潛意識⋯⋯)。而他描寫人物的性欲,目的是「表現病的性欲」這「一種社會的心理的病」,從而塑造「完整的真實的人」的典型性格和典型現象。

(二)從對象主體來考察,應看到現實人物和現實世界是小說世界的本原,創作的對象主體有著自己的獨立性。

首先,作為小說的對象主體——作品所描寫的人物,應該「一切都體現著人性」。而性欲如同食欲一樣,是人性的一個基本面。在《1844年經濟學——哲學手稿》中,馬克思指出:人「是有情欲的存在物。情欲是人強烈追求自己對象的本質力量」。福斯特在《小說面面觀》中也寫道:「首先,我想直截了當地提出關於性的問題。⋯⋯性欲始自青春期之前,直至不育之年仍未終止。事實上,它與我們的生命並存。但人在求偶年華,對社會的影響則較為明顯」。〔註9〕當然,他們是從哲學和文學的一般性上來談論性欲問題的。而茅盾小說中的人物中半封建半殖民地舊中國的青年和其它年齡的人物,這些人物的性欲因其不同的階級出身、文化教養、生活經歷、社會地位、家庭環境,而有著特殊性的即個性化的特點,並非都是一律的動物性的「共性」。這就是說,生活在茅盾小說國度裏的小說人物,其性欲的表現——性行為、性對象、性目的,是受其存在的社會、時代的影響以至決定的。並不是因為茅盾對性欲描寫特別感興趣,也並不是由於茅盾有意迎合讀者的趣味,而是因為作品的人物是他所反映的那個時代、那個社會裏的人物,描寫當時人物的性欲是為了表現那個時代,表現那個社會裏的人物的「社會的心理的病」。錢杏邨是與茅盾同時代的文藝批評家,他在1928年5月評《幻滅》時就指出:「精神傾於戀愛如方羅蘭,這樣人物所在盡是,這是革命時代的普遍現狀」。「孫舞陽的哲學就是玩弄女性的男性的報復者⋯⋯我們不需要這樣的沉醉戀

〔註8〕 《茅盾文藝雜論集》上冊,第247頁。
〔註9〕 (英)愛・摩・福斯特:《小說面面觀》,第43頁。

愛忘記革命的女黨人。但目前的一般現象都是如此，有的大都是專門戀愛的
女革命黨人，缺少專門革命側重革命的女革命黨人」。〔註10〕又如，茅盾在他
的回憶錄中寫到1927年大革命的情形時，曾寫到瞿秋白的三弟瞿景白追求范
志超的故事。他說：「從這個小故事，可以見到大革命時代的武漢，除了熱烈
緊張的革命工作，也還有很濃的浪漫氣氛。」〔註11〕

　　其次，我們從對象主體考察茅盾小説中的性欲描寫，還必須看到茅盾筆
下大多數人物的自主性是很強的。因為人物具有自己的精神主體性，這些人
物就不是作家任意驅使的奴隸，而是按照他們自己的性格邏輯和情感邏輯發
展的活生生的典型形象。以「性欲」問題來說，人物是按自己行動的指向找
到性對象，進行性行為，達到性目的，並產生社會影響的。譬如靜女士這個
人物，「只有二十一歲，父親早故，母親只生她一個，愛憐到一萬分，自小就
少見人，所以一向過的是靜美的生活」。她「對於兩性關係，一向是躲在莊嚴、
聖潔、溫柔的錦帳後面，絕不曾挑開這錦帳的一角」。她這種特殊的生活經歷
和特殊的心理，使得她在初次的性行為上表現得溫靜和懦弱。抱素在玩弄過
慧女士後不久，就把靜女士騙上了手，當靜女士把他當成「知心」之後，抱
素進一步用語言對她誘惑：「你好端端的常要生氣，悲觀，很傷身的。你是個
聰明人，境遇也不壞，在你前途的，是溫暖和光明，你何必常常悲觀，把自
己弄成了神經病」。由於靜女士原來就「認定憐憫是最高貴的情感，而愛就是
憐憫的轉變」，所以她此時對抱素的話感到「分外的懇切，熱刺刺的，起一種
說不出的奇趣的震動」。加以她在此之前二三分鐘就閉上了眼，等待抱素的擁
抱，此時竟然「自己不知怎麼的，靜霍然立起，抓住了抱素的手，說：『許多
人中間，就只你知道我的心！』她意外地滴了幾點眼淚」。在這個時候，靜女
士的性抑制已經解除，她的性苦悶激起了性衝動。作家的筆在此時寫出以下
的文字：

　　　　從靜的手心裏傳來一道電流，頃刻間走遍了抱素全身；他突然
　　挽住了靜的腰肢，擁抱她在懷裏。靜閉著眼，身體軟軟的，沒有抵
　　拒，也沒有動作；她彷彿全身骨節都鬆開了，解散了，最後就失去
　　了知覺。

　　對於靜女士來就，這次性行為「像一場好夢，……平日怕想起的事，昨

〔註10〕莊鍾慶：《茅盾研究論集》。
〔註11〕茅盾：《我走過的道路（上）》，第323頁。

晚上是身不由己地做了。……雖然不願人家知道此事，而主觀上倒也心安理得」。然而，她畢竟是一個「時代女性」，當她發現抱素不僅是個好色的登徒子，而且是個拿了軍閥的津貼刺探革命青年活動的暗探時，產生了第一次的幻滅，促使她去到武漢，在革命鬥爭中尋覓新的生活之路。而當靜女士與強連長結合並上廬山度蜜月時，靜女士的行為因其性格的變化而成為「主動的，自覺的」。如她寫給王詩陶的信中所說：「目前的生活是我有生以來第一次，也是有生以來第一次愉快的生活。……我希望從此改變了我的性格，不再消極，不再多愁」。雖然因為強連長離她而去參加南昌起義，她遭到了人生的又一次幻滅，但是這次幻滅和第一次幻滅畢竟有著本質的不同。茅盾在《蝕》的第十三章中關於靜女士與強連長性行為的描寫是很生動有趣且恰到好處的。這種成功的性欲描寫的原因之一就是作家對於作品人物——對象主體性的充分認識和尊重。

總之，茅盾小說中的性欲描寫這一創作特徵是由作家的創作主體和人物的對象主體性共同作用而形成的。對於這一問題的正確而深刻的認識，有助於我們真正理解茅盾小說的審美價值，認識創作主體性和對象主體性在文學創作中的巨大作用和重要意義。

三、茅盾小說人物性欲描寫的藝術特點

參照茅盾關於性欲描寫的理論，按照歷史的和美學的觀點，我們可以看到茅盾小說人物性欲描寫具有如下的藝術特點：

第一，**多層次的研究**。茅盾在他的小說中，對多層次的人物的性欲進行了研究。（一）階級層次：有小資產階級，如靜女士、孫舞陽、王詩陶、方太太、梅女士……等等；有大資產階級，如趙伯韜、吳蓀甫……等等；有資產階級寄生蟲，如劉玉英、徐曼麗……等等；有無產階級，如革命者瑪金、蔡真、梁剛夫，工人阿診、朱桂英……等等；有地主階級，如胡國光、曾滄海、曾家駒、《小巫》中的老爺、少爺……等等；有國民黨軍官、政客、特務、幫閒文人、市儈，如雷參謀、抱素、范博文、陸慕游……等等；有貧苦農民，如財喜、秀生老婆、荷花、阿多、六寶……等等。而且，各個階級中還有各個不同階層的人物；（二）職業層次：工、農、商、學、兵……各行各業的都有；（三）年齡層次：有玩慣女性的老色鬼，也有情竇初開的少女，有已婚的中年男子、婦女，更多的是有著性煩悶和追求性刺激的青年男女，等等；（四）

文化層次：有的是文盲，不知性爲何物；有的是孔孟之徒，滿口「男尊女卑」、
「三從四德」；有的是留學生、洋博士，句句「親愛的」、「緋洋傘」（未婚妻）、
「黑漆板凳」（丈夫）；有的是中學生，未涉社會；更多的是從大中學校出來
剛踏上社會的青年，他們有知識、有理想、尋找幸福的伴侶；（五）心理層次：
如靜女士、青年丙、瓊華、環小姐等爲尋求性歡樂，以解除性苦悶；如章秋
柳、孫舞陽等以放縱性欲來玩弄或報復男性；如趙赤珠、寡婦錢素貞等以賣
淫或姘居欲達到某種目的；如吳蓀甫之對王媽、柳遇春之對梅女士等以婦女
爲發泄獸欲的工具；如趙伯韜、曾滄海等人以婦女作爲玩物或附屬品；如馮
眉卿以淫欲爲好奇而不知羞恥；等等。各種人物均表現出各種不同的雜色紛
呈的特徵。

　　第二、多角度的透視。現代心理學使我們知道「性欲」是戀愛或情欲的
物質基礎。「性行爲」也是有著廣義的範圍。弗洛伊德的《精神分析引論》指
出：「據一般的見解，『性的』含義兼指兩性的差別，快感的刺激和滿足，生
殖的機能，不正當而必須隱匿的觀念等。這個見解在一般生活上雖然適用，
但在科學上就不夠了」。他接著說明許多病態的性欲，尤其是「性的倒錯」（性
的對象和性的目的改變）。在《性學三論》一書中，他從性的對象、性的目的、
性的表現方法等方面對性進行了探討。這些對我們研究和考察茅盾小說中的
性欲描寫時作多角度透視，是很有幫助的。具體來說，有以下幾個方面：

　　1. 性興奮與心理性無能。我們在《動搖》裏讀到方羅蘭有一次走進孫舞
陽的屋子，他「看到站在光線較暗處的孫舞陽，穿了一身淺色的衣裙，凝眸
而立，飄飄猶如夢中神女，令人陶醉。除了她的半袒露的雪白的頸胸，和微
微顫動的乳峰可以說是帶有一點誘惑性。此外，她是這樣的聖潔，相對之下，
令人穢念全消。」在這一段描寫裏，有兩個內容，一是眼睛與「性興奮」，二
是心理性無能。心理學家指出：「眼睛本與性對象的距離最遙遠，在追逐性對
象的時候，卻最常利用到。它常被一種特殊的性質的激蕩所吸引，這種動機，
也就是從性對象身上散發出來，我們稱之爲美的東西，這種存在於性對象身
上的奧妙氣質，也可以叫做『吸引力』。吸引力一方面固已與快感聯結，另一
方面又造成性興奮的劇增，或喚起了尙在沉睡的性激動」。〔註12〕這段話是一
把科學的鑰匙，打開了作家描寫性欲時之所以每每要寫人物眼睛的暗門。至

〔註12〕弗洛伊德：《愛情心理學》（林克明譯）第 89 頁，作家出版社 1986 年 2 月第
　　　　一版。

於「此外」之後的關於方羅蘭心理活動的敘寫，則是心理學家所謂的「性倒錯現象」之一的「心理性無能」。弗洛伊德曾寫道：「今日文明世界裏男人的愛情行為，一般而言染了濃厚的心理性無能的色彩。世上沒有多少人能把情與欲妥善地會合為一；男人面對著他所尊重的女人，性行為總是頗受威脅……。當然，造成這個現象的，也還有另一成分參與，那就是，他不願向所敬重的女人要求不合禮俗的（錯亂的）性滿足」。〔註13〕這就是方羅蘭「穢念全消」的科學的解釋。作品中的正確的藝術性描寫，應是這種符合科學的，而不是唯心的不合人性的，即非科學的。

2. 性本能與性苦悶。分析茅盾作品中人物性欲的表現，可以明顯地發現作家對青年人的性本能及其帶來的性苦悶的透視，使他的那些描寫既真實、準確又生動、感人。例如《一個女性》中的瓊華，她是個十七歲的少女，起初她很熱愛人生，充滿著對愛情的嚮往，由於家庭的變故，少男們因此對她不再追求，她非常憤懣，「終成為『不憎亦不愛』的自我主義者」。正是在那樣的社會中，這個還未涉世的少女會產生如下的性苦悶：「她不能僅僅以母親的愛自足，她還需要一些別的愛」；「只要有一頭貓，一頭狗，──便是一個蟲也好哪，她將擁抱著，訴說她的荒涼之感。然而什麼都沒有，她只能空虛地擁抱了自己的緊滿瑩白的胸脯，處女的腰肢，……血管轟轟地跳起來，臉上覺得了烘熱」。她甚至把樹影幻化為男性的身影，當成她並不愛的李芳，對投奔過來的幻影說：「你就是安慰我的淒涼的他麼？即使是你啊，我也將接受」！可是，當「她張開了兩臂要去擁抱這幻影，然而什麼都沒有了，只剩下孤獨幽怨的她自己」。而這種性苦悶使她在病中產生了對張彥英的相思情──失眠、夢囈、驚恐、呆癡……。直至她再次見到張彥英。早在這篇作品發表之初，就有評論家在《海風週報》上指出：「性的煩悶是事實。她一面維持她在男性前的尊嚴高尚，高高的不可攀，同時她的身體（物質的機體）使她需要性的解決，使她煩悶起來，使她對於平日的『不憎不愛』的主張根本的起了懷疑了」！〔註14〕這種性的煩悶是由於生理的和心理的原因造成的，是具有社會性的，而其來源卻在於性本能。所謂「本能」，指的是一種來自肉體

〔註13〕 弗洛伊德：《愛情心理學》（林克明譯）第 139 頁，作家出版社 1986 年 2 月第一版。

〔註14〕 徐傑：《一個女性》。見莊鍾慶編《茅盾研究論集》，第 257 頁，天津人民出版社 1984 年 6 月出版。

而表現在精神上的內在刺激。但是又和「刺激」不同，因為刺激代表的是外在的激蕩。弗洛伊德說：「所以『本能』這個觀念劃清了精神與肉體的鴻溝」。在文學作品中，描寫這種「本能」及性苦悶，對揭示人物的內心世界顯然是頗為重要的。它有助於人物形象的塑造，使作品的人物成為具有人性的完整的人。

3. 病態的性欲。茅盾經過觀察，研究社會人生，他發現「病的性欲——這是一種社會的心理的病」，並說是「值得研究的」。而這種研究需要從社會學和心理學兩方面進行。作為生活、戰鬥在二十年代中期中國動亂的社會裏的一員，茅盾對當時的社會問題和青年問題不僅熟悉而且有較深刻的理解。當時青年人中的病態性欲，是一個普遍的現象，在大革命失敗之際則更為突出。正如廚川白村所分析的：「近代文藝，因了人們外的生活之壓迫與內的生活之苦悶，已表示著一種深強的病的色彩的暗影。如在初時懷抱著遠大的理想或欲望而努力活動的人們，忽然陷於絕望之淵，沉於憂愁、悲哀之底，於是結果所至便流於悲觀厭世。但近代之人對於生的執著多非常頑固，當此求生不能欲死不得的狀態，所以一般人多想沉浸於頹廢的肉感生活以自忘其苦痛。當因革命的努力而失敗的時代，性欲生活之病的現象其顯示於文藝所以最為強烈者，便是這個緣故」。〔註15〕這種病態的性欲的表現，可以說也是當時社會中的一個矛盾。如《蝕》三部曲、《野薔薇》中的幾個短篇小說中的男女青年，他們的病的性欲，就從一個側面表現了「小資產階級知識分子在這大變動時代的矛盾」。讓我們看看章秋柳身上所表現的病態的性欲吧。在《追求》的第三章裏，茅盾寫道：「她回到自己寓處獨坐深思時，便受了極端的苦悶的包圍，她自己很明白的知道有兩條路橫在她面前：一條路引她到光明，但是艱苦，有許多荆棘，許多陷坑，另一條路引她到墮落，可是舒服，有物質的享樂，有肉感的歡狂！她委決不下了，她覺得兩者都要。理智告訴她取前者的路，而感情則要她取後者。她感受了理智和感情的衝突了。」在這種矛盾的心理作用下，她企圖以戀愛遊戲「改造史循」，正是一種病態的性欲的表現。如她心中所想：「這不是自己愛史循，簡直是想玩弄他，至少也是欺騙他」。其實，她把「玩弄一切男人」作為自己哲學的信條，甚至對王詩陶說：「有一天晚上，我經過八仙橋，看見馬路上拉客的野雞，我就心裏想，為什

〔註15〕廚川白村：《文藝與性欲》，《小說月報》第十六卷第七號，1925 年 7 月商務印書館發行。

麼不敢來試一下呢？為什麼我不做一次淌白，玩弄那些自以為天下女子可供他玩弄的蠢男子？詩陶，女子最快意的是，莫過於引誘一個驕傲的男子匍匐在你腳下，然後下死勁把他踢開去」。這位章女士的病態心理竟使得「她突然抱住了王詩陶，緊緊地用力地抱住，使她幾乎透不出氣，然後像發怒似的吮接了王女士的嘴唇，直至她臉上失色」。這裡的描寫，是不尋常的，但卻符合章秋柳的性格、氣質和特殊心理。她「玩弄男子」是病態的性欲，而她對王詩陶的擁抱和狂吻，也是病態的性欲，屬於《性學三論》中所說的「性倒錯者的行為型態之一」。章秋柳是一個「心理陰陽人」，她是一個女性的身軀，錯裝了男性的腦子。這個「時代女性」，的確是那個時代產生的有最鮮明的個性的典型形象。她是茅盾對這種「時代女性」的病態性欲生活進行真切而細緻的透視後，所創造出來的有著鮮明個性的典型形象之一。

　　4. 性行為的錯亂。這也是一種病態性欲的現象。茅盾對這種性行為錯亂的透視。主要有以下幾個方面：（1）同性戀或類同性戀。如前所述的章秋柳之對王詩陶，女生寢室中兩個女生同睡一床，等等。（2）亂倫的淫欲。如《小巫》中的少爺和他父親的小妾菱姐。（3）虐待狂。如《小巫》中老爺對待菱姐的打罵：「老爺卻不怕太陽菩薩……。偏偏常要看那叫他起疑的古怪花紋。不讓他看時一定得挨打，讓他看了，他喘過氣後也要擰幾把……碰到他不高興時，老大的耳刮子刷幾下，咕嚕咕嚕一頓罵」。這個人物既是玩弄婦女的封建地主，又是以變態的性欲來滿足自己的「不近人情的虐待狂者」。（4）獸欲的發泄。其一如《子夜》第四章所寫地主兒子曾家駒之欲強姦錦華洋貨店的主婦；其二如吳蓀甫在暴躁的情緒中奸淫女僕王媽。（5）玩弄婦女癖。最突出的例子是《子夜》中的趙伯韜。他的淫亂的性行為是對女性的蹂躪，是對文明的性道德的破壞。然而他卻仗著金錢為所欲為，居然不知羞恥地把半裸的姘婦喚出來給來訪的客人觀看。我覺得與其說這些文字是描寫趙伯韜的淫亂生活，不如說是作家意欲通過這一描寫從一個側面揭露趙伯韜的醜惡靈魂。可以設想：如果茅盾不寫趙伯韜的錯亂的性行為，這個人物的性格將不會如此豐滿、生動。

　　5. 性衝動的抑制。茅盾還透視並描寫了人物的性抑制。如在《幻滅》的最後寫強連長離開靜女士返回軍隊，這是寫青年軍人對性的抑制。而吳蓀甫找到劉玉英密談，要劉玉英為他刺探趙伯韜的秘密之後，面對劉玉英的性誘惑，雖曾「把不住心頭一笑，可是他這神思搖惑僅僅一剎那。立刻他的心神全部轉到了老趙和公債」。這也是性抑制的表現。而性抑制在文明社會中具有

十分重要的作用。因為「精神力量得以發展而壓制性生活，有如河堤，引導
其走向狹窄的河道。這些精神力量包含了嫌惡、羞恥心，以及道德的、美感
的理想化要求」，「這使得一種性欲來源的過強激動能夠找到一個出口而貢獻
於其他方面，故而一種本身頗具危險的素質，卻能大大提升了精神工作的效
率」。這也是因為性本能「受阻時（阻力總是很大的），能轉移其目標而無損
其強度，因而為『文化』帶來了巨量的能源」。〔註16〕雖然我們不同意性欲是
藝術的源泉的理論，但是弗洛伊德的上述理論也不是毫無道理的。

　　第三，多技法的表現。茅盾小說中性欲描寫的突出特徵還在於它在作品
中的表現是多色彩的，作家運用嫻熟的技巧，或敘述，或描寫，或對話，或
抒情，或象徵，或對比，均為刻劃人物形象、推動情節發展服務，而且恰到
好處。

　　（1）敘述。例如，梅女士對她和柳遇春結婚這件事是很壓惡的，在婚後
三天，他的心裏「只有驚怯、沮喪、鬱怒、內疚，混成了煩悶的一片」。作家
用倒敘之筆把她新婚之夜的遭遇呈現在讀者眼前。這段以第三人稱來寫的敘
述，寫出了梅女士在新婚這夜是怎樣被動地過了她的第一次性生活。在這以
後的許多天裏，她的性冷感越來越增強，更憎恨她不愛的這個男子，而思念
她所愛的另一個男子——韋玉。梅女士雖然是一個新女性，然而在長期禁欲
的舊中國社會裏，她並未有絲毫的性知識，當然不知弗洛伊德曾說過：「多數
男人的性欲之中都混合了侵略性和征服欲」。也不知她對柳遇春的憎恨，已使
她成為精神上的性無能者。而她的「阻抗」卻更激起了柳的性欲衝動，於是
她忍無可忍地設法逃出了藩籬。在茅盾小說中，運用敘述來表現性欲的生動
段落還有很多，這裡不再多引。

　　（2）描寫。作為一種技法，茅盾調動了肖像、心理、動作等多種具體的
描寫方法，來表現人物的情欲。例如茅盾這樣描寫將要發泄獸欲前的吳蓀甫：

　　　　他像一隻正待攫噬的猛獸似的坐在寫字桌前的輪椅裏，眼光霍
　　　霍地四射……他的眼光突然落在王媽的手上了……他那一對像要滴
　　　出血來眼睛霍地擡起來，釘住了王媽的臉……

這裡運用「像……猛獸」、「像要滴出血來」等比喻，形容得既妥貼又生動。

　　然而，茅盾對人物肖像的描寫多是通過人物的眼睛來寫，並不作直接描
寫。例如《動搖》第四章寫方羅蘭見過孫舞陽之後心旌搖動，為了穩定自己，

〔註16〕洛伊德：《愛情心理學》、《「文明的」性道德與現代人的不安》。

他「從新估定價值似的留心瞧著方太太的一舉一動，一顰一笑」，「他在醉醺醺的情緒中，體認出太太的肉感美的焦點是那細腰肥臀和柔嫩潔白的手膀，略帶滯澀的眼睛，很使那美麗的鵝蛋臉減色不少。可是溫婉的笑容和語音，也就補救了這個缺感」。這種描寫的好處在寫肖像與寫心理活動相結合，表現了「情人眼裏出西施」。當我們在後面讀到「在兩心融合的歡笑中，方羅蘭走進了太太的溫柔裏，他心頭的作怪的豔影，此時完全退隱了」，也就感到這樣的描寫是順理成章的了。

茅盾運用心理描寫刻劃人物的技巧素來為人稱讚，在探討他作品中的性欲描寫時，我們自然不會忽略。在前面我們已引用《一個女性》中瓊華的內心幻想的一段分析了少女的性苦悶。那段文字寫得很生動，有人曾認為茅盾是受了莫泊桑《一生》中有關性欲描寫的影響。〔註17〕然而他在作品中對人物性心理活動的描寫，卻是他卓有特色的藝術創造。例如，《水藻行》中的財喜聽秀生老婆說秀生威脅「總有一天他白刀子進，紅刀子出」時，茅盾先寫財喜笑著說「他不敢的，沒有這膽量」，然後這樣寫他的心理活動：

> 於是秀生那略帶腫浮的失血的面孔，那乾柴似的臂膊，在財喜眼前閃出來了；對照著面前這個充溢著青春的活力的女子，發著強烈的近乎羊騷臭的肉香的女人，財喜確信他們這一對真不配；他確信這麼一個壯健的，做起來比差不多的小夥子還強些的女人，實在沒有理由忍受那病鬼丈夫的打罵。

> 然而財喜也明白這女人為什麼忍受丈夫的凌辱，她承認自己有對他不起的地方。她用辛勤的操作和忍氣的屈伏來賠償他的損失。但這是好法子麼？財喜可就困惑了，他覺得也只能這麼混下去。究竟秀生的孱弱也不是他自己的過失。

這段心理活動描寫的內涵很豐富：（1）秀生老婆對他的「吸引力」；（2）他對秀生夫婦結合的不合理性的直覺；（3）他對秀生打罵這個懷有身孕的他的情婦的憤憤不平和對秀生老婆的同情與愛憐；（4）對秀生老婆含屈忍受的理解；（5）對秀生因貧窮致病而性無能的同情與諒解。茅盾將如此豐富的內涵、起伏的情感寫得那樣筆墨簡潔，散發著濃厚的鄉土氣味，造成了獨特的藝術韻味。

《子夜》中寫四小姐在動物園觀看一對異性猴子的心理描寫，還有《自

〔註17〕可參看祝秀俠：《茅盾的〈一個女性〉》，見莊鍾慶編《茅盾研究論集》，第260頁。

殺》中環小姐回憶自己「失身」時的心理描寫，也是富有藝術情趣的。且讓我們看看《自殺》中下面的一段描寫：

　　……她拾起那張撕破的照片，很溫柔的拼合起來，鋪在膝頭。像一個母親撫愛她的被錯責了的小寶貝。她又忍不住和照片裏的人親一個吻。她愛他，她將永遠愛他！有什麼理由恨他呢？飛來峰下石洞中的經驗，雖然是她現在痛苦的根源，然而將永遠是她青春歷史中最寶貴的一頁呢！以後在旅館內的幾次狂歡，也把她青春期點綴得很有異彩了。她臉上一陣烘熱，覺得有一種麻軟的甜味從心頭散佈到全身。

　　在動作描寫中揉進對人物心理活動的描寫，不僅寫人物做什麼，還寫人物行動時的思想，而且還寫出了人物的感覺及潛意識，以此足見茅盾描寫技巧的嫻熟、高超！

　　（3）對話。茅盾善於運用對話來表達人物的思想——與性欲緊密聯繫的意識。例如孫舞陽與方羅蘭的一段對話，孫舞陽很同情方羅蘭的妻子的苦惱，她直截了當地對方羅蘭說：「羅蘭，我很信任你，但我不能愛你，你太好了，我不願你因愛我而自惹痛苦，況且又要使你太太痛苦。你快取消了離婚的意思，和梅麗很親熱地來見我。不然，我就從此不理你。羅蘭，我看得出你戀戀於我，現在我就給你幾分鐘的滿意」。接著，「她擁抱了滿頭冷汗的方羅蘭，……」「然後，她放了手，翩然自去，留下了方羅蘭胡胡塗塗站在那裡」。這一段中寫出了孫舞陽是極富於個性的。對於這個早已被評論家定為「玩弄（女性的）男性的報復主義者」、「浪漫的女性」，我們此時讀他這段話，並對照她後來的行動，卻不僅沒有厭惡之感，而且還認為她是值得讚許的。今天現實生活中的一些「浪漫的女性」，不是比她還不如的嗎？

　　（4）其它方法。茅盾作品中還結合其他表達方法來描寫人物的情感——與性欲關聯的愛戀、憎恨、苦悶、惆悵……等等。如寫黃因明的一段話：「因為我也是血肉做的人，我也受生理的支配，我也有本能的性欲衝動；我是跌進了，失悔，沒有的，我並沒把這件事看得怎樣重要，我只恨自己脆弱，不能拿意志來支配感情，卻讓一時的熱情來淹沒了意志！……」這是通過議論來抒情的。再如梅女士對於梁剛夫的戀情，茅盾在用懸念、幻覺、對話等方法進行描寫的同時，還這樣抒寫她的情感：

　　咳咳，這不可抗的力，這看不見的怪東西，是終於會成全我呢？

還是要趕我走到敗滅呀？只有聽憑你推動，一直往前，一直往前，
完全將自己交給你罷？！

這彷彿是一個教徒對於不可知的命運向神靈所發出的祈禱。這也是一種
直接抒發人們情感的手法。而「好像被看不見的手推了一下，梅女士猛地投
入梁剛夫的懷裏，他們的嘴唇就碰在一起，擁抱、軟癱、陶醉，終於昏迷地
掛懸在空中……。『還要什麼？』『我愛你。』『但是我不能夠，我只能給你所
需要的快感』她哭了，蛇一般纏住梁剛夫……」。則是通過寫夢來表現她想與
梁剛夫結合而又擔心不能如願的惆悵已極的心情。小說中的這種寫法當然與
散文寫作的抒情方法有很大的不同，如同茅盾所使用的那種，都不是作者自
己出面而是由人物進行抒情的。

還有，象徵性的性欲描寫。如《子夜》中的雷參謀和吳少奶奶之間的定
情信物──一本《少年維特之煩惱》和一朵枯萎的白玫瑰即是；雷參謀走後，
這位缺少正常性生活的少婦，唯有觀看和撫抱這花和書來消解她的性苦悶。
這也許是弗洛伊德指出的戀物症的一種表現吧。還有《動搖》第八章開頭寫
的「春的氣息」，也蘊含著那時代各種人物「春情發動」的象徵意味。

至於《詩與散文》中對於性欲的描寫，作家明顯地運用了對比的手法。
青年丙和桂奶奶的「兒女私情」，是經由多種對比表現出來的。（1）是在人物
的「配方」上：未婚男性和已婚女性。按一般寫法，僅此「配方」就可以寫
成桂奶奶的又一齣悲劇。但是茅盾卻是全新的構思，他寫成桂奶奶最後拒絕
了青年丙。（2）是在兩人性行為的目的上：青年丙是發泄原欲，而桂奶奶，
雖然茅盾說她是被青年丙「啟發」而「打破了貞操觀念，便一發而不可收，
放浪於形骸之外」〔註18〕，但是她的最高目的不是單純的解決性欲的不滿足，
而是要終有所託，一旦她的最高目的不能達到，她的理智就產生性抑制而拒
絕青年丙的求歡。（3）在對「表妹」出現的不同態度上：青年丙把表妹看成
「詩」，而把桂奶奶視作「散文」；而桂奶奶原來把青年丙看成是她的「詩」，
當「表妹」一出現，她看清青年丙不是「詩」，而是「散文」。在兩人來說，
他們都追求「詩」──美好、理想的未來，而結果兩人仍跌進「散文」──
現實之中。青年丙企圖維持現狀，而桂奶奶卻能擺脫，雖然經過了「之」字
形的波折，但兩人間第一次曾產生的「靈之顫動」（詩？）和以後的「肉的享
宴」（散文？）再也不可能出現了。（4）在兩人性格的對比上：桂奶奶剛強無

〔註18〕茅盾：《我走過的道路（中）》，第 89 頁。

所顧忌，青年丙卑下、虛偽無恥。在作品中，作家批判的筆鋒自始至終是針對著愛情的背叛者青年丙的。例如，桂奶奶斥責丙的話，是那麼的尖銳、有力：「你說的什麼變相，我不承認。我只知道心裏要什麼，口裏就說什麼。你呢，嘴裏歌頌什麼詩樣的男女關係，什麼空靈，什麼神秘，什麼精神的愛。然而實際上你見了肉就醉，你顛狂於肉體，你喘息垂涎，像一條狗！我還記得，就同昨天的事一樣，你曾經怎樣崇拜我的乳房、大腿，我的肚皮！你的斯文、清高、優秀，都是你的假面具；你沒有膽量顯露你的本來面目，你還想教訓我，你真不怕羞！」這篇小說通過這些對比來描寫青年男女病態的性欲生活，表現出的主題是：人的性欲應轄制於人的愛情，有真正愛情的性欲生活才是合情合理的性欲生活。

以上就是我對茅盾小說人物性欲描寫的藝術特點的一些認識。

四、對茅盾小說人物性欲描寫的總體評價

茅盾對於一些評論家說他是自然主義或受自然主義影響很大，一直是持不同意見的。他在晚年寫的《創作生涯的開始》中說：「我提倡過自然主義，但當我寫第一部小說時，用的卻是現實主義。我嚴格地按照生活的真實來寫，我相信，只要真實地反映了現實，就能打動讀者的心，使讀者認清真與偽，善與惡，美與醜。對於我還不熟悉的生活，還沒有把握的材料，還認識不清的問題，我都不寫。我是經驗了人生才來做小說的，而不是為了說明什麼才來做小說的」。對於茅盾的這段話，我們應給以足夠的重視。下面，我想從總體評價上提出幾點看法：

第一，茅盾的小說是現實主義創作方法的產品，而決不是什麼自然主義的，茅盾小說人物性欲的描寫也是現實主義的描寫，而決不是什麼自然主義的描寫。在前面分析作品的對象主體時，我已指出，不僅性欲問題是人生的五大要素之一，而且這種性欲問題與人的社會性緊密聯繫在一起。茅盾所表現的正是那個特定時代、特定社會環境中的典型人物的性欲生活。茅盾要表現當時人們的變態心理，就不能視而不見，故意不寫以躲避某些批評家的所謂「批評」。他是「嚴格地按照生活的真實來寫」的，而且是他熟悉的，有把握的，認識清楚的。如果茅盾在創作時不寫人物的性欲問題，他的小說就不會是現在這樣子，在當時不僅不能轟動社會，產生巨大影響，也不會在文學史上有今天這樣的地位。因此，性欲描寫是茅盾小說的重要組成部分，猶如

一個人的身體的一手或一足，是不可或缺的。要評論茅盾小說的藝術成就，不能不重視對其小說中性欲描寫的研究，否則，得出的結論就會是不全面的。

　　第二，茅盾小說人物性欲的描寫是文學的而不是色情的。作品中所描寫的性欲的場面或表現是否是文學的或是色情的，其分界線在於描寫的目的是否表現病態的性欲。如果描寫的是表現病態的性欲——社會的心理的病，則是有文學價值的，反之則非。而且，誠如茅盾所指出的，「表現病的性欲，並不必多描寫性交。尤不該描寫『房術』。」因爲「粗魯的露骨的性交描寫是只能引人到不正當的性的觀念上，決不能啓發一毫文學意味的」。茅盾在小說創作中是恪守他所說的「不必」和「尤不該」兩條原則的，例如在受人非議最多的《詩與散文》裏，茅盾有兩處寫到男女主人公的性交，但他所寫的只是：

　　　　（1）……桂現在是取了更熱烈的旋風似的動作，使青年丙完全軟化，完全屈服。

　　　　黑暗漸漸從房子的四角爬出來，大衣鏡卻還明晃晃地蹲著，照出桂的酡紅的雙頰耀著勝利之光，也照出丙的力疾喘氣的微現蒼白的嘴角。

　　　　（2）他不知道怎樣才能表示他的感激，他的愉快，他的興奮；他發狂似的汲取感官的快樂，然後，在旋風樣的官能刺激的頂點，他忽然像跌入了無底的深坑……

　　這兩段都沒有寫「房術」，即使寫的是性交，卻是含蓄的，著筆既輕，行文也不顯露，全是「虛寫」。

　　至於茅盾在小說中寫男女青年談戀愛中的窺看、撫摸，則連病態的性欲也不是，而是一種現實生活情景的細節描寫。如弗洛伊德在其《性學三論》中指出的：「一個人若欲達成正常的性目的，相當程度的撫摸原是不可或缺的……。觀看也是一樣的……，挑逗著性之興奮的視覺印象，在這種場合下不能不偏頗，因爲——如果你不反對目的論的說法的話——『情人眼裏出西施』，性對象必須是美麗的。遮蔽軀體的衣服，隨文明而進展，意在不斷地激惹性的好奇心理，也使性對象能以裸露身體來吸引異性。如果我們的興趣從性器轉向全身的體態，這種好奇的心理便是藝術性的。」因此，對於這方面的描寫（如《虹》中徐自強對梅女士胸脯的窺看）就更不能說是「色情」描寫了。

　　第三，茅盾小說人物性欲的描寫是作家藝術地表現人生、刻畫典型性格

的一種可貴的創造。我們翻看《虹》、《子夜》等作品發表時的《小說月報》，從其他的作家的作品裏也會發現不少的性欲描寫。這是一種普通性的創作現象。今天我們評論茅盾小說中的性欲描寫，應該看到，他在自己的作品中努力實踐他提出的正確的性欲描寫的理論，並且取得了好的藝術效果。這是他藝術地表現人生的一種極有價值的探索，是對生動地刻劃人物典型性格的可貴的創造。茅盾的這種探索和創造的審美價值，至少有以下兩點：

一、將人的自然屬性的性欲與人的社會屬性——思想意識、道德情操和社會活動、生存鬥爭、政治生活結合起來描寫，豐富了小說的藝術內涵和審美層次。

二、運用藝術手段反映、表現現代化文明社會中的性欲問題，是對相當數量的一部分人尤其是青年的病態性欲的一種藝術的療救，具有很大的認識價值和教育意義。

第四，茅盾是以嚴肅、認真的態度進行創作和對待批評的。早在 1933 年，韓侍桁評論《子夜》時，曾一筆抹煞《子夜》中的性欲描寫，他主觀武斷地寫道：「為了調和讀者的興趣，我們的作家，也像現今一般流行的低級的小說一樣地，是設下了許多色情的人物與性欲的場面」。他逐一地指責《子夜》中的性欲描寫段落，在評論吳蓀甫姦淫王媽這個情節時，竟說「以吳蓀甫那樣鐵似的人，理頭於事業，犧牲了一切家庭幸福，拋棄了一切的可能的享樂的資產階級的一種典型，作者也使他演了一場不合理的性欲狂」。〔註19〕不過，即使在《子夜》發表的當時，也還是有評論家看出茅盾的藝術匠心的。吳宓在《茅盾著長篇小說〈子夜〉》一文中就指出：「當蓀甫為工潮所逼焦灼失常之時，天色晦冥，獨居一室，乃捕捉偶然入室送燕窩粥之王媽，為性的發泄。此等方法表現暴躁，可云妙絕」〔註20〕。何況茅盾的這段描寫是接受了瞿秋白的建議而用心經營的呢。其實，茅盾早在創作《蝕》三部曲時，就是以認真、嚴肅的態度構思作品包括其中的性欲描寫的，誠如他自己所說：「我所能自信的，只的兩點：一、是未嘗敢粗製濫造；二、是未嘗為要創作而創作——換言之，未嘗敢忘記了文學的社會意義。」不僅在創作時如此，而且在發表以後，他能誠懇地接受有識見的評論家的批評和建議，並對不適當的性欲描寫進行刪削改寫。其中最主要的是刪去了章秋柳和史循第二次到炮臺灣旅

〔註19〕引自莊鍾慶：《茅盾研究論集》。
〔註20〕同上。

館住宿中的性欲描寫。在「史循搖頭，兩手依然遮掩了臉」一句之下刪去了約三千字，改寫成「適在而止」一段，比先前減少約二千二百多字。這樣修改之後，不僅刪去了那些被批評爲「太過於淫蕩」、「史循在性交前服丸藥」的內容，尤爲重要的是史循的性格得到了進一步的發展，正如他向章秋柳所說的，從前他是極端地反對「適可而止」的，他要求「盡興，痛快」；現在是章秋柳以她旺盛的生命力把他引導出「懷疑和悲觀的深坑」。因而他主動地對章秋柳提出：「我想，你我之間還是適可而止罷。快樂之杯，留著慢慢地一口一口的喝罷！」並且，史循另外開了一個房間，這一夜就未與章秋柳同居。從情節發展上看，這樣的修改，既避免了與原稿所寫第一夜內容的重複，又使行文上有了一個小的波折，是有意義又有情趣的，增強了作品的可讀性和藝術魅力。茅盾對《追求》中性欲描寫的修改，進一步印證了他的主張：「表現病態的性欲，並不必多寫性交，尤不該描寫『房術』。」文學作者在描寫人物性欲時，是較進行其它的描寫更應該愼重從事和精心寫作的。

以上關於茅盾小說人物性欲描寫的四點評價可能是不全面的，欠深刻的，但我想，這樣的評價是起碼的和必要的。否則，我們將仍然是原地踏步或望而卻步、避而不談，而這是不利於茅盾小說研究的深入進展的。

最後，我想有必要說明，我們在今天研究、評論茅盾小說人物性欲的描寫，自然不是獵奇，更不是尋求官能刺激，而是要用文藝科學的顯微鏡透視這一文學現象，並從中發現可資借鑒的內容，通過研究來發展和繁榮我國的社會主義文學事業。

幾年來。我國當代不少作家已在作品中描寫到性欲問題。其中的大部分作品都是有藝術價值的。這些作品或是把性欲問題作爲一種政治問題的象徵而存在，或是從性欲描寫來觸及某些倫理道德的敏感區域，或是著意於表現當代青年的性苦悶、性要求。但是，以茅盾的觀點來看，這些都不是性欲文學，猶如茅盾小說中雖有性欲描寫而不是性欲文學一樣。這樣的文學現象是正常的，無須大驚小怪。重要的問題在於要有正確的理論的指導，並且創作出好的作品作爲楷模。茅盾關於這個問題的主張和他的創作實踐，仍然具有現實的指導意義。它啓示我們當代的作家：一，在文學作品中描寫性欲，其程度分寸應受到作品的整體藝術構思的制約，而不應成爲游離於人物情節的發展、單純追求感官刺激和不健康心理的廉價的調味佐料。文學畢竟是文學。作家對其作品理所當然負有嚴肅的社會責任感。在這裡，作家應堅定不移地

遵循茅盾提出的「不必」和「尤不該」兩條原則。二，性欲描寫在文學作品中一旦出現，就應該成為藝術美的一種形象的體現，給人以美感。即使描寫淫邪之徒醜惡的性心理、性生活，也要使之成為一個藝術美的形象的體現。對於評論家來說，要及時對這些作品進行評論，或開展爭鳴。既要作綜合性的評論，又要對一篇作品作深入而有見地的藝術分析，使評論文章既有利於提高讀者的欣賞水平，又能為作家所接受，從而去進一步修改作品使作品精益求精。

我國當代作家如果能夠像茅盾那樣，正確運用馬克思主義的觀點對待文學中的性欲描寫，那就不僅可以從人類得以繁衍的角度認識性欲行為是一種與勞動同樣神聖的「再生產」（恩格斯語），而且可以正確理解並努力把握文學作品中人物性欲的文學描寫的原則與技巧。這對於社會主義事業的發展無疑將會產生有益而深遠的影響。

※本章原發表於《湖州師專學報》1989年第1期。

9　茅盾怎樣創作中長篇小說

　　茅盾是中國現代文學史上首屈一指的中長篇小說作家，而且他主要是以中長篇小說的成就馳譽世界文壇的。英國《卡斯爾世界文學百科辭典》指出：「茅盾在參加了一九二六年的北伐戰爭後，以當年的事件爲背景寫成三部曲《蝕》，這部小說使他成爲中國最主要的長篇小說家。」《法國大拉魯斯百科全書》、《東方文學大辭典》、《蘇聯大百科全書》、《大日本百科事典》及美國《二十世紀文學百科全書》，在介紹茅盾時，都重點介紹了他的中長篇小說。我們今天來研究「茅盾怎樣創作中長篇小說」這個課題，不僅是要進一步研討他的中長篇小說的創作經驗，而且是要通過對這個課題的研討，爲當代的社會主義文學創作提供借鑒。

一、經驗人生，觀察、研究「人」

　　考察中外古今的作家創作，我們還沒有發現有誰是在一個早上突然想要寫長篇小說而創作出一部長篇小說的。任何一個作家，他在從事長篇小說創作之前，都是在生活、思想、藝術等方面奠定了基礎，作好了充分的準備。茅盾也是如此。然而筆者並不想對這些方面——創作的準備——進行論述，而想著重論述和茅盾創作中長篇小說直接有關並體現他創作主體性的問題。

　　茅盾是在中國最早提倡文學應當「表現人生並指導人生」而且主張「爲人生的藝術」的現代作家。他在擔任《小說月報》編輯期間，經手發表了許多「表現人生並指導人生」的小說。然而，這位小說編輯任職期間自己並未寫作一篇小說，他是純粹的小說編輯，絕對不同於他人是以作家兼編輯或編輯兼作家。因此，他在大量閱讀、編輯、評論他人小說的五年期間，並沒有

產生創作小說的衝動，也就沒有像他人那樣為了創作小說而去生活，去體驗，然後再從事創作實踐。

茅盾創作中長篇小說的觸媒是 1925～1927 年的「大革命洪流」。他在《從牯嶺到東京》中寫道：「我是真實地去生活，經驗了動亂中國的最複雜的人生的一幕，終於感得了幻滅的悲哀，人生的矛盾，在消沉的心情下，孤寂的生活中，而尚受生活執著的支配，想要以我的生命力的餘燼從別方面在這迷亂的人生內發一星微光，於是我就開始創作了。」我們應給予注意的是，他創作的緣起是：真實生活→經驗人生→感到悲哀→開始創作。正是沿著這樣的人生道路和思想軌迹，他創作出了《蝕》三部曲。

研究茅盾的生平，我們知道他從 1925～1927 年的履歷依次是：①商務印書館編譯所編輯；②中共上海地方兼區執委會執行委員（秘書兼會計）；③上海各學校教職員聯合會負責人；④中共商務印書館支部書記、罷工委員會臨時黨團成員、罷工中央執行委員會委員；⑤國共合作的上海特別市黨部宣傳部長；⑥國民黨第二次全國代表大會代表；⑦國民黨中央宣傳部秘書，《政治週報》編輯；國民黨上海交通局代主任、主任；中央軍事政治學校武漢分校政治教官（中校）；武昌中山大學講師；《漢口民國日報》總主筆。由此可見，茅盾是處身於大革命洪流的漩渦之中的。而且，如他所說，「我的內心的趣味和別的許多朋友……則引起我接近社會活動。……我在那時並沒想起要做小說，更其不曾想到要做文藝批評家。」〔註 1〕由於他是「真實地去生活」，即全部身心投入大革命的火熱的鬥爭，他才得以「經驗了動亂中國的最複雜的人生的一幕」，使他在以後能夠據此創作中長篇小說。葉子銘教授指出「茅盾早年的革命生涯，對他一生的文學活動與創作個性，都產生了深刻而巨大的影響。……這是茅盾區別於同時代作家的一個十分突出的特點。」〔註 2〕

然而，僅經驗人生還是不能進行長篇小說創作的。對於創作來說，更為重要的是作家在經驗人生中要發現人、觀察人、研究人。這在茅盾是經歷了一個從不自覺到自覺、從無意到有意的過程的。他早期創作的中長篇小說，基本上是以他在「五四」以後到大革命期間的革命經歷、人生經驗和感受為題材的。小說中的人物並不是他為寫小說而特地去發現、去觀察、去研究的對象，而是在現實生活和鬥爭中身遇目睹的一些「熟人」，是從這些活生生的

〔註 1〕 茅盾：《從牯嶺到東京》，《茅盾論創作》，第 29 頁。
〔註 2〕 葉子銘：《茅盾六十餘年來文學活動的基本特點》，《湖州師專學報增刊‧茅盾研究》第二期，第 41 頁。

「熟人」中進行選擇和加以藝術概括的。茅盾在《幾句舊話》和《我走過的道路》中，曾幾次敘述到誘發他構思小說的一些「熟人」。例如他寫道：1926年4月中旬：「我回到上海；沒有職業，可是很忙。……同時我又打算忙裏偷閒來試寫小說了。這是因為幾個女性的思想意識引起了我的注意。……她們給我一個強烈的願望，我那試寫小說的企圖也就一天一天加強。」1927年1月他奉黨中央之命到武漢工作，他說「這時的武漢又是一大漩渦，一大矛盾！而我在上海所見的那樣思想意識的女性也在武漢發現了。並且因為是在緊張的大漩渦中，她們的性格便更加顯露。……終於那『大矛盾』又『爆發』了！我眼見許多人出乖露醜，我眼見許多『時代女性』發狂頹廢，悲觀消沉。」大革命失敗之時，他乘「襄陽丸」號輪船離開武漢，「在這『人海』的三等艙裏又發見了在上海也在武漢見過的兩位女性。」〔註3〕從他的回憶錄中，我們知道引起他特別注意的幾個革命女性是：康棣華、黃慕蘭、范志超等。關於唐棣華，茅盾在回憶錄中說，當時團中央的負責人之一梅電龍追求她「到了發瘋的程度；一次，他問密司唐：究竟愛不愛他。回答是：又愛又不愛。這在密司唐，大概是開玩笑而已。但是，梅卻認真對待，從密司那裏出來坐上人力車，老是研究這『又愛又不愛』是什麼意思，乃至下車時竟把隨身帶的團中央的一些文件留在車上。梅下車後步行了一段路，才想起那包文件來，可是已經晚了。我聽到這個事件後，覺得情節曲折，竟是極好的小說材料。我想寫小說的願望因此更加強烈。」〔註4〕這位密司唐（棣華）現仍健在，是陽翰笙的夫人。關於黃慕蘭、范志超，茅盾在回憶錄中寫道：「當我天天這樣過夜生活的時候，同我的宿舍隔街相對，也有一間房夜夜燈光通明。那裏住著三位單身女同志，其中一位是漢口市婦女部長黃慕蘭，一位是在海外部任職的范志超。她們都結過婚，黃慕蘭已離婚，范志超的丈夫（朱孝恂）死了。她們都是工作有魄力，交際廣，活動能力很強的女同志，而且長得也漂亮，所以在武漢三鎮很出名。一些單身男子就天天晚上往她們的宿舍裏跑，而且賴著不走。」他敘述了瞿秋白的三弟瞿景白追求范志超的事情後，接著寫道：「范志超在宿舍裏被糾纏得受不了，常常在夜間跑到我們的宿舍裏來避難，因而同德沚相處很熟。從這個小故事，可以見到大革命時代的武漢，除了熱

〔註3〕　茅盾：《幾句舊話》。
〔註4〕　茅盾：《我走過的道路（上）》，第315頁。

烈緊張的革命工作，也還有很濃的浪漫氣氛。」〔註5〕在離開九江去上海的輪船上，茅盾與范志超同住一間。兩人在閒談時，范志超說，她沒有愛過任何人，她嫁給朱孝恂不是出於愛情，而是工作需要，朱比她大十多歲。她中學時愛過一個同學，可惜早死了。茅盾寫道：「她又把黃琪翔給她寫的許多情書給我看。我想不到黃琪翔能寫如此纏綿的情書，黃是張發奎手下的一個軍長，年輕，能打仗，在國民黨將領中是比較左傾的。我問她，爲什麼不喜歡他？她說：『帶兵的人捉摸不透的，今天他能這樣寫信，明天也許拋開你就走了。我有點怕他。』……」〔註6〕對於這些女性，他很感興趣地進行了觀察、研究，然而這種觀察、研究並不是爲了創作小說而自覺地有意地去進行的。當然，這種不自覺的無意的觀察、研究，與爲了創作小說而自覺地有意地觀察、研究相比較，是不存在什麼好壞優劣的，對於創作同樣是重要的，一旦創作開始，都會喚起形象記憶和情緒記憶中的鮮明、生動的表象活動，在創作中發生積極的作用。

茅盾創作中長篇小說，較多的還是自覺的有意的觀察、研究。他在《談我的研究》一文裏明確地告訴讀者：

> 最近七八年，我在沒有職業的狀態下把寫小說作爲一種自由職業了。這一個「行業」，沒有一點「研究」好像是難以繼續幹下去的，因爲我不能不有一個「研究」的對象。這對象就是「人」！

> ……後來那些「無意中」積聚起來的原料用得差不多了，而成爲我的一種職業的小說還不得不寫，於是我就要特地去找材料。

> 我於是帶了「要寫小說」的目的去研究「人」。

> 「人」——是我寫小說時的第一目標。我以爲總得先有了「人」，然後一篇小說有處下手。……

> ……單有了「人」還不夠，必得有「人」和「人」關係；而且是「人」和「人」的關係成了一篇小說的主題，由此生發出「人」。

> 而這些生發出來的『人』當然不能是憑空的想。

在茅盾所作的中長篇小說中，《虹》、《子夜》、《路》、《三人行》、《少年印刷工》、《走上崗位》、《多角關係》、《腐蝕》、《鍛煉》等，都是他有意識地自

〔註 5〕茅盾：《我走過的道路（上）》，第 324 頁。
〔註 6〕同上，第 341 頁。

覺地帶了「要寫小說」的目的去研究「人」的產品。關於《虹》,其中的主角梅行素的模特兒是胡蘭畦。葉子銘教授指出:「《虹》裏的梅女士形象,主要是以胡蘭畦為原型。……以前茅公曾否認過他筆下的梅行素是寫胡蘭畦的,原因是他並不認識她,而且藝術形象總是經過概括的,不能簡單等同。至於有人曾經說她參加過《虹》的寫作,那就沒有根據了;為《虹》的寫作提供過素材,特別是關於胡蘭畦的經歷,這倒是真的。」〔註7〕這段話中的「有人」是指秦德君女士。在《我與茅盾的一段情》中,秦德君曾寫到她向茅盾講述胡蘭畦的身世:「惲代英到瀘州主持川南師範學校,我在附屬小學當了三個月教員。就在這附屬小學校裏,我結識了一位極要好的女友胡蘭畦(現任全國政協委員)。她那時十九歲,比我稍大一點,她是三年級級任老師,我是二年級級任老師。我們住在一個宿舍,第月薪水都是三十元,胡蘭畦直爽地告訴我她的身世。她是成都人,父親是中醫,大哥留學美國,自己是逃婚出走的。她有個表哥楊固之,父母去世後,寄居舅家,即胡蘭畦家裏,他在一家皮貨商店當學徒,頗得老闆歡心,做了少老闆。胡父貪利,將女兒胡蘭畦許配給表哥楊固之,而胡蘭畦自己則戀著川軍裏的一個軍需魏宣猷。婚後生活十分不幸,表哥只是一個勢利商人,情意半真半假,又有外遇。一次看戲的包廂裏,胡蘭畦發現座中有一婦女,叫做管老大,頭上戴的用珍珠穿成的邊花,和她自己頭上表哥送的是一對,心下明白,於是決計逃走,跑到瀘州當了小學教師,自己獨立謀生。胡蘭畦是一個極剛強的人,不向命運低頭屈服,敢於反抗。她的身世流傳出去,自然受到社會上的注意,流言蜚語四起。有一次我和她出遊歸來,還曾遭遇過地痞流氓的襲擊。楊森夫人,楊森本人,還有楊森軍中高級軍官相繼前來結識,在提倡女權的幌子下,實則居心不良。胡長得比較出眾,善於交際,活動力強,她很勇敢地胸有成竹地周旋其中,潔身自好,不為所動。不久,楊森派她去廣東進婦女幹訓班,同行的還有一位中年婦女,叫胡蘊玉。從此胡蘭畦衝出了四川,像川江水一樣激流勇進,劈開三峽,走向廣大人生。大革命中她參加了武漢中央軍校女生隊。『四·一二』事變後,在武漢時我曾與她不期而遇。」據秦德君回憶,茅盾聽了她關於胡蘭畦身世的敘述後,還向她詢問了一些細節,並且對她說:「這些都是些極好的小說材料!你呀!好比手裏捧著一大把銅錢,只要用一根線穿起來,

---

〔註7〕　葉子銘:《茅盾六十餘年來文學活動的基本特點》,《湖州師專學報增刊·茅盾研究》第二期,第47頁。

就是很好的文學作品。」她又說：「胡蘭畦現仍健在，任四川省政協常委和全國政協委員。大革命失敗後，她去德國，從事革命事業，被關進監獄。她在獄中堅持鬥爭，出獄後回國，寫了一本《在德國女牢中》揭露法西斯迫害進步人士的罪行。……解放戰爭時期，她和我在上海一起搞地下工作。我被國民黨判處死刑，幸虧解放軍進兵神速，未及執刑，第一個到監獄迎接我的，也正是我親愛的胡蘭畦。」〔註8〕以上這些有關《虹》的女主人公梅女士的原形的基本情況，是茅盾帶了「要寫小說」的目的，向秦德君詢問、瞭解後獲悉的。當然，《虹》除了取材於胡蘭畦的經歷之外，還融滙了「五四」至大革命期間茅盾本人的經歷與感受。

至於茅盾爲了寫作《子夜》，他自覺地到上海華商證券交易所、絲廠、火柴廠參觀和觀察、研究「人」，讀者已有所瞭解，此處不再贅述。

對於觀察人物，茅盾有一段話特別值得我們重視：「觀察人物，我以爲常常得經過三階段：最初是有所見而不全，此時倒有膽子提筆就寫，其次是續有所見然而愈看愈不敢說已有把握，此時就不敢貿然下筆，最後方是漸覺認識清楚，這才自信力又回覆過來。能在第一階段上縮住發癢的手，也不被第二階段所嚇倒，則達到最後一階段也不是怎樣困難的。」〔註9〕

二、現實的理性思考，生活的「醞釀」、「發酵」

茅盾是一個理智型的作家。他的性格和氣質是內向的，善於以理智來駕馭自己的感情，對題材的選擇、主題的提煉和典型的塑造，都滲透著理性的思考，將人生的經驗、生活的素材進行「醞釀」、「發酵」的處理，從而形成藝術作品。

從大革命失敗到執筆創作小說，茅盾曾經歷過一段重要的理性思考時期。他在《創作生涯的開始》中寫道：「我對於大革命失敗後的形勢感到迷茫，我需要時間思考、觀察和分析。自從離開家庭進入社會以來，我逐漸養成了這樣一種習慣，遇事好尋根究底，好獨立思考，不願意隨聲附和。……一九二七年大革命的失敗，使我痛心，也使我悲觀，它迫使我停下來思索：革命究竟往何處去？共產主義的理論我深信不疑，蘇聯的榜樣也無可非議，但是中國革命的道路該怎樣走？……」在大革命中，他看到敵人的種種表演——

〔註8〕 香港《廣角鏡》第 151 期，1985 年 4 月 16 日出版。
〔註9〕 《回顧》，《茅盾論創作》，第 17 頁。

從偽裝極左面貌到對革命人民的血腥屠殺；也看到了自己陣營內的形形色色
——右的從動搖、妥協到逃跑，左的從幼稚、狂熱到盲動。他說：「在革命的
核心我看到和聽到的是無止休的爭論，以及國際代表的權威，——我既欽佩
他們對馬列主義理論的熟悉，一開口就滔滔不絕，也懷疑他們對中國這樣複
雜的社會真能瞭如指掌。我震驚於聲勢浩大的兩湖農民運動竟如此輕易地被
白色恐怖所摧毀，也為南昌暴動的迅速失敗而失望，在經歷了如此激盪的生
活之後，我需要停下來獨自思考一番。〔註 10〕這些話表明了他在大革命失敗
後的思想和情緒的總態勢，它對於茅盾的創作構思具有決定性的作用。因為，
一個作家只有對現實社會和人生經驗進行充分的理性思考，他才能從總體上
把握住作品的基調和傾向。從表面上看這種思考似乎對作品的創作沒有發生
直接的關係，但它的作用在實質上並不亞於創作中的具體構思。

　　在對時代、社會進行理性思考上，茅盾的特點除了在總體上把握客觀現
實的本質及趨勢之外，另一個重要的特點是正視對自己思想和情緒的省察、
剖析。他曾直言不諱地寫出自己在大革命中看到的包括他自己在內的種種矛
盾，這就是：他在武漢經歷了較以前更廣的生活，不但看到更多的革命與反
革命的矛盾，也看到了革命陣營內部的矛盾，尤其清楚地認識到小資產階級
知識分子在這大變動時代的矛盾，而且，自然也不會不看到他自己生活上、
思想中也有很大的矛盾。在《從牯嶺到東京》中，他又作了「誠實的自白」，
說他在寫作《追求》的那段時期裏，思想的基調「是極端的悲觀」，「那時發
生精神上的苦悶」、「情緒忽而高亢灼熱，忽而跌下去，冰一般冷。」當然，
這樣的情緒對他的創作是不利的。但我們還應看到另一方面，茅盾對這種影
響創作的情緒有著清醒的認識，而且正是由於他能夠從理性上進行深刻的反
省，清除這種悲觀苦悶的情緒，他才緊接著創作出了顯示新高度的《虹》。

　　對現實的理性思考的深層作用，自然是在創作構思中產生的。這在茅盾
的每一部中長篇小說的創作過程中，都有著鮮明的體現。例如《子夜》，他的
創作意圖是受了 1930 年夏秋之間上海關於中國社會性質大論戰的影響。這部
小說的最初設想之所以是要「寫一部白色的都市和赤色的農村的交響曲」，據
他說，就是想用形象的表現來回答托派和資產階級學者：中國沒有走向資本
主義發展的道路，中國在帝國主義、封建勢力和官僚買辦階級的壓迫下，是
更加半封建半殖民地化了。中國的民族資產階級中雖有些如法國資產階級性

〔註10〕茅盾：《我走過的道路（中）》，第 1 頁。

格的人，但是 1930 年半殖民地半封建的中國不同於十八世紀的法國，中國民族資產階級的前途是非常暗淡的。它們軟弱而且動搖。當時，它們的出路只有兩條：投降帝國主義，走向買辦化，或者與封建勢力妥協。為了能夠做出這樣的理性的回答，他打算用小說的形式寫出以下的三個方面：（一）民族工業在帝國主義經濟侵略的壓迫下，在世界經濟恐慌的影響下，在農村破產的環境下，為要自保，使用更加殘酷的手段加緊對工人階級的剝削；（二）因此引起了工人階級的經濟的政治的鬥爭；（三）當時的南北大戰，農村經濟破產以及農民暴動又加深了民族工業的恐慌。〔註11〕他當時的「野心很大」，打算一方面寫農村，另一方面寫都市。這是因為他通過觀察、調查、研究，看到二十年代末期和三十年代初期，中國農村經濟破產引起了農民暴動的浪潮，而農村的不安定使得農村的資金向城市集中。他分析道：「論理這本來可以使都市的工業發展，然而實際並不是這樣，農村經濟的破產大大地減低了農民的購買力，因而縮小了商品的市場，同時流在都市中的資金不但不能促進生產的發展，反而增添了市場的不安定性。流在都市的資金並未投入生產方面，而是投入投機市場。」〔註12〕

　　這樣鮮明的理性思考，是茅盾創作中長篇小說所獨有的，既是他的習慣，也是他的特點。然而，理性思考雖然可以保證作品的總體構思的深刻性，卻不能代替小說的人物刻劃和環境描寫中的形象思維。在創作中，茅盾很重視形象思維，而且重視形象思維中的理性思考的指導作用。他每當開始創作之前，總是讓波濤起伏的生活在頭腦中「醞釀」、「發酵」。這種對生活的「醞釀」、「發酵」，其實是一種理性思考，不過是用形象進行思考罷了，而且，這是對主題、題材、人物的具象化的思考。

　　1927 年 6 月，茅盾潛回上海隱居下來，他說：「過去大半年的波濤起伏的生活正在我腦中發酵，於是我就以此為題材在德沚的病榻旁……寫我的第一部小說《幻滅》。」1929 年他寫《虹》，是「欲為中國近十年之壯劇，留一印痕。」1932 年他的《路》出版，他說：「我寫《路》時，正值五烈士被害前後，就想通過作品，指示青年的出路。」因為，當時的中國青年正在「苦心探求自己的出路與革命的道路。」至於《子夜》，茅盾寫了買辦資產階級、民族資產階級、地下共產黨員和工人群眾，「三者之中，前兩者是作者與有接觸，並且熟悉，比較真切地觀察了其人與其事的；後者則僅憑『第二手』材料，即

〔註11〕《寫在〈蝕〉的新版的後面》，《茅盾全集》第一卷，第 425 頁。
〔註12〕茅盾：《〈子夜〉是怎樣寫成的》，《茅盾論創作》，第 59 頁。

身與其事乃至第三者的口述。」〔註13〕但是，這些直接與間接的材料是互相聯繫著的，在他創作中同時「發酵」成爲藝術的形象。1941 年，茅盾寫作《腐蝕》也是因爲理性思考和生活「發酵」的雙重作用。他說：「在一九四一年的歷史情況下，暴露美、蔣特務的罪惡及其內部的矛盾，並針對那些被迫參加的小特務的矛盾、動搖、而又苦悶的心理狀態，給他們一記『當頭棒喝』，爭取他們戴罪立功，回到人民這邊來：──對於當時的革命運動是有利的。我就是根據這樣的認識和目的，寫了這部小說。」〔註14〕而 1942 年的《劫後拾遺》，則是以他身歷的香港戰爭中的人、事爲題材而「發酵」創作的產品，同年的《霜葉紅似二月花》則是他對「從『五四』到一九二七這一時期的政治、社會和思想的大變動」的長期「醞釀」、「發酵」的結果。他的最後一部長篇小說《鍛煉》，是他對八年抗日戰爭進行全面的反思，欲作「全面的描寫」卻僅寫完的「五部連貫的長篇小說的第一部」。1949 年新中國成立以後，茅盾對《霜葉紅似二月花》的題材曾幾次進行「發酵」，然而終於因種種緣故而未能續寫出以後的內容。

三、堅持現實主義，探求「合於時代節奏的新的表現方法」

　　茅盾早年曾撰寫文章提倡自然主義的創作方法，對此他曾坦白地承認：「我曾經熱心地──雖然無效地而且很受誤會和反對，鼓吹過左拉的自然主義，可是到我自己來試作小說的時候，我卻更近於托爾斯泰了。自然我不至於狂妄到自擬於托爾斯泰；並且我的生活、我的思想，和這位俄國大作家也並沒有幾分的相像；我的意思只是：雖然人家認定我是自然主義的信徒，──現在我許久不談自然主義了，也還有那樣的話，──然而實在我未嘗依了自然主義的規律開始我的創作生涯。」這是 1928 年他在《從牯嶺到東京》中說的話；到了晚年他在《創作生涯的開始》中重申：「我提倡過自然主義，但當我寫第一部小說時，用的卻是現實主義。我嚴格地按照生活的眞實來寫，我相信，只要眞實地反映了現實，就能打動讀者的心，使讀者認清眞與僞、善與惡、美與醜。對於我還不熟悉的生活，還沒有把握的材料，還認識不清的問題，我都不寫。我是經驗了人生才來做小說的，而不是爲了說明什麼才來做小說的。」

〔註13〕茅盾：《〈子夜〉是怎樣寫成的》，《茅盾論創作》，第 63 頁。
〔註14〕《致〈涅瓦〉雜誌的讀者》，《茅盾全集》第五卷，第 301 頁。

　　茅盾的上述申明，是符合他的中長篇小說的創作實際的。他在創作中，從選擇題材、提煉主題、刻劃人物性格、結構故事情節，直至運用語言，都是嚴格遵循現實主義的方法創作的。在三十年代初，曾有評論家責備他的《蝕》三部曲和《子夜》中的某些描寫是自然主義的，但這種責備由於是只看表面的文字，而沒有從作品整體性給予正確有評論，因此難以令人信服，茅盾本人一直沒有接受。

　　對於茅盾來說，他的中長篇小說都是從中國現實社會生活中選取題材的，都是為了推動中國朝向光明的進步的社會發展而結構情節、塑造典型的。他寫道：「真的勇者是敢於凝視現實的，是從現實的醜惡中體認出將來的必然，是並沒有把它當作預約券而後始信賴。真的有效的工作是要使人們透視過現實的醜惡而自己去認識人類偉大的將來，從而發生信賴。」「不要感傷於既往，也不要空誇著未來，應該凝視現實，分析現實，揭破現實；不能明確的認識現實的人，還是很多的。」〔註15〕

（一）關於人物塑造

　　為了塑造出鮮明獨特的個性深刻概括某一類人的共性並從而顯示社會生活的本質和規律的典型人物形象，他堅持現實主義的典型化的藝術原則，對現實生活中的素材進行選擇、提煉、集中概括，追求作品中反映的生活「比普通的實際生活更高，更強烈，更有集中性，更典型，更理想，因此就更帶普遍性。」〔註16〕本書前面曾寫到茅盾在大革命前後熟悉的一些「時代女性」，所以，他在幾部中長篇小說中以「時代女性」作為主人公，並不是偶然的。在《蝕》三部曲發表不久，有些稍稍知道茅盾生平但和他並不相識的人們便猜想書中的三位女性到底是誰，甚而有人進行「索隱」、「考證」。其實，茅盾不是按生活中的某人、某些人寫作紀實的傳記，而是創作小說。由於是運用現實主義的創作方法，他不能不在想像和虛構的作用下進行藝術概括。所以他說：「那三個女主角絕對不是三個人，而是許多人，——就是三種典型。並且這三種典型，我寫來也有輕重之分。我注意寫的，是靜女士這一典型；其他兩位，只是陪襯，只是對照。」〔註17〕

　　茅盾塑造人物形象，大多是運用在眾多原形的基礎上經過藝術概括進行

〔註15〕《寫在〈野薔薇〉的前面》，《茅盾論創作》，第49頁。
〔註16〕毛澤東：《在延安文藝座談會上的講話》。
〔註17〕《幾句舊話》，《茅盾論創作》，第6頁。

創作的方法，但有時也運用在某個原形的基礎上進行典型化創作的方法。他
在回憶錄中告訴我們，作為《幻滅》中靜女士的很大安慰的連長強惟力，「這
人有一小部分是有模特兒的，這就是顧仲起」。至於顧仲起如何成為強連長，
拙作《從顧仲起到〈幻滅〉中的強連長》一文已有論述。〔註18〕再如《虹》
的女主角梅行素女士，在本文第一部分已指出她是基本以一個模特兒即秦德
君講述的胡蘭畦為依據進行創作的；但是，胡蘭畦與梅行素之間並不能劃上
等號，梅女士是「小說世界中的小說人物」。茅盾認為，創作長篇小說，「一
般說來，『人物』有『模特兒』不是壞事，而且應該有『模特兒』。不過挑定
了某人來做『模特兒』時，結果就成為此某一人的畫像，就缺乏了普遍性。
成功的『人物』描寫，決不是單依了某一個人作為『模特兒』。……專依了某
一個人（某甲或某乙）的嘴臉來作『模特兒』，固然像極了某甲或某乙，但在
不熟識某甲和某乙的廣大讀者看來，就有點『面生』，那『人物』的藝術的感
應力就差了。」〔註19〕由於「藝術家的使命高過於真容畫師多得多，藝術家
不是真容畫師」，茅盾深有體會地說，「要謹防你的『人物』只成為某一個人
物的『模特兒』。」我們閱讀茅盾所有的中長篇小說，還沒有發現某一人物成
為某一真人的畫像。為《虹》中梅女士創作提供「模特兒」的秦德君也認為：
「文學創作乃是虛構，現實主義小說的真實性，不在它有真人真事作依據，
儘管有些作家傾向於使用一些模特兒，茅盾就是一個。但在創作過程中，他
也必定經過一番選擇，安排，剪裁，概括的功夫，還要加進大量想像的成分，
這種想像依據的是作家的觀察、體驗，像《虹》裏對梅女士的心理活動所作
的細緻、精彩的刻劃就是一例。同時，小說特別長篇中的主人公，不可能從
頭至尾都是一個人的經歷。作家還要溶進大量其他事件，集中到主人翁身上，
以便塑造典型形象。這一切決非某個原形所能包容。因此，誰也不應該說小
說裏的典型就一定是誰。」〔註20〕這些話是很辯證的，是符合小說創作的藝
術規律的。茅盾不僅如此創作了《虹》，塑造了梅女士的典型形象，而且也如
此創作了《子夜》及其他的中長篇作品，塑造了吳蓀甫、趙伯韜等一系列的
典型人物形象。

〔註18〕刊於 1984 年第 4 期《杭州師院學報》，見本書第 65 頁。
〔註19〕《創作的準備》，《茅盾論創作》，第 469 頁。
〔註20〕香港《廣角鏡》第 151 期，1985 年 4 月 16 日出版，第 34 頁。

（二）關於總體構思

茅盾寫作小說，十分重視總體構思。他認為：「如果是中篇或長篇，則『構思』的時間應當更多，而且最好先寫下全篇的要點或大綱。」「即是先寫好了一個詳細的幾乎等於全部小說的『縮本』那樣的『大綱』，或者是一篇記錄著那小說的『人物性格』和『故事發展』的詳細的『提要』。而實際的寫作就是把這『縮本』似的『大綱』或『提要』加以大大的擴充和細描。」而且認為，「在動筆之前把熟慮過的全盤內容的要點作一個備忘錄式的『大綱』，實在是必要的（短篇作品不在此例）。」這樣備忘錄式的『大綱』應該包括：第一，將主要人物列一表。第二，故事的要點。第三，故事發展中的重要場面。第四，將作品的主題記下來。第五，分段。〔註21〕這樣的總體構思（如茅盾所說是「明晰的確實的『鳥瞰』」）是創作長篇小說必不可少的。

茅盾從創作《幻滅》開始，就是按照他所說的這種總體構思來創作的。只是他的「備忘錄式的大綱」有時寫下來，有時記在心中，有時詳細，有時簡略。如他寫作《子夜》，不僅寫有《提要》，而且寫有《記事珠》和一章一章的《大綱》。在《提要》裏，他構思出：一、兩大資產階級的團體：吳蓀甫為主要人物之工業資本家團體（內有買辦兼火柴廠主周仲偉等六個資本家）；趙伯韜為主要人物之銀行資本家（內有交易所經紀人韓孟翔、錢業主杜竹齋等四個資本家、大地主）；二、介於此兩大團體間的資產階級分子：陸匡時、李玉亭等八人；三、在此兩大資產階級團體之外獨立者：買辦階級——軍火買辦、外國銀行之買辦；四、工業資本家方面與帝國主義的關係；五、銀行資本家與帝國主義的關係；六、他們的政治背景；七、政客、失意軍人、流氓、工賊之群（五組數十人）；八、叛逆者之群，包括女工（三種類型）、指揮者（四種類型）、青年學生、左翼作家、其它各廠工人；九、小資產者之群：一般市民、知識分子、頹廢者、跳舞場中之奇人——老人，等等。並寫明了「總結構之發展」、「總結構之下」等各個要點。〔註22〕《記事珠》分為「A棉紗」、「B證券」、「C標金」等三部分。每一部分都寫出「表現之主要點」。它的內容，茅盾在《〈子夜〉寫作的前前後後》裏曾引錄，但在文字上稍有改動。如第三部分《標金》的「表現之主要點」，原稿上是：「一、金融資本家只做了軍閥的帳房，不利調節本國工業。二、正當國際資本主義沒落時的中

〔註21〕《創作的準備》，《茅盾論創作》，第479頁。
〔註22〕茅盾：《我走過的道路（中）》，第102頁。

國資產階級除了以外人附庸的形態而存在，是沒有第二條路的。三、中國資產階級為保持自身計，不惜投降外人，可是尚虛言欺人，自稱為中國資產階級。」《大綱》則很具體，一章一章寫出來。《茅盾研究》第一期（文化藝術出版社 1984 年 6 月出版）曾發表《子夜》分章大綱現在存留的部分：第十章至十九章，約一萬一千餘字。估計全部《子夜》分章大綱至少有兩萬字，而且從有些句子如第十一章「a，先寫公債市場一般情形。（可以用舊十一章之材料）」，可以看出這份大綱是第二次寫的。由此可見，茅盾是何等重視長篇小說創作過程中的「大綱」的寫作。

　　當然，他有幾部長篇小說因種種原因未能寫出這種詳細的大綱，但在總體構思上他仍反覆斟酌，十分謹慎。如他為鄒韜奮主編的《大眾生活》寫的連載小說《腐蝕》，因為交稿時間緊，只有一週時間，事先無法寫出提要、人物表。他在確定這部作品「通過一個被騙而陷入罪惡深淵又不甘沉淪的青年特務的遭遇，暴露國民黨特務組織的兇狠、奸險和殘忍，他們對純潔青年的殘害，對民主運動和進步力量的血腥鎮壓，以及他們內部的爾虞我詐和荒淫無恥」的主題之後，又確定將故事的背景「放到皖南事變前後，從而揭露蔣介石勾結日汪，一手製造這『千古奇冤』的真相」。而形式，「決定採用日記體，因為日記體不需要嚴謹的結構，容易應付邊寫邊發表的要求。」他還說：「我一向不喜歡用第一人稱的寫法，這時也不得不採用了。」〔註 23〕但是，如他在《腐蝕》的《後記》中所說，這部書「雖然是邊寫邊發表，但在我寫本書第一段的時候，也不是全然沒有總的結構計劃的。原來的計劃是，寫到小昭被害，本書就結束。」後來，由於讀者和編者的要求，才改變原定的結局，「在原定結構上再生枝節，而且給了趙惠明一條自新之路。」而他的最後一部長篇《鍛煉》的創作，也是「由於任務急」，他「沒有來得及寫出詳細的提綱，只寫了一個簡單的大綱，勾勒了整部書的輪廓，後來又陸續寫了一些筆記，為書中的若干人物立了小傳。」〔註 24〕

　　總之，茅盾的寫作習慣是要力求能「打圖樣」，並且「圖樣不厭求詳」，因為「打圖樣的時候，往往會發現材料還有不盡合式之處，或者，更重要的，思想上還有未成熟之處」。〔註 25〕所以，他「十分看重打圖樣這過程」。

〔註 23〕茅盾：《戰鬥的一九四一年》。《新文學史料》1985 年第 3 期，第 55 頁。
〔註 24〕茅盾：《訪問蘇聯‧迎接新中國》，《新文學史料》1986 年第 4 期，第 23 頁。
〔註 25〕《回顧》，《茅盾論創作》，第 18 頁。

（三）關於表現方法

「一個從事於文藝創作的人，假使他是曾經受了過去的社會遺產的藝術的教養的，那麼他的主要努力便是怎樣消化了舊藝術品的精髓而創造出新的手法。同樣地，一個已經發表過若干作品的作家的困難問題也就是怎樣使自己不至於黏滯在自己所鑄成的既定的模型中；他的苦心不得不是繼續地探求著更合於時代節奏的新的表現方法。」〔註26〕茅盾在這裡寫出「他的苦心」，這是一個不滿足於已有成就的作家對於藝術孜孜不倦的追求的鮮明體現。凡是真正的藝術家都是既勤奮耕耘又刻苦創新的，在否定舊我——創造新我的道路上跋涉、奮進。

茅盾在開始中長篇小說創作之前，大量閱讀了中國古典小說和外國文學名著。他說，在中國的舊小說中，「我喜歡《水滸》和《儒林外史》」。認為進行現代作品創作，《儒林外史》和《海上花》比《紅樓夢》提供的「藝術修養」的資料更多。而他自己「開始寫小說時的憑藉還是以前讀過的一些外國小說」。以後出版了幾部中長篇，他常常感到不滿意，說是「夜裏睡不著時回想起來，便想出毛病來了；但特別是夜裏讀著西洋名著讀出了味的時候，更能回想出自家的毛病來。我以為一個人開始新寫一篇的時候，最好能把他的舊作統統忘記；最好是每次都像第一次動筆，努力把『已成的我』的勢力擺脫。」〔註27〕

在中長篇小說創作的道路上，茅盾正是這樣努力實踐的。《幻滅》、《動搖》、《追求》是以三個中篇組成三部曲《蝕》，以三個「時代女性」為主人公；《虹》則是以梅女士為主人貫穿全部作品，由倒敘三峽之險喻主人公身世來結構全書；《子夜》是以吳趙為主的兩大資本家集團的「打擂」，較之《蝕》和《虹》是全新的題材、全新的人物、全新的結構、全新的方法和全新的語言；《路》、《三人行》是以學生作為題材的兩部作品；《少年印刷工》是一部兒童文學作品，在茅盾中長篇小說中也是別具風格的；《第一階段的故事》是在薩空了鼓動下寫的「一個『通俗形式』的長篇」；《腐蝕》則以心理小說的嶄新面目、強烈的現實意義、第一人稱的親切感和日記體的可讀性贏得廣大讀者的喜愛；《霜葉紅似二月花》，在茅盾是「很用了一番心思的」。他說：「我企圖通過這本書的寫作，親自實踐一下如何在小說中體現『中國作風和中國

〔註26〕《〈宿莽〉弁言》，《茅盾論創作》，第53頁。
〔註27〕《談我的研究》，《茅盾論創作》，第26頁。

氣派』。」蘇聯漢學家索羅金在《論〈霜葉紅似二月花〉》的長篇論文中寫道：
「這部書與《腐蝕》之間差異之大，令人難以想像，似乎這兩部著作出自不
同作家的筆下。……代替情節發展電影似急促速度和《腐蝕》富於情感風格
的，是徐緩靜穆的敘述，它似一幅色彩斑爛的風俗畫，又似一部各色人等的
談話錄。」「這整個地適應於長篇小說的題材和傾向性，使作家獨特地將符合
中國讀者習慣的結構、風格的手法與現代心理分析方法相結合，更鮮明地複
製出感受到的過去宗法制中國的制度及其生活形象。」〔註28〕從這段評論，
我們可以知道國外的學者也發現了作家這部新作的「中國作風和中國氣派」。
茅盾的追求和努力顯然是卓有成效的。

　　在表現手法上，茅盾與魯迅的不同處在於他主要不是運用白描，而是運
用象徵等多種現代小說的表達技巧。因為他的長篇小說的題材、人物是現代
社會的生活、現代中國的人物，他的表現方法不能不是合於時代節奏的新的
表現方法。過去一些評論家評論《子夜》多著重於作品的表現中國社會階級
關係的認識價值即社會史價值，對它的審美價值即文學史價值評論得很少。
其實，茅盾在創作《子夜》中是十分重視表現這部長篇的審美價值的，這就
是他對藝術上的創新的追求，我們從他擬的《提要》中就可以看到這一點。
如《提要》的最後部分所寫的是：

　　　　一、色彩與聲浪應在些書中占重要地位，且與全書之心理過程
　　相應合。

　　　　二、在前部分，書中主人公之高揚的心情，用鮮明的色彩，人
　　物衣飾，室中布置，都應如此。房屋為大洋房，高爽雄偉。

　　　　三、在後半，書中主人公沒落心情，用陰暗的色彩，衣飾，室
　　中布置，亦都如此。房屋是幽暗的。

　　　　四、前半之背景在大都市，熱鬧的興奮的。後半是都市人陰暗
　　面或山中避暑別莊。

　　　　五、插入之音樂，亦復如此。

　　　　六、最後一章，在亢奮中仍有沒落的心情，故資產階級之兩派
　　於握手言和後，終感心情無聊賴，乃互交易其情人而縱淫（吳與趙
　　在盧山相見）。〔註29〕

〔註28〕《茅盾研究在國外》，第444、449頁，湖南人民出版社1984年8月第1版。
〔註29〕茅盾：《我走過的道路（中）》，第107頁。

這就有力地說明，茅盾在堅持進步的現實主義創作方法的同時，適當地吸取了象徵主義的方法，使環境描寫帶上濃重的與小說人物心理活動相適應的色彩，而不是傳統的現實主義的純客觀的描寫，而且，這表現在《子夜》中也確實很成功。

我們在其它的中長篇小說裏，同樣可以發現茅盾探求合於時代節奏的新的表現方法的努力。此處不再詳加論述。

四、「寫作之事是一種勞作」，要辛勤筆耕，精益求精

一般來說，中長篇小說的創作因為多以社會重大事件為題材，在廣闊的背景和複雜的社會矛盾中描繪眾多人物以及他們之間的複雜關係和人物性格的變化發展，從而反映某一歷史時期的社會風貌，容量較大，篇幅較長，比短篇小說的創作要困難得多，對於作家的要求也高得多。

茅盾認為：「寫作之事，是一種勞作，寫作的用心之處好像跟解答代數難題沒有什麼兩樣。不少這樣的題目：上手看時很簡單，解起來卻遇到困難；更多的是這樣的人：初看單純，愈看愈覺得不那麼簡單。」〔註 30〕這是他在長期創作中深有體會的經驗之談。

在他看來，初次從事寫作時對這一種勞作的性質、規律是沒有認識的。之所以提筆創作長篇，是有一種勇氣、一種膽量。如他所說，在寫《幻滅》之時是「膽壯氣旺，寫之不已，略無躊躇。這自然是幼稚妄為，現在回想起來，自己也會吃驚那時的勇氣可真不小呢，然而不懊悔。」〔註 31〕因為這種「膽壯氣旺」對寫作來說，是一種動力，在開始創作時沒有這種勇氣就無法投入創作。但是，創作中長篇小說畢竟是一種艱巨的腦力「勞作」，不僅是由個體承擔的，而且是要幾個月甚至幾年才能完成的。尤其重要的是這種「勞作」的有效性既依賴作家的心理品質、思想素質、生活閱歷、文化水平、藝術修養，又依賴作家對創作客體的把握和表現的能力，以及他作為文學意義上的存在的社會行為和社會效益。它需要作家夜以繼日、長年累月的辛勤筆耕，而且永不滿足，永遠追求，永遠進取，精益求精。

當人們慶祝茅盾從事創作二十五年的時候，他曾經誠懇地說：「一篇作品在寫作的當兒，當然是自信有點把握，不然，便寫不下去了；乃至脫稿，自然

〔註30〕《回顧》，《茅盾論創作》第 17 頁。
〔註31〕同上，第 15 頁。

也自覺得還能滿意，不然，就不會拿出去發表了。可是，經過若干的時候，找出來再讀一遍，每每不禁惘然若失，乃至面紅耳赤。剛寫成的時候，篇篇都自以為不太壞，日後再看起來，沒有一篇自己滿意。這就是我的自白。」〔註32〕

　　他的這番「自白」確實不是客套話。魯迅敢於解剖自己，茅盾同樣敢於解剖自己的思想與創作。在 1932 年 12 月的《我的回顧》、1935 年 11 月的《〈路〉改版後記》、1945 年 6 月的《回顧》、1952 年 3 月的《〈茅盾選集〉自序》、1957 年 10 月的《寫在〈蝕〉的新版的後面》、《〈第一階段的故事〉新版的後記》等文章裏，他都直率地分析自己的思想情緒對創作的影響和作品的缺點。只有大作家才有這樣的勇氣和胸襟，誰要想成為大作家誰就應該培養這樣的勇氣和胸襟。

　　然而，解剖自己的思想和創作，是為了「更上一層樓」。茅盾正是這樣做的。最突出的表現是他虛心接受別人正確的批評或有益的建議，對中長篇小說進行修改、加工。如《追求》發表之後，許多人激烈地批評他對革命悲觀失望，這種批評主要是過左的，不是與人為善的，他曾撰文批駁。但他還是表示：「我很抱歉，我竟做了這樣頹唐的小說……我決計改換一下環境，把我的精神蘇醒過來。……我希望以後能夠振作，不現頹唐；我相信我是一定能的。」〔註33〕果然，他寫出了積極向上的新作《虹》。而在《蝕》出版後，有些評論家批評《追求》中的幾處描寫過於「性感」，不夠藝術化，他在《蝕》再版時就作了刪削。1954 年人民文學出版社重排《蝕》三部曲時，他「把這三本舊作，字句上作了或多或少的修改，而對於作品的思想內容則根本不動。至於字句上的修改，《幻滅》和《動搖》改的少，僅當全書的百分之一或不及百分之一，《追求》則較多，但亦不過當全書的百分之三。」1957 年《茅盾文集》即將付印時，出版社向他提議：「《幻滅》等三書的修改部分是否可以回復原狀？」他說：「不必再改回去了！」因為 1954 年「出版社的建議（特別對於某些章段中的描寫），基本上是對的；過去我這樣認為，今天還是這樣認為。」〔註34〕我們今天來看，他這樣的決定是正確的，修改和刪削是必要的，不論是藝術效果還是社會效益，都比修改前要好得多。三十年代初，他在創作中篇《路》的時候，聽取了瞿秋白的意見，將本來寫的中學生加以改動，「由

〔註32〕　《回顧》，《茅盾論創作》，第 14 頁。
〔註33〕　茅盾：《從牯嶺到東京》，《茅盾論創作》，第 36 頁。
〔註34〕　《寫在〈蝕〉的新版的後面》，《茅盾全集》第一卷，第 427 頁。

中』而『大』。《路》出版後，瞿秋白又指出「書中的戀愛描寫有些地方不必要」。於是在 1935 年改版時，他「又刪掉了些句子，——合計大概也有三四面罷。這被刪的部分，多半是不必要的戀愛描寫。」至於《子夜》在創作中接受瞿秋白的意見和建議進行修改，已有不少文章談到過，此處不再重複。

　　茅盾在中長篇小說的園地上辛勤耕耘、精益求精的精神，貫穿他整個創作生涯，從《幻滅》開始直至最後一部長篇《鍛煉》。但他在創作中並不是沒有矛盾的。他說：「那時候，我是現寫現賣，以此來解決每日的麵包問題。實在不可能細細推敲，反覆修改。印出來後，自己一看，當然有些不滿意，有時是很不滿意，可是這時候如果再來修改誰也不肯再付錢，而我又家無餘糧可以坐吃半月一月，因此，只好這樣自慰：下次寫新的作品時注意不要再蹈覆轍了罷。但不幸的是，依然屢蹈覆轍，直到二十多年後寫《霜葉紅似二月花》，也是預支了錢，限期屆滿，非交稿不可，匆匆趕出去，沒有再看一遍就送出去了。主觀意圖和客觀條件就是常常這樣矛盾的。」〔註35〕這是寫作與修改的矛盾，原因是生活沒有保障。對於今天的作家來說，應該是不再存在這種的矛盾了。他的另一矛盾是新中國建立以後出現的：工作、生活與創作的茅盾。1952 年，他曾寫道：「年來常見文藝界同人競訂每年寫作計劃，我訂什麼呢？我想：我首先應當下決心訂一個生活計劃：漂浮在上層的生活必須趕快爭取結束，從頭向群眾學習，徹底改造自己，回到我的老本行。自然，也不敢說這樣做了以後一定能寫出差強人意的東西來，但既然這是正確的道路，就應當這樣走！」〔註36〕這以後，他曾在公安部長羅瑞卿的鼓動下，到上海搜集材料，寫出了一個反特的電影劇本。但因劇本太小說化了而未能拍攝、發表，在十年浩劫中毀掉了。1958 年，他在所謂的「大躍進」熱潮中，開始構思一部主要以黨對資本主義工商業進行社會主義改造為題材的長篇小說——類似《子夜》的續篇，並且在短短的幾個月裡寫下了十萬餘字。但是由於工作繁忙，使他未能續寫下去。在給中國青年出版社文藝組的覆信裏，他寫道：「說起來非常慚愧，我的小說稿子還是去秋和你社一位同志說過的那種情況：擱在那裡，未曾續寫，也沒有加以修改。……從去年秋季起，我一直鬧病……現在是在半休狀態。何時能續寫，以了此文債，自己沒有把握，

〔註35〕《寫在〈蝕〉的新版的後面》，《茅盾全集》第一卷，第 426 頁。
〔註36〕《〈茅盾選集〉自序》，《茅盾論創作》，第 20 頁。

同時也十分焦灼。不過，始終老想完成這個『計劃』的。」〔註37〕然而，他的創作新的長篇小說的「計劃」終於未能完成。而且，據說已寫好的十萬餘字的原稿也在十年浩劫中毀掉。這對於中國社會主義文學事業是一個很大的損失。茅盾晚年時在病中，但他還想續寫《霜葉紅似二月花》，也終因病魔奪去了他的生命而未能實現。

以上四方面的論述，遠未能全面地窮盡「茅盾怎樣創作中長篇小說」這個課題的全部內容。本章只是盡一己之所能對此課題作一些初步的研究。此篇已寫得比較長，然而若要作徹底研究並詳細論述這一課題，則非撰寫長篇專著不可。

※本章原發表於《湖州師專學報》1987年第4期。

〔註37〕《茅盾書簡》第232頁，浙江文藝出版社1984年10月第1版。

10　茅盾論茅盾小說創作

　　在中國現代文學史上，以作家和批評家的雙重身份出現並取得卓越成就且為世人公認的，除了茅盾之外很難找出第二個人。近幾年來，一些研究者對茅盾的文學評論進行探討，他們的工作開拓了茅盾研究的新領域，已經受到人們的重視。然而對於茅盾作為批評家所寫的關於他自己作品的評論、談話、回憶錄，卻尚未引起重視，更談不上研究了。究其原因，可能是一些研究者認為作家對自己的評論帶有主觀感情色彩，不足為信；也可能是材料較散亂且不易整理；或者是以為研究這個課題的意義不大。但是我認為這些都是不成其為理由的。其實，茅盾對自己作品的評論是比較客觀的，這些材料的整理分析也並非難以進行，而這個研究課題的意義則在於既能使我們深入探究茅盾對其創作的理性認識，又能使我們用來檢驗、深化和補充其他評論家對茅盾創作的評論。有鑒於此，筆者試圖從以下四個方面探討茅盾對其小說創作的論述。

一、小說題材的選擇與主題的開掘

　　文學在任何時候都是為了某種特殊目的而從生活中選擇出來的東西。小說自然不能例外。茅盾在他的小說處女作《幻滅》發表不久，就告訴讀者，他是「真實地去生活，經驗了動亂中國的最複雜的人生的一幕，終於感得了幻滅的悲哀，人生的矛盾，在消沉的心情下，孤獨的生活中，而受生活執著的支配，想要以我的生命力的餘燼從別方面在這迷亂灰色的人生內發一星微光，於是我就開始創作了。」〔註1〕這一段話的內容雖然是關於創作起因的敘

――――――――――――――――

〔註1〕茅盾：《從牯嶺到東京》。

-125-

述，但卻是我們研討茅盾對其小說創作評論的一把鑰匙。我在拙文《試論沈雁冰早期與黨的關係》中曾寫道，1927 年大革命的失敗，使中國革命進入了「由中國共產黨單獨領導群眾」進行革命的新時期，也使沈雁冰的人生歷程開始了一個新的階段：用革命現實主義文學創作獻身共產主義事業。所以，失去黨的組織關係這件事，對沈雁冰個人來說是不幸的，但在中國革命和中國人民，卻可喜地得到了一個繼魯迅之後最偉大的無產階級文學家——茅盾。〔註2〕因此，我們要掌握住這把「鑰匙」，在這樣一個基點上考察茅盾的小說創作，並且具體論述他對自己小說題材選擇和主題開掘的評論。

茅盾說他在大革命失敗後回到上海，隱居下來後馬上面臨「如何維持生活」的實際問題，由於受到國民黨政府的通緝，不可能找職業，「只好重新拿起筆來，賣文為生。過去大半年的波濤起伏的生活正在我頭腦中發酵，於是我就以此題材在德沚的病榻旁……寫我的第一部小說《幻滅》」。〔註3〕其實，「賣文為生」只是表面的原因，當他開始構思時，是以「特殊目的」為指導進行選材的。在當時，他有很多材料可以寫，然而他並沒有選擇其他題材，而是如他所說是「選擇自己熟悉的一些人物——小資產階級的青年知識分子，寫他們在大革命洪流中的沉浮，從一個側面來反映這個大時代」。他認為，寫自己所熟悉的事：這對於初學寫作者，永遠是一句正確的指示。在那時的茅盾，雖然已是有七年黨齡的共產黨員和寫過許多批評文章的評論家，但他在小說創作上卻是個初學寫作者。他不去寫工人、農民、士兵，是因為他不熟悉他們或還不夠熟悉他們，而且，他還有一個重要的觀點，即在當時來說，工人、農民、士兵還不是革命文藝的讀者對象，革命文藝的讀者對象主要是小資產階級的青年。他在與創造社、太陽社中的一些批評家辯論中提出，「我總覺得我們也該有些作品為了我們現在事實上的讀者對象而作的。如果說小資產階級都是不革命，所以對他們說話是徒勞，那便是很大的武斷。中國革命是否竟可拋開小資產階級，也還是一個費人研究的問題。我覺得中國革命的前途還不能全然拋開小資產階級。說這是落伍的思想，我也不願多辯；將來的歷史會有公道的證明。」〔註4〕而歷史真的證明了茅盾的創作是正確的，他對自己創作的評論也是正確的。

〔註2〕 李廣德：《試論沈雁冰早期與黨的關係》，《茅盾研究論文選集》，第 766 頁，湖南人民出版社 1983 年 11 月第 1 版。本書第 7 頁。

〔註3〕 茅盾：《我走過的道路（中）》，第 2 頁。

〔註4〕 茅盾：《從牯嶺到東京》。

在二十年代，茅盾對他的初期小說創作的主題曾作過這樣的評論：《幻滅》、《動搖》、《追求》是要寫現代青年在革命壯潮中所經過的三個時期：①革命前夕的亢奮和革命既到面前時的幻滅；②革命鬥爭劇烈時的動搖；③幻滅動搖後不願寂寞尚思作最後之追求。對於《幻滅》，他說：「有人說這是描寫戀愛與革命之衝突，又有的說這是寫小資產階級對於革命的動搖。我現在眞誠的說：兩者都不是我的本意。……題目是『幻滅』，描寫的主要點也就是幻滅。……在《幻滅》中，我只寫『幻滅』；靜女士在革命上也感得了一般人所感得的幻滅，不是動搖！」對於《動搖》，他說：「同樣的，《動搖》所描寫的就是動搖，革命鬥爭劇烈時從事革命工作者的動搖」。對於《追求》，他說：「書中的人物是四類，……他們不甘昏昏沉沉過去，都要追求一些什麼，然而結果都失敗」。〔註 5〕對於這樣的一些主題，有的批評家不能把握而曲解，有的批評家雖然認識卻加以攻擊，只有個別的批評家有所分析而表示肯定。面對某些批評家（如錢杏邨）的咄咄逼人的指責（如「他終於離開了無產階級的文藝陣營」，「從無產階級文藝立場退到小資產階級的立場」，「小資產階級的代言人」等等），茅盾撰文對自己初期的小說主題作了直率的坦誠的評論：

　　……我只能說老實話；我有點幻滅，我悲觀，我消沉，我都很老實的表現在三篇小說裏，我誠實的自白：《幻滅》和《動搖》中間沒有我自己的思想，那是客觀的描寫；《追求》的基調是極端的悲觀；書中人物所追求的目的，或大或小，都一樣不能如願。……我承認這極端悲觀的基調是我自己的，雖然書中青年的不滿於現狀，苦悶，求出路，是客觀的眞實。說這是我的思想落伍了罷，我就不懂爲什麼像蒼蠅那樣向窗玻片盲目撞便算是不落伍？說我只是消極，不給人家一條出路麼，我也承認的；……我不能使我的小說中人有一條出路，就因爲我既不願意昧著良心說自己以爲不然的話，而又不是大天才能夠發見一條自信得過的出路來指引給大家。人家說這是我的思想動搖。我也不願意聲辯。我想來我倒並沒有動搖過，我實在自始就不贊成一年來許多人所呼號吶喊的「出路」。這出路之差不多成爲「絕路」，現在不是已經證明得很明白？（《從牯嶺到東京》）

茅盾作爲一個小說家所想的是「能夠如何忠實便如何忠實的時代描寫」，他決不在作品中作僞來欺騙讀者。他認爲，從《幻滅》至《追求》這一段時

〔註 5〕茅盾：《從牯嶺到東京》。

間正是中國的多事之秋，他當然有許多新感觸，沒有法子不流露出來。在《從牯嶺到東京》中他寫道：「我也知道，如果我嘴上說得很勇敢些，像一個慷慨激昂之士，大概我的讚美者還要多些罷；但是我素來不善於痛哭流涕劍拔弩張的那一套志士氣概，並且想到自己只能躲在房裏做文章，已經是可鄙的懦怯，何必再不自慚的偏要嘴硬呢？我就覺得躲在房裏寫在紙面的勇敢話是可笑的。想以此欺世盜名，博人家說一聲『畢竟還是革命的』，我並不反對別人去這麼做，但我自己卻是一百二十分的不願意。」這是一個堅定的現實主義作家的義正辭嚴的宣言！唯有如此，他的作品才能經受時間的考驗，才能成為藝術的歷史畫卷，具有永恒的審美價值。

茅盾作為一個文學評論家，他所堅持的原則是實事求是，運用歷史的美學的觀點評論他人的作品，也批評自己的創作。對於他早期小說的主題、基調，茅盾曾站在客觀的立場，多次批評《蝕》三部曲。1936 年他應史沫特萊之約寫《茅盾小傳》，就直言不諱地說：「以『三部曲』看來，那時茅盾對於當前的革命形勢顯然失去了正確的理解；他感到悲觀，他消極了」。1952 年他更嚴厲地批評「表現在《幻滅》和《動搖》裏面的對於當時革命形勢的觀察和分析是錯誤的，對於革命前途的估計是悲觀的；表現在《追求》裏面的大革命失敗後的小資產階級知識分子的思想動態，也是既不全面而且又錯誤的強調了悲觀、懷疑、頹廢的傾向，且不給以有力的批判。」〔註6〕有的評論者認為茅盾這段話是違心之言，是言不由衷，我卻不以為然。因為他是對自己的作品進行客觀的批評，他就是這樣認識的。這個認識與他作為小說家堅持進行的「時代描寫」也不矛盾，而是一種雙向思維的表現，是完全符合茅盾既是小說家又是評論家這一特點的。

關於茅盾對其小說題材選擇和主題提煉的評論，我們還可以引他對《子夜》、《春蠶》、《三人行》、《路》、《創造》、《腐蝕》等作品的評論加以論述，限於篇幅，不再多寫。

二、小說人物形象的刻劃與典型的塑造

茅盾在他的早期評論和談創作經驗的文章中，就強調指出文學中的主體是「人」，「人」是他寫小說的「唯一目標」，寫小說的人應該研究「人」而不

〔註6〕 茅盾：《茅盾選集·自序》。

是「小說做法」之類。他還說，單有了「人」還不夠，必得有「人」和「人」的關係；而且是「人」和「人」的關係成了一篇小說的主題，由此生發出「人」，正是這種對於文學主體性的明確認識，使得他在創作中和評論中牢牢把握住人物形象的刻劃和典型的塑造。

在《蝕》三部曲中，茅盾著力描寫了「時代女性」中的二型：靜女士、方太太爲一型，慧女士、孫舞陽、章秋柳爲另一型。我們姑且稱前一類爲「靜」型，後一類爲「動」型。這兩種類型的「時代女性」是他長期觀察、研究後創造出來的。他曾這樣評論她們：「靜女士和方太太自然能得一般人的同情——或許有人要罵他們不徹底，慧女士，孫舞陽，和章秋柳，也不是革命的女子，然而也不是淺薄的浪漫的女子。」並且具體地評論了靜女士這一「時代女性」的形象，指出主人公靜女士是一個小資產階級的女子，理智上是向光明，「要革命的」，但是感情上則每遇頓挫便灰心；她的灰心也是不能持久的，消沉之後感到寂寞便又要尋求光明，然後又幻滅；她是不斷的在追求，不斷的在幻滅。這一典型的意義在於形象地描寫了那個時代的現實的人的精神，因爲在當時，「凡是眞心熱望著革命的人們都曾在那時候有過這樣一度的幻滅；不但是小資產階級，並且也有貧苦的工農。這是幻滅，不是動搖！幻滅以後，也許消極，也許更積極，然而動搖是沒有的。」如果我們拿近些年出版的研究茅盾小說的專著來對照，可以看到他們對靜女士的評論仍是和茅盾一樣的，不少是照抄茅盾對自己作品人物的評論。這是因爲茅盾作爲一個評論家，他對自己作品的人物洞察和分析，已經達到很高的高度，要想超過他已有的評論是很困難的。

再以《野薔薇》中的五篇小說爲例來看，茅盾在《寫在〈野薔薇〉的前面》一文中，對《創造》中的嫻嫻，《自殺》中的環小姐，《一個女性》中的瓊華，《詩與散文》中的桂奶奶，《曇》中的張女士，都有簡明而精當的評論。他首先指出，這五個女性不論文化知識和人生經驗如何地參差，她們的性格如何地不同，然而她們都是在人生的學校中受了「現實」這門功課，且又因對於這門功課的認識不同而造成了她們各人的不同的結局。可以說，茅盾在這裡是分析這些人物的共性。其次，他對五個女性進行了歸類、比較、分析。第一型是剛毅的：嫻嫻、桂奶奶。然而這兩個女性的性格的表現又有不同，他說，「嫻嫻是熱愛人生的，和桂奶奶正是一個性格的兩種表現」，「如果《創造》描寫的主點是想說明受過新思潮沖激的嫻嫻不能再被拉回來徘徊於中庸

之道，那麼，《詩與散文》中的桂奶奶在打破了傳統思想的束縛之後，也應該是鄙棄『貞靜』了。和嫻嫻一樣，桂奶奶也是個剛毅的女性；只要環境轉變，這樣的女子是能夠革命的。」第二型是軟弱的：環小姐、張女士。茅盾指出，這兩個女性的性格都是軟弱的，所以她們的結局都是暗淡的。「張女士是想『奮飛』的，但是官僚家庭養成她的習性，使她終於想到『還有逃避的時候，姑且先逃避一下罷』！這也是個不可諱言的『現實』。怕只有『唯心的』唯物主義者才會寫出大徹大悟革命的官僚的女子！」這後面一句，是他有感於一些「左」傾教條主義者一味要求作家寫所謂「大徹大悟的革命者」而發的。第三型是孤僻的：瓊華。茅盾認為瓊華有一顆天真的心，她從愛人類而至於憎恨人類，「終於成為『不憎亦不愛』的自我主義者。但是自我主義也就葬送了她的一生。」通過這些典型的塑造，茅盾啓示讀者「不要感傷於既往，也不要空誇著未來，應該凝視現實，揭破現實」，「透視過現實的醜惡而自己去認識人類偉大的將來。」

　　茅盾刻劃人物形象、塑造典型是費盡匠心的。為了寫靜女士的不斷幻滅，構思了強連長這個人物。而這個人物是以他熟悉的青年作家、北伐軍連長顧仲起作為模特兒的。顧仲起曾對說「打仗是件痛快的事，是個刺激，一仗打下來，死了的就算了，不死就能升官，我究竟什麼時候死也不知道，所以對時局如何，不曾想過。」〔註7〕於是茅盾以他為模特兒，再加上對於其他青年軍人的觀察，經過想像，創造出強連長這個未來主義者的青年軍人典型形象。茅盾對創造典型給予最大的重視，在創作中全力以赴進行典型化的工作。例如對於他在《子夜》中刻劃的企業家的典型形象，他說在起初是頗費躊躇的。「小說中人物描寫的經驗，我算是有了一點。這就是把最熟悉的真人們的性格經過綜合、分析，而後求得最近似的典型性格。這個原則，自然也可適用於創造企業家的典型性格。吳蓀甫的性格就是這樣創造的；吳的果斷，有魄力，有時十分冷靜，有時暴跳如雷，對手下人的要求十分嚴格，部分取之於我對盧表叔的觀察，部分取之於別的同鄉從事於工業者。周仲偉的性格在書中算是另一種典型，我同樣是綜合數人而創造的。」〔註8〕在英文版的《茅盾選集》自序中，他對《子夜》的人物形象刻劃是這樣介紹、評論的：「《子夜》的人物有七八十個，而且工、農、商、學、兵，三教九流都有一二代表，它

〔註7〕茅盾：《從牯嶺到東京》。
〔註8〕茅盾：《我走過的道路（中）》，第98頁。

跳出了我以前主要是寫小資產階級知識分子的圈子。我在《子夜》中也寫工人，也寫黨的地下工作者，但總觀全體，人物性格的塑造，具有典型性的，還是吳蓀甫、杜竹齋、趙伯韜，以及屠維岳之類。為寫《子夜》，我曾不止一次到交易所、絲廠、火柴廠等等，實地觀察。至於人物，則因我的親戚故舊中就有類似吳蓀甫等等的人物，我與之往來既久，觀察之積累既豐富，所以能典型地刻畫他們的性格。」〔註9〕目前能見到的茅盾對《子夜》人物形象塑造的評論還不多，但他在自序、回憶錄等處所談到的一些話，卻可作為我們正確評論《子夜》人物的重要參考。還有一點值得我們注意的，是茅盾很重視他人對《子夜》的評論，例如當他讀到學衡派的吳宓在《茅盾著長篇小說〈子夜〉》一文中的評論：「此書寫人物之典型性與個性皆極軒輊……當蓀甫為工潮所逼焦灼失常之時，天氣晦冥，獨居一室，乃捕捉偶然入室送燕窩粥之王媽，為性的發洩。此等方法表現暴躁，可云妙絕。」則引為知音，他寫道：「這一點，是瞿秋白對我說過的大資本家當走投無路時，就想破壞什麼，乃至獸性發作，我如法炮製；不料吳宓看書真也細心，竟能領會此非閒筆。」因此，我們也可以把這段話看作是他對吳蓀甫性格刻劃的評論之一。而這一點在大多數評論《子夜》人物的文章中，還尚未引起注意。

　　茅盾在刻劃性格、塑造典型上的努力，是多數評論者肯定並讚揚的。然而，由茅盾本人對其小說作品進行介紹、評論，則更能探測他創作的初衷，發人所未見之處，論人所未知之點。如他對短篇小說《創造》的評論：「這是我的第一個短篇小說，當時我戲用歐洲古典主義戲曲的『三一律』來寫。故事發生於早晨一小時內，地點始終在臥室，人物只有兩個：君實和嫻嫻夫婦。君實是個『進步分子』，是『創造者』，也就是說，在思想上他是嫻嫻的帶路人；嫻嫻是『被創造者』，她是中國被名教所束縛的無數女子中的一個，但一旦她被『創造』成功了，一旦她的束縛被解除了，她要求進步的願望卻大大超過了君實的設想，她毫無牽掛，勇往直前。結尾是嫻嫻讓家裏的女僕傳一句話給她丈夫：我要先走一步了，你要趕上來就來吧。」茅盾說他寫這兩個人物的意圖在於「暗示了這樣的思想：革命既經發動，就會一發而不可收，它要一往直前，儘管中間要經過許多挫折，但它的前進是任何力量阻攔不住的。被壓迫者的覺醒也是如此。在《創造》中沒有悲觀色彩。嫻嫻是『先走一步了』，她希望君實『趕上去』，小說對此沒有作答案，留給讀者去思索。」

〔註 9〕引自《茅盾研究在國外》（李岫編），第 88 頁。

〔註 10〕這種評論往往是一般的評論家無法做出的,其原因自然是「隔了一層」,而更重要的是一般的評論家沒有達到茅盾那樣的思想高度,不具有茅盾那樣的藝術修養。因而不僅在宏觀上無法做出如此的剖析,而且在微觀上也難以像他本人那樣知幽識微。譬如,茅盾給作品的人物取名字,有的是信手拈來,而有的則費盡斟酌,有的人物姓名僅是個符號,但有的人物姓名卻寓有意思。對那些費盡斟酌、寓有意思的人物姓名,如不是茅盾自己說明,一般評論家和讀者是難以發現其中奧妙的。如《路》的主人公叫火薪傳,為什麼取這樣一個姓名呢?茅盾說:「按《莊子·養生主》篇有一段話:『指窮於為薪,火傳也,不知其盡也』。注釋家解釋此語謂:『傳火於薪,後薪繼前薪,薪不盡,火也終不滅也。』我借這個典故給主角取了火薪傳這名字,就是暗示革命的火種正在蔓延,必將成燎原之勢,火薪傳也終於走上了革命的道路。」再如,《路》中的另一主要人物杜若,茅盾說「這名字也有典故。屈原《九歌·湘夫人》最後兩句:『搴汀洲兮杜若,將以遺兮遠者。』據唐朝李善注,杜若是香草,遠者是高賢之士。就是這個杜若曾經是共產黨員某畫家的妻子,畫家被捕犧牲,杜若也被捕,在監牢中受盡非人的折磨。後來她被放出來,又進了大學,表面上她對生活採取玩世不恭的態度,其實她的靈魂是聖潔的,精神是崇高的。她是一棵香草。正是她引導和激勵了火薪傳走向了革命。」〔註11〕

總之,在人物形象的刻劃和典型的塑造上,茅盾對其小說人物創作的評論、介紹,是我們研究、評論茅盾小說人物的重要依據,不能不給予高度的重視。

三、小說的情節安排與結構技巧

小說中的故事只是一個基本面,而情節則是小說的邏輯面,因此每個作家都很重視情節的安排;而情節的安排與作家的結構能力如何有密切的關係。茅盾在他談論創作的文章和回憶錄中,對其小說的情節安排與結構技巧,發表過許多評論,有說明又有批評。

茅盾在《幾句舊話》裏曾說,他的第一個小說大綱是在 1926 年 8 月的一天晚上寫下的。以後,他寫長篇小說多有詳細的大綱,通過寫大綱來安排情

〔註10〕茅盾:《我走過的道路(中)》,第 65 頁。
〔註11〕同上。

節結構。他認為:「一個已經發表過若干作品的作家的困難問題也就是怎樣使自己不至於黏滯在自己所鑄成的既定的模型中。他的苦心不得不是繼續地探求著更合於時代節奏的新的表現方法。」〔註12〕以《虹》和《子夜》的情節結構來說,茅盾曾做出多次的論述。如他說:

> 《虹》開頭就寫三峽之險,也暗梅女士身世之意,非為寫風景而風景。

> 原來的計劃,要從「五四」運動寫到一九二七年大革命,將這近十年的「壯劇」留一印痕,所以照預定計劃,主角梅女士還將參加大革命。但是此書最後只寫到梅女士參加了五卅運動。這是因為七月尾楊賢江夫婦及高氏兄弟都回國去,我不得不遷居。

> 《子夜》開頭第一章,寫吳老太爺從農村走到都市,患腦沖血而死。吳老太爺好像是「古老的僵屍」,一和太陽空氣接觸便風化了。這是一種雙關的隱喻:諸位如果讀過某一經濟傑作的,便知道這是指什麼。第二章是熱鬧場面。借了吳老太爺的喪事,把《子夜》裏面的重要人物都露了面。這時把好幾個線索的頭,同時提出來然後交錯地發展下去……在結構技巧上面竭力避免平淡,但是太巧了也便顯得不自然了。

> 《子夜》原來的計劃是打算通過農村(那裡的革命力量正在蓬勃發展)與城市(那裡敵人力量比較集中因而也是比較強大的)兩者革命發展的對比,反映出這個時期中國革命的整個面貌,加強作品的革命樂觀主義。小說的第四章就是伏筆。但這樣大的計劃,非當時作者的能力所能勝任,寫到後來,只好放棄,而又捨不得已寫的第四章,以致它在全書中成為游離部分。……

從以上所引的關於《虹》及《子夜》情節結構的論述中,我們可以找到茅盾創作這兩部長篇小說時安排情節結構的思路。在茅盾的回憶錄中,我們更可以具體地瞭解他在寫作《子夜》的過程中,是如何寫提要、編提綱、構思故事、設計結構,是如何從原想寫「都市──農村交響曲」的第一部《棉紗》、第二部《證券》、第三部《標金》,到縮小整體結構而只寫後來的《子夜》的內容。在他按照結構大綱著手寫作的過程中,有時還要刪削原構思的情節,

---

〔註12〕茅盾:《宿莽·弁言》,見《茅盾論創作》,第33頁。

甚或改變局部的結構。如他說寫作《子夜》時，「其中寫得最不順手的是關於
工廠罷工鬥爭的部分，這幾章的大綱我就二易其稿，並刪去了不少橫逸的情
節。但這些章節仍然是全書中寫得最不成功的。我寫小說（指長篇小說），往
往在寫大綱上煞費功夫，反覆推敲；一旦正式寫作，卻常常能一氣呵成，很
少改動，因此，我的原稿總是十分整潔的。這大概是我的寫作習慣。也就在
我反覆推敲那大綱的時候，我決定把題名由《夕陽》改爲《子夜》。《子夜》
即半夜，既已半夜，快天亮了；這是從當時革命發展的形勢而言。」從茅盾
的這段話中，我們發現茅盾小說的結構藝術是其作品整體藝術的一個重要有
機組成部分，他不但重視結構要爲體現小說主題思想服務，而且要使結構能
有助於塑造典型形象。他認爲，「結構」不光是把整個故事的細微情節處理得
條理井然就算完事；「結構」還須表現出主人公的性格發展的過程，何以是這
樣的發展而不是那樣的發展，如果把「結構」看作只是人物及其各種活動的
技術性安排，那是縮小了它的意義和作用，因而也會妨礙了主題思想的明確。
正是在這樣的明確的理性認識指導下，茅盾對其小說作品結構的得失進行嚴
格的評論，既爲讀者和評論家提供認識他的作品結構的鑰匙，又作爲「一家
之言」與讀者和評論家進行討論。

　　如果我們把茅盾的全部小說作爲一個整體或者系統來考察，會產生這樣
一種「遺憾」：他的龐大的結構計劃與所完成的作品結構很不適應，他所完成
的作品往往是原計劃的上部或第一部。可以說，從總體上看，其結構是不完
整的。例如，《蝕》三部曲雖然是完整的，但《幻滅》是缺乏既定計劃的，《動
搖》、《追求》才是「有意爲之」的；《虹》只完成了一部，未能寫出人物（梅
女士）的後半段生涯（「五卅」到大革命），至於作爲《虹》的姐妹篇的《霞》
則一直未曾動筆；《第一階段的故事》是未寫完的《何去何從》的開頭部分，
《腐蝕》是完整的，但結尾卻是應讀者和編者的「要求」而「拖」出來的；《霜
葉紅似二月花》也是結構不完整的，茅盾在這部小說的《新版後記》中說：「這
部書本來是一部規模比較大的長篇小說的第一部分，當初（一九四二年）迫
於經濟不得不將這一部分先出版……荏苒數年，沒有續寫一字，──而且自
審精力和時間都未必有可能照原來計劃中的規模把它寫完了。」「以至這書名
和本書現有的一部分更加聯繫不上。」至於長篇小說《鍛煉》，茅盾原來有著
更爲龐大的結構計劃，如他在此書的《小序》中所寫：「《鍛煉》是五部連貫
的長篇小說的第一部。……」可是茅盾卻只寫出了《鍛煉》。其原因不是經濟

上的，也不是時間、精力上的，而是政治形勢巨變造成的，茅盾說他「剛寫完第一部，即《鍛鍊》，就因為中國共產黨已經不但解放了東北三省，且包圍天津、北平，欲召開政治協商會議而布置了我們在香港的民主人士經海道赴大連召。大約於一九四八年尾我離香港，因此不得不中斷此書寫作計劃，而只寫成了第一部《鍛鍊》。」顯然，茅盾對於他未能如計劃完成龐大的結構是深感遺憾的。直至晚年，他還在想著續寫《霜葉紅似二月花》。今天，我們評論茅盾小說的結構藝術，當然可以總結出《幻滅》是連環套式的單線結構，《動搖》是雙曲線式的拱形結構，《路》、《三人行》是映襯對比的鼎足結構，《子夜》是一幹千枝的榕樹型結構，《多角關係》是盤根錯節的蛛網式結構，《霜葉紅似二月花》、《鍛鍊》等交錯發展的多線結構，等等。但是，我們應該充分重視茅盾關於他的多部小說的整體結構而只完成局部結構的說明，從而認識作家生活、社會變化、時代發展對小說結構所產生的影響。如果茅盾生活在今天這樣安定的內外環境之中，他就能完成《霜葉紅似二月花》、《鍛鍊》的另外四部，以及《虹》的續篇《霞》，那樣茅盾的小說結構就能與《戰爭與和平》、《靜靜的頓河》等小說的宏大結構相匹敵，不僅成為「恢宏多姿的錦繡園林」，而且成為配套齊全，巍峨壯觀的「阿房宮」「圓明園」「敦煌石窟」。

四、小說的描寫技巧和語言藝術

茅盾早在發表小說處女作之前，就已諳熟小說的藝術技巧，並且著有《小說研究 ABC》一書。在他步入小說創作領域之後，他繼續追求精湛的小說藝術技巧，提高語言表達的能力。1932 年 12 月他寫了一篇《我的回顧》，對他五年來的創作進行自我批評。他寫道：「我所能自信的，只有兩點：一，未嘗敢『粗製濫造』；二，未嘗為要創作而創作……這是我五年來一貫的態度。至於我的觀察究竟深刻到怎樣，我的技術有沒有獨創的地方，那我自己是一點也不敢自信！雖則我常常以『深刻』和『獨創』自家勉勵，我一面在做，一面在學，可是我很知道進步不多，我離開那真正的深刻和獨創還是很遠呀！」這是一種實事求是的態度；當然他也和其他作家藝術家一樣，對於自己的創作是充滿自信的。比如在回顧《林家鋪子》和《小巫》時，他說：「題材是又一次改換，我第一回描寫到鄉村小鎮的人生。技術方面，也有不少變動；拿《創造》和《林家鋪子》一對照，便很顯然。我不知道人家的意見怎樣，在我自己，則頗以為這幾年來沒有被自己最初鑄定的形式所套住。」正是因為

懷有這種藝術追求上的自信，茅盾的小說創作技巧才日益進步而達到爐火純青的境界。

茅盾十分重視藝術技巧。他有一個觀點：藝術技巧與作家的思想修養、生活經驗有密切的關係。他在評論自己小說的藝術技巧時曾多次提到這一問題。如他說《子夜》的寫作過程給了他一個教訓，就是生長在舊社會的人可以憑觀察即可描寫舊社會的人物，但要描寫鬥爭中的工人群眾則首先必須在他們中間生活過，否則不論作家掌握的材料如何多而且好，還是不能寫得有血有肉。茅盾對其《子夜》人物的描寫技巧這樣評論：「這部小說的描寫買辦金融資本家和反動的工業資本家的部分比較生動真實，而描寫革命運動者及工人群眾的部分則差得多。」〔註13〕日本作家增田涉在《初見茅盾的印象》一文中，記述他和茅盾談論《子夜》的藝術技巧時寫道，茅盾非常謙遜地對他說：「我不是作為作家而是作為一個評論家回頭看《子夜》時，就覺得《子夜》雖然獲得了通俗效果，但由於拘泥於下功夫，生硬的地方很多。從這一點來說是有失敗之處的。」而對於增田涉批評他的《春蠶》寫得「硬」（不生動），茅盾卻直率地表示了不同的意見，他說自己在寫作時是非常下功夫，因此自己很多作品寫得生硬，但《春蠶》在這些作品當中還是嫻熟的，自己是這樣看的，一般的評論家也是這樣看的。〔註14〕增田涉對此頗為讚賞。

小說是語言藝術。茅盾早在《從牯嶺到東京》一文中就提出寫小說要重視「文字組織」和「社會活用語」兩個問題，認為小說要為廣大的讀者所接受，「描寫技術不得不有一度改造」，「我們文藝的技術似乎至少須先辦到幾個消極的條件，──不要太歐化，不要多用新術語，不要太多了象徵色彩，不要以正面說教似的宣傳新思想。」緊接著他說：「雖然我是這麼相信，但我自己以前的作品卻就全犯了這些毛病，我的作品，不用說只有知識分子看看的。」然而，茅盾並不滿足於自己的小說「只有知識分子看」，於是他照著自己提出的要求躬身實踐，反覆修改，精心錘煉。如他遵照瞿秋白的意見，對《路》進行修改，刪掉其中「不必要的戀愛描寫」。這樣，茅盾的小說語言風格逐漸形成。關於這方面的評論，茅盾本人寫的很少，但從他對別人評論的反應，也可知其態度。如當他讀到吳宓對《子夜》文字的評論：「筆勢俱如火如荼之美，酣恣噴薄，不可控搏。而其細微處復能宛委多姿，殊為難能而可貴。尤

〔註13〕《茅盾選集·自序》，《茅盾論創作》，第20頁。
〔註14〕《茅盾紀實》第213頁，四川文藝出版社1986年1月，第1頁。

可愛者，茅盾君之文字係一種可讀可聽於口語之文字。」認爲吳宓能體會作者的匠心。因此，我們可以把吳宓的評論視作茅盾對《子夜》語言的評論。

　　關於茅盾評論茅盾小說創作的問題，本書主要從以上四個方面進行了初步的研討，而沒有包括茅盾對其小說創作的全部論述，例如環境描寫方面的，就未涉及。即使已經提到的四個方面，也可能遺漏重要的內容，或者論述失當。希望有更多的文章來研究茅盾論茅盾小說、茅盾論茅盾散文、茅盾論茅盾雜文……，開拓茅盾研究領域，取得新的研究成果。

11　茅盾的文學「拿來主義」

　　茅盾沒有寫過「拿來主義」，但他卻早在五四時期就開始提倡和實行「拿來主義」了。他在《我走過的道路（上）》裏寫道：「一九一九年尾，我已開始接觸馬克思主義，……那個時候是一個學術思想非常活躍的時代，受新思潮影響的知識分子如饑似渴地吞咽外國傳來的各種新東西，紛紛介紹外國的各種主義、思想和學說。大家的想法是：中國的封建主義是徹底要打倒了，替代的東西只有到外國找，『向西方國家尋找真理』。所以當時『拿來主義』十分盛行。」〔註1〕少年時代就有志於文學的茅盾，正是在這樣的時代背景下提出了他的文學「拿來主義」。

　　在 1920 年 1 月 10 日出版的《東方雜誌》第 17 卷第 1 期上，茅盾發表了《現在文學家的責任是什麼？》。他在文中寫道：「我以為現在文學家的責任是在將西洋的東西一毫不變動的介紹過來；而在介紹之前，自己先得研究他們的思想史，他們的文藝史，也要研究到社會學人生哲學，更欲曉得各大名家的身世和主義。」在同一個月裏發表的《小說新潮欄宣言》裏，他進一步說明了這種文學「拿來主義」的重點和目的是：「中國現在要介紹新派小說，應該先從寫實派、自然派介紹起」，然而「最新的不就是最美的、最好的」，所以「我們對於新舊文學並不歧視；我們相信現在創造中國的新文藝時，西洋文學和中國的舊文學都有幾分的幫助。我們並不想僅求保守舊的而不求進步，我們是想把舊的做研究材料，提出他的特質，和西洋文學的特質結合，另創一種自有的新文學來。」

〔註 1〕茅盾：《我走過的道路（上）》，第 133 頁。

從這時起，直至他逝世前的 1980 年 8 月在《蘇聯文學》上發表《談文學翻譯》，以及出版《世界文學名著雜談》為止，在整整的六十年裏，茅盾一以貫之地堅持實行這種文學「拿來主義」，既有理論，又重實踐。我們研究茅盾與中外文化的關係，不能不研究茅盾的文學「拿來主義」。

一、茅盾提出文學「拿來主義」的前提和基礎

茅盾從 12 歲時開始學英文，從英國人納司非爾特編的英文教材中接觸到外國文學。15 歲時進湖州府中學堂，在讀中國古典文學的同時，從錢稻孫讀《泰西三十佚事》。茅盾正式學習外國文學則是進入北大預科之後，跟著英美教授讀司各特的《艾凡赫》、笛福的《魯賓遜漂流記》、莎士比亞的《麥克白》、《威尼斯商人》、《哈姆雷特》。在北大預科三年中，他還利用寒假通讀了竹簡齋本的二十四史。

1962 年 9 月他在覆莊鍾慶的信中說：「青年時我的閱讀範圍相當廣泛，經史子集無所不讀。在古典文學方面，任何流派我都感興趣……至於中國的舊小說，我幾乎全都讀過（包括一些彈詞）。……。我讀過不少契訶夫的作品，但我並不十分喜歡他，我更喜歡大仲馬，甚於莫泊桑和狄更斯，也喜歡司各特。我也讀過不少巴爾扎克的作品，可是我更喜歡托爾斯泰。……我喜歡《神曲》，甚至莎士比亞。我以為《神曲》比《浮士德》高明得多。……我更喜歡古典作品，希臘、羅馬、文藝復興時代各大師，十九世紀的批判現實主義文學。曾經對波蘭、匈牙利等東歐民族的文學有興趣……，可以說，我喜歡規模宏大、文筆恣肆絢爛的作品。」〔註2〕

正是如此廣泛的閱讀和涉獵，為他的「拿來」準備了前提條件。使他步出大學校門，進入商務印書館編譯所不久，才 22 歲就與孫毓修合作譯書，次年翻譯、出版了美國卡本脫著的《衣》、《食》、《住》，並根據中國古代文學著作和《伊索寓言》、《希臘寓言》、《格林童話》、外國民間故事編寫成童話，由商務印書館出版。可以說，標誌著茅盾實行文學「拿來主義」的第一次實績的，是他編寫的《大槐國》、《獅騾訪豬》、《尋快樂》、《蛙公主》、《海斯交運》……等二十六篇童話作品。

為了閱讀涉獵，茅盾除了利用商務印書館涵芬樓的豐富藏書外，還自己買書。他晚年回憶說：「從一九一九年起，我開始注意俄國文學，搜求這方面

〔註2〕引自莊鍾慶：《茅盾史實發微》，第 1 頁。

的書。這也是讀了《新青年》給我的啓示。《萬人叢書》有帝俄時代文豪如托爾斯泰等人的英譯本，得之甚易。當時美國人開的『伊文思圖書公司』有英美出版的新書，也有雜誌。它所沒有的書，你開了書名，它可以代購，書到後付款。」〔註3〕茅盾同時還從日本東京丸善書店西書部索買書籍。各式各樣的外國文學書籍開拓了他的視野，使他在編譯科學小說、童話故事不久，開始向國內的讀者介紹外國作家。1919 年 2 月，他在《學生雜誌》第 6 卷第 2、3 號上發表《蕭伯納》一文（署名雁冰）介紹了蕭伯納的生平、思想和著作，指出蕭伯納提出的「均貧富」的社會主義思想是「使人人進款一律」，並認爲「彼蓋主張改變思想者也，彼主社會有超人之需要，一切彼之理想，超人可以實現之」。他又從蕭伯納著的《人與超人》中譯出《地獄中之對譚》（署名四珍），也發表在《學生雜誌》上。在譯文前面的說明中，他說讀者從這篇作品可以看出蕭伯納「所抱之主義」，「其嫉惡戰爭之情，暢談無遺，足爲當今之好戰者，下一棒喝。」據現有資料來看，這篇《蕭伯納》是茅盾所寫的第一篇介紹外國作家的文章，因此蕭伯納是茅盾所介紹的第一個外國作家。

　　茅盾向中國讀者介紹的第二個外國作家是托爾斯泰。1919 年春，他作了一篇《托爾斯泰與今日之俄羅斯》，這是他「關心俄國文學之後寫的一篇評論文章。」正是在這篇文章裏，茅盾寫到了俄國文學在社會主義革命之後的勃興，並認爲：「俄人思想一躍而出⋯⋯二十世紀後半期之局面，決將受其影響，聽其支配。今俄之 Bolshevism【布爾什維主義】，已彌漫於東歐，且將及於西歐，世界潮流，澎湃動蕩，正不知其伊何底也。而托爾斯泰實其最初之動力。」〔註4〕

　　與此同時，茅盾著手翻譯俄國的小說。他從所讀到的多篇契訶夫的作品中，選擇了《在家裏》譯成中文，刊登在 1919 年 8 月 20 日～22 日的《時事新報》副刊《學燈》上。如他在回憶錄中所說：「契訶夫的短篇小說《在家裏》就是我那時翻譯的第一篇小說，也是我第一次用白話翻譯小說，而且盡可能忠實於原作——應該說是對英文譯本的盡可能忠實。」〔註5〕在這之後半年多的時間裏，他接連翻譯了契訶夫的《賣誹謗者》等十多篇短篇小說和劇本，還撰寫了《近代戲劇家傳》，介紹比昂遜、勃爾生、契訶夫等三十四個外國作家，在《學生雜誌》第 6 卷第 7～12 號上連載。

〔註3〕茅盾：《我走過的道路（上）》，第 131 頁。
〔註4〕《學生雜誌》1919 年第 1、5、6 號，商務印書館出版。
〔註5〕茅盾：《我走過的道路（上）》，第 132 頁。

他曾說:「對於外國文學,我也是涉獵的範圍相當廣,除英國文學外,其它各國文學我讀的大半是英文譯本。」〔註6〕所以,青年時期對於英文的嫻熟的掌握,以及勤奮而廣泛的閱讀,是茅盾後來實行文學「拿來主義」的有力的保證。

二、茅盾文學「拿來主義」的內涵及特點

茅盾的文學「拿來主義」,是他在 1920 年初主持《小說月報》的「小說新潮」欄編輯時提出的,其後又有所發展。他的主張集中表現在《中國現在文學家的責任是什麼?》、《小說新潮欄宣言》、《對於系統的經濟的介紹西洋文學底意見》、《〈小說月報〉改革宣言》、《新文學研究者的責任與努力》、《譯文學書方法的討論》、《論無產階級藝術》等文章裏。研讀這些文章,我們可以看出他的文學「拿來主義」具有以下的內涵:

第一,提出文學「拿來主義」是出於時代的需要。茅盾寫道:「中國現在正是新思潮勃發的時候,中國文學家應當有傳播新思潮的志願」;「現在新思想一日千里,新思想是欲文藝去替他宣傳鼓吹的,……所以新派小說的介紹,於今實在是很急的了。」「介紹西洋文學的目的,一半也爲的是欲介紹世界的現代思想——而且這應是更注意些的目的。」從這些話裏可以知道,茅盾之所以主張「拿來主義」,並不是趕時髦,湊熱鬧,而是充分自覺的,充滿理性的。

第二,實行文學「拿來主義」是新文學家的責任。茅盾說:「現在文學家的責任是在將西洋的東西一毫不變動的介紹過來」,「積極的責任是欲把德漠克拉西充滿在文學界,使文學成爲社會化,掃除貴族文學的面目,放出平民文學的精神。」這個主張是基於他對新舊文學和新舊文學家的不同性質的正確認識之上的。

第三,眞正的文學「拿來主義」必須「窮本溯源」。茅盾認爲,要借鑒外國文學必須窮本溯源,不能嘗一臠而輒止。因爲,「西洋的小說已經由浪漫主義進而爲寫實主義、表象主義,新浪漫主義,我國卻還停留在寫實以前」。要迎頭趕上世界文學的大潮流就要「窮本溯源」,「若冒冒失失地『唯新是摹』是立不住腳的」。只有「窮本溯源」,從希臘、羅馬開始,橫貫十九世紀,直

〔註6〕 引自莊鍾慶:《茅盾史實發微》,第 2 頁。

到「世紀末」，才能做到真正意義上的「拿來」。然而，「窮本溯源」並不是不分輕重緩急地一概照搬，而是有先後主次和重點與一般，這就需要有選擇、有計劃地進行，按茅盾的說法是應作「系統的經濟的介紹」。為此，他在《小說新潮欄宣言》中提出「把寫實派自然派的文藝先行介紹」，並且開列出一張單子，包括托爾斯泰、蕭伯納、赫爾岑、陀思妥耶夫斯基、勃爾生、斯特林堡、易卜生、左拉、莫泊桑、契訶夫、屠格涅夫……等二十位作家的四十三部作品。他還提出要有一部「近代西洋文學思潮史」。認為只有「待這些階段都已走完，然後我們創造自己的新文藝有基礎。」

　　第四，文學「拿來主義」的主要方法是翻譯、介紹和研究。其中的重點是翻譯。茅盾認為，要翻譯，「選擇是第一應得注意的。」第二是要有研究，「沒有深知道這文學家的生平和他著作的特色便翻譯他的著作，是極危險的事。」「所以翻譯某文學家的著作時，至少讀過這位作家所屬之國的文學史，這位文學家的傳，和關於這位文學家的批評文學，然後能不空費時間，不介紹假的文學著作來。」他對於翻譯方法十分重視。早在《譯文學書方法的討論》一文中，他就提出了許多重要的意見，既有翻譯原則方面的（如在「神韻」與「形貌」未能兩全的時候，不如「形貌」上有些差異而保留「神韻」），又有翻譯方法的；而且強調指出：「（1）翻譯文學書的人一定要他就是研究文學的人。（2）翻譯文學書的人一定要他就是瞭解新思想的人。（3）翻譯文學書的人一定要他就是有些創作天才的人。可以說，茅盾自己是完全符合這三條標準的，這有《茅盾譯文選集》（上下冊）和206則《海外文壇消息》為證。」

　　以上所述，雖然沒有涵蓋茅盾文學「拿來主義」的全部內容，但主要是這四個方面。

　　那麼，茅盾的文學「拿來主義」有哪些特點呢？

　　第一，自覺的觀點。除了前文已經論述到的「傳播新思潮」、「用文藝來鼓吹新思想」之外，還表現在他「拿來」的目的是要「創造中國之新文藝，對世界盡貢獻之責任」〔註7〕，是要「足救時弊」，「借外國文學作品來抗議」社會的腐敗，人心的死寂，「來刺激將死的人心」，「改造人們使他們像個人」〔註8〕。

　　第二，功利的觀點。他認為翻譯介紹外國文學，要考慮「合於我們社會

〔註7〕　《茅盾文藝雜論集》（上集），第46頁。
〔註8〕　《介紹外國文學作品的目的》，《茅盾文藝雜論集》（上集），第104頁。

與否的問題」。在當時，他以爲譯《華倫夫人的職業》不如譯《陋巷》，「因爲中國母親開妓院，女兒進大學的事尚少，竟可說是沒有，而蓋造低賤市房以剝削窮人的實在很多。」〔註9〕因此他首先挑選有助於民族獨立、工農解放、人類進步的外國文學作品「拿來」，如他介紹蕭伯納、托爾斯泰、巴比塞、高爾基，翻譯「爲人生」的寫實主義作品，編輯「俄國文學專號」、「被損害民族的文學號」。

第三，比較的觀點。在介紹時常常將中西文學作比較（包括外國作家之間的比較）。我們可以從《神話雜論》、《漢譯西洋文學名著》、《世界文學名著講話》等著作中找出許多例子。

第四，發展的觀點。（1）他開始提出應該「系統的經濟的介紹西洋文學」時，指導思想還不是馬克思主義的，而是民主主義的；到了1925年發表《論無產階級藝術》，著重介紹蘇聯的無產階級作家作品，則是以馬克思主義爲指導的，「拿來」的目的是要「助成無產階級達到終極的理想」。〔註10〕（2）他是以發展的眼光研究外國作家和各國文藝思潮的，如他對托爾斯泰、泰戈爾、契訶夫、蕭伯納等人的研究，從青年到老年是有變化和發展的；（3）他翻譯外國文學作品的重點是有變化的，如在抗日戰爭期間和抗戰爭以後，他翻譯出版的幾乎全是蘇聯作家的文學作品。這是時代和人民的需要，也是他自覺地將這些優秀的作品「拿來」，滿足讀者對於精神食糧的渴求的。

第五，借鑒的觀點。茅盾一生中多次指出，要創造新文藝必須借鑒，而借鑒的目的在於創造。在長篇論文《論無產階級藝術》裏，茅盾明確地指出：「無產階級首先須從他的前輩學習形式的技術。這是無產階級應有的權利，也是對於前輩大天才的心血結晶所應表示的相當的敬意，並不辱沒了革命的無產階級藝術家的身份！」〔註11〕在五十年代寫的《夜讀偶記》中，他又認爲：「象徵主義、印象主義、乃至未來主義在技巧上的新成就可以爲現實主義作家或藝術家所吸收，而豐富了現實主義作品的技巧。」粉碎「四人幫」之後，他針對「我們要從中取得借鑒的只應是馬克思、恩格斯、列寧所肯定的若干文學名著，例如巴爾扎克、托爾斯泰和高爾基的作品」這種觀點，指出「這不是實事求是地對待借鑒，而是教條式地對待借鑒」，「正確的態度是：

〔註9〕 《茅盾文藝雜論集》（上集），第16頁。
〔註10〕 《茅盾文藝論集》（上集），第193頁。
〔註11〕 同上，第196頁。

借鑒的範圍必須擴大。凡是在某一時代發生過廣泛影響的文學名著,都是值得仔細閱讀,而且從中求得借鑒。即使是反面材料,出有借鑒的作用。」所以他說,「我以爲既然要從外國文學求得借鑒,那就不應畫地爲牢,自立禁區,而是對於凡在一個時期發生巨大影響的作家,都應當作爲或正或反的借鑒對象。這樣才能達到取精用宏的目的,才能擴大眼界,解放思想,在文藝園地實現百花齊放,而且這百花將有久長的生命力而不是熱鬧一陣以後漸漸褪色了。」〔註12〕這種借鑒的觀點,是符合馬克思主義的唯物辯證法的。聯繫目前文藝理論界出現的虛無主義表現來看,茅盾的文學「拿來主義」中的借鑒的觀點,更使我們感到親切,發人深省。它促使我們更清醒地對待西方文學遺產和中國古代文學遺產,爲發展和繁榮社會主義文學事業服務。

三、茅盾的文學「拿來主義」對其文學活動的影響

首先,作爲文學「拿來主義」本身——外國文學作品的翻譯和外國作家、外國文學思潮、流派的介紹,它是茅盾一生文學活動的重要組成部分。正因如此,我國的翻譯界和學術界公認茅盾是成就巨大的外國文學翻譯家和外國文學研究專家。據筆者的統計,茅盾一生翻譯文學作品 267 篇(部),一生寫作介紹、評論外國作家、作品、流派、文藝思潮的文章有 479 篇,兩項約占茅盾全部著作的三分之一。這些譯文和文章,爲我們研究茅盾的文學「拿來主義」提供了寶貴的材料。

茅盾在實行文學「拿來主義」的過程中,他自己的文學理論也得以孕育、產生、拓展、深化。他對歐美文學、俄蘇文學進行了認真的、求本溯源的研究。這突出地表現在文藝思想上。他起初介紹、提倡自然主義、寫實主義,主張新浪漫主義文學,後來隨著視野的擴大,「拿來」許多具有社會主義思想的作家的作品,尤其是以高爾基爲代表的早期蘇聯作家的作品,使他從宣導自然主義文學到批判自然主義文學,從提倡「爲人生的藝術」,進而提倡無產階級藝術,並對無產階級藝術的內容、形式從理論上進行了詳盡的論述。三十年代初期,他曾在《中國蘇維埃革命與普羅文學》一文裏提出過自己的普羅文學觀,呼籲中國的革命作家「忠實地刻苦地來創作新時代的文學」,使作品「成爲工農大眾的教科書」。在「兩個口號」的論爭中,他主張:「民族革

―――――――――――――――――
〔註12〕《爲介紹及研究外國文學進一解》,《茅盾文藝評論集》第 733、734 頁。

命戰爭的大眾文學」應是左翼作家創作的口號,「國防文學」是全國一切作家
關係間的標誌;「全國任何作家都在抗日的共同目標之下聯合起來,但在創作
上需要有更大的自由。」〔註13〕不久,茅盾又提出不單是要有抗戰文藝作品,
而且要有抗戰文藝運動。抗戰勝利後,他在廣州的一次演講中提出了「人民
文藝」的觀點。

除了文藝思想之外,文學「拿來主義」對於茅盾的創作觀也發生過重大
的影響。例如,日本學者高田昭二在《茅盾和自然主義》中指出:茅盾的《社
會背景與創作》一文的分類及說明方法和泰納在《英國文學史》中所寫的一
樣。「原封不動地借用了泰納」〔註14〕在具體談論創作時,他不論是講小說、
詩歌創作,還是談報告文學、戲劇創作,經常把優秀的外國作家、作品「拿
來」,作為論據。在他生前所作的最後一次長篇講話即在第四次全國文代會上
的講話中,茅盾又一次講到希臘羅馬神話、西歐神話、荷馬的史詩、希臘的
悲劇、中古的騎士文學、歐洲文藝復興時期的文學、十八世紀的古典文學、
十九世紀的歐洲浪漫主義和現實主義、批判現實主義的文學。認為其中「都
有可以借鑒的東西」。又說,「寫歷史小說還可以從司各特和大仲馬的歷史小
說中學到一些技巧」〔註15〕。

最後,文學「拿來主義」使茅盾自己在創作中得益不淺。他多次說明外
國文學作品對他的影響。1936年在《談我的研究》一文裏,茅盾告訴讀者:「我
覺得我開始寫小說時的憑藉還是以前讀過的一些外國小說。我讀得很雜,英
國方面,我最多讀的,是迭更斯和司各特;法國的是大仲馬和莫泊桑、左拉;
俄國的托爾斯泰和契訶夫;另外就是一些弱小民族的作家了。這幾位作家的
重要作品,我常常隔開多少時候拿來再讀一遍。」〔註16〕早在《幻滅》發表
之初,就有人指出他「很受屠格涅夫的影響」。《一個女性》發表之後,又有
人在評論中指出他的描寫與莫泊桑的《人生》相近;關於《子夜》,瞿秋白曾
指出它受到左拉的《金錢》的影響,當代的一些學者也對此進行過分析;至
於茅盾長篇小說結構藝術對於外國文學的借鑒,已引起研究者的重視。但是,
茅盾的借鑒不是生硬的摹仿,而是融入了自己的創造。因為他深知「借鑒是

〔註13〕茅盾:《關於引起糾紛的兩個口號》,《茅盾文藝雜論集》(上集),第592頁。
〔註14〕李岫編:《茅盾研究在國外》,第588頁。
〔註15〕《茅盾文藝評論集》(下冊),第776頁。
〔註16〕《茅盾論創作》,第26頁。

要吸收其精英，化爲自己的血肉。」〔註 17〕有的外國學者運用比較文學的研究方法研究茅盾的創作，發現茅盾不僅對於托爾斯泰的描寫藝術「完全掌握並有所推進」，而且對於歐美小說創作中的「內心獨白的活躍」、「敘述的主觀化」、「混合語言」的運用等都很熟悉，經常「拿來」設計自己的作品，因而認爲「比茅盾更精通外國文學和本國文學的中國作家，是很少有的」。同時又指出：「茅盾雖然掌握了歐洲文學的一切可能的經驗，他自己的作品在世界上也佔有相當的地位，但他卻從來沒有使自己從屬於任何一個歐洲文學流派。他有自己獨創性的對現實的態度和觀點，用作自己作品的基本組成部分，他又按自己的方式，將經驗和見解注入了藝術作品。」〔註 18〕我認爲，這樣的論述是符合茅盾創作的實際情況的。可以肯定地說，文學「拿來主義」對於茅盾作品的獨特風格的形成，無疑是起了重要作用的。

※本章初稿發表於《杭州學院學報》1988 年第 5 期；修改稿發表於《茅盾研究》第 5 期，北京文化藝術出版社 1991 年出版。

〔註 17〕茅盾：《關於引起糾紛的兩個口號》，《茅盾文藝雜論集》（上集），第 723 頁。
〔註 18〕雅·普實克：《論茅盾》，李岫編：《茅盾研究在國外》，第 644 頁。

12 茅盾與外國文學年表

1907 年　12 歲　烏鎮

入烏鎮高等小學（植材小學），始學英文，課本爲英人納司非爾特編的文法書。

1910 年　15 歲　湖州

在湖州府中學堂從錢稻孫學《泰西三十佚事》。

1913 年　18 歲　北京

就讀北京大學預科第一類，始從英國教授讀司各特的《艾凡赫》、笛福的《魯賓遜漂流記》。又從美籍教授學習莎士比亞劇作《麥克白》、《威尼斯商人》、《哈姆萊特》等。

1916 年　21 歲　上海

入商務印書館編譯所英文部，批改「英文函授學校」學生的作業。
與孫毓修合作譯書。

1917 年　22 歲　上海

1 月　編譯《三百年後孵化之卵》（署名雁冰），刊於《學生雜誌》第 4 卷第 1、2、4 號。爲公開發表的第一篇科學小說。

1918 年　23 歲　上海

1 月　與沈澤民合譯（美）洛賽爾‧彭特《兩月中之建築譚》，刊於《學生雜誌》第 1～4、6、8～10、12 期。

4 月　所譯（美）卡本脫《衣》、《食》、《住》，由商務印書館出版。《履人傳》發表於《學生雜誌》第 5 卷第 4、6 號。

7 月　編譯科學小說《二十世紀後之南極》，刊於《學生雜誌》第 5 卷第 7 號。

8 月　根據《伊索寓言》、《希臘寓言》編譯《獅驟訪豬》，爲商務印書館《童話》第一集第 74 編，本月初版。

9 月　編譯《縫工傳》，發表於《學生雜誌》第 5 卷第 9、10 號。材料來源爲《我的雜誌》及《兒童百科全書》。

10 月　翻譯《求幸福》（英漢對照劇本），發表於《學生雜誌》第 5 卷第 10、11 號。

11 月　根據《求幸福》編成《尋快樂》，作爲商務印書館《童話》第一集第 76 編，本月出版。又，根據意大利民間故事編寫的《驢大哥》作爲《童話》第一集第 79 編，也於本月出版。

1919 年　24 歲　上海

1 月　根據《格林童話》、《伊索寓言》、《希臘寓言》編譯《蛙公主》、《兔娶婦》、《怪花園》，作爲《童話》第一集第 80 編、81 編、82 編，由商務印書館在本月出版發行。

2 月　作《蕭伯納》（署雁冰），在《學生雜誌》第 6 卷第 2、3 號發表。介紹蕭伯納的生平、思想和著作，指出蕭伯納「均貧富」的社會主義思想是「使人人進款一律」，並指出「彼蓋主張改變思想者也，彼主社會有超人之需要，一切彼之理想，超人可以實現之」。又從蕭伯納《人與超人》中《唐西思在地獄》一節譯出《地獄中之對譚》（署四珍），發表於《學生雜誌》第 6 卷第 2 號，在文前說明：從中可見蕭伯納「所抱之主義」，「其嫉惡戰爭之情，暢談無遺，足爲當今之好戰者，下一棒喝」。蕭伯納是茅盾介紹的第一個外國作家。

4 月　《托爾斯泰與今日之俄羅斯》於《學生雜誌》第 6 卷第 4、5、6 號發表。這是茅盾「關心俄國文學之後寫的一篇評論文章」。文章認爲：「今俄之 Bolshevism【布爾什維主義】，已彌漫於東歐，且將及於西歐，世界潮流，澎湃動蕩，正不知其伊何底也。而托爾斯泰實其最初之動力。」並說此文「讀者作俄國略史觀可也，作托爾斯泰觀可也，作俄國革命遠因觀，亦無不可」。這是茅盾作的第一篇介紹托爾斯泰的文章。

8 月　翻譯（俄）契訶夫短篇小說《在家裏》，發表於《時事新報》副刊《學燈》（20～22 日）。又譯（奧地利）施尼茨勒的劇本《界石》，也刊《學燈》（28 日）。

9 月　譯作《他的僕》（瑞典・斯特林堡著）、《夜》（原著 Elizabeth J・Gootsworth）、《日落》（原著 Erelynwell），於《時事新報》副刊《學燈》（18 日，30 日）發表。

7 月　依據《格林童話》編成《海斯交運》，又據《天方夜譚》編成《金龜》，分別作爲《童話》第一集第 87 編、第 88 編，於本月初版發行。作《近代戲劇家傳》，介紹比昂遜、勃爾生、契訶夫等 34 個外國作家，在《學生雜誌》第 6 卷第 7～12 號上連載。

10 月　譯作《一段弦線》（英　莫泊桑著）、《日方升》（愛爾蘭　格萊葛瑞夫人著）、《賣誹謗的》（契訶夫著）、劇本《丁泰琪的死》（比利時　梅特林克著）、《情人》（高爾基著）等，分別發表於《時事新報・學燈》和《解放與改造》。

11 月　翻譯尼釆的《新偶像》，刊於《解放與改造》第 1 卷第 6 號。在「前言」中說：「尼釆是大文豪」，他的筆是鋒快的，駭人的話是常見。」25 日於《時事無報・學燈》發表蕭伯納的《華倫夫人之職業》。

12 月　所譯尼釆《市場之蠅》發表於《解放與改造》第 1 卷第 7 號。又譯羅塞爾《到自由的幾條擬徑》的第七章《社會主義下的科學與藝術》，發表於《解放與改造》第 1 卷第 8 號。作《文學家的托爾斯泰》，發表於本月 8 日《時事新報・學燈》。翻譯（波蘭）什羅姆斯基《誘惑》、（俄）契訶夫《萬卡》，刊於 18 日、24～25 日《時事新報・學燈》。作《「小說新潮」欄預告》，發表於《小說月報》第 10 卷第 12 號，提出：「本月刊的宗旨只有一句話，就是：要使東西洋文學行個結婚禮，產生一種東洋的新文藝來！」，強調「小說新潮」欄「專收西洋新文藝作家的著作」，「發表本社同人對於創造中國新文藝的意見！」又譯（俄）薩爾蒂柯夫《一個農夫養兩個官》，刊於《時事新報・學燈》（27～29 日）。

1920 年　25 歲　上海

1 月　5 日發表《尼釆的學說》（《學生雜誌》第 7 卷 1～4 號），指出：「讀尼釆的著作，應該處處留心，時常用批評的眼光去看他；切不可被他犀利駭

人的文字所動」，尼采「最好的見識，是要：把哲學上一切學說，社會上一切信條，一切人生觀道德觀，從新稱量過，從新把他們的價值估定。」又譯托爾斯泰《活屍》、斯特林堡《強迫的婚姻》，分別刊於《學生雜誌》（第 7 卷第 1〜6 號）、《婦女雜誌》（第 6 卷第 1 號）；在 6 日《時事新報·學燈》發表《表象主義的戲曲》；又在《東方雜誌》第 17 卷第 1 號發表《現在文學家的責任是什麼？》，認為「現在文學家的責任是在將西洋的東西一毫不變動的介紹過來，而在介紹之前，自己得先研究他們的思想史，他們的文藝史，也要研究到社會人生哲學」。「積極的責任是欲把德漠克拉西充滿在文學界，使文學成為社會化，掃除貴族文學的面目，放出平民文學的精神。」所譯（波蘭）謝洛姆斯基《暮》，刊於《時事新報·學燈》（12 日）。所譯（印）泰戈爾《骷髏》，在《東方雜誌》第 17 卷第 2 號刊出。《安得列夫死耗》、《近代俄國文學雜譚》（介紹高爾基、契訶夫、托爾斯泰、安得列夫等人的作品及特點，認為「俄國近代文學的特色是平民的呼籲和人道主義的鼓吹。」）及《「小說新潮」欄宣言》，（提出「中國現在要介紹新派小說，應該先從寫實派自然派介紹起」）均刊於《小說月報》第 11 卷第 1 號。

2 月　所譯（奧地利）施尼茨勒《結婚日的早晨》刊於《婦女雜誌》第 6 卷第 2 號。所譯（瑞典）拉格洛孚《聖誕節的客人》（小說），刊於《東方雜誌》第 17 卷第 3 號。25 日發表《我們現在可以提倡表象主義的文學麼？》（《小說月報》第 11 卷第 2 號）。

3 月　所譯（愛爾蘭）葉芝的劇本《沙漏》刊於《東方雜誌》第 17 卷第 6 號，作《近代文學的反沉——愛爾蘭的新文學》於《東方雜誌》第 17 卷第 6、7 號發表。

4 月　所譯（瑞典）斯特林堡的劇本《情敵》刊於《婦女雜誌》第 6 卷第 4 號。

5 月　作《安得列夫》，刊於《東方雜誌》第 17 卷第 9 號。

6 月　所譯（法）巴比塞的小說《為母的》刊於《東方雜誌》第 17 卷第 12 號。認為巴比塞是「新理想派」，「含有一種新人生觀在文字夾行中」。

7 月　所作《巴比塞的小說〈名譽十字架〉》發表於《解放與改造》第 2 卷第 13 號。又有《巴比塞的小說〈復仇〉》，在《解放與改造》第 2 卷第 14 號刊出。所譯的巴比塞《錯》刊於《學藝》第 2 卷第 4 號。譯（美）佩克《和平會議》，刊於《東方雜誌》第 17 卷第 16 號。

8月　所譯（比）梅特林克的劇本《室內》及評論《藝術的人生觀》和（愛爾蘭）唐珊南《遺帽》，分別刊於《學生雜誌》第 7 卷第 8 號與《東方雜誌》第 17 卷第 16 號。

9月　所譯（愛爾蘭）格萊葛瑞夫人劇作《市虎》、（美）愛倫·坡小說《心聲》及所作書評《〈歐美新文學最近之趨勢〉書後》，分別刊於《東方雜誌》第 17 卷第 17 號、第 18 號。

10月　所譯《遊俄感想》（英　羅素著）刊於《新青年》第 8 卷第 2 期。評論《意大利現代第一文學家鄧南遮》發表於《東方雜誌》第 17 卷第 19 號。童話《飛行鞋》（據《格林童話》編譯）作爲商務印書館《童話》第 1 集第 89 編於本月初版發行。

11 月　所譯（美）哈羅德《羅素論蘇維埃俄羅斯》刊於《新青年》第 8 卷第 3 期。

12 月　評論《托爾斯泰的文學》刊於《改造》第 3 卷第 4 號。

1921 年　26 歲　上海

1 月　發表《對於系統的經濟的介紹西洋文學的意見》（4 日《時事新報·學燈》）；譯作《七個被縊死的人》（俄　安特列夫著）發表於《學生雜誌》第 8 卷第 1、4～9 號。《〈小說月報〉改革宣言》發表於《小說月報》第 12 卷第 1 號，提出該刊「今當十二年之始，謀更新而擴充之，將於譯述西洋名家小說而外，兼介紹世界文學界潮流之趨向，討論文學革進之方法」，「同人認西洋變遷之過程有急須介紹國人之須要」，並要求「譯西洋名家著作的不限於一國，不限於一派；說部，劇本，詩，四者並包」。還認爲「西洋文藝之興蓋與文學之批評主義（Criticism）相輔而進；批評主義在文藝上有極大之威權，能左右一時代之文藝思想。」《海外文壇消息：（一）挪威文豪哈姆生獲得 1920 年的諾貝爾文學獎金；（二）安得列夫最後的著作；（三）研究猶太新文學的三種新出英譯本；（四）惠爾斯的〈人類史要〉；（五）羅蘭的近作；（六）勞農俄國治下的文藝生活》，也發表於同期《小說月報》。

2 月　《新文學研究者的責任與努力》發表於《小說月報》第 12 卷第 2 號。認爲歐洲文學史是「由古典──浪漫──寫實──新浪漫……，」而「這樣一連串的變遷，每進一步，便把文學的定義修改了一下，便把文學和人生的關係束緊了一些，並且把文學的使命也重新估定了一個價值」。「介紹西洋文

學的目的，一半果是欲介紹他們的文學藝術，一半也為的是欲介紹世界的現代思想——而且這應是更注意些的目的。」在同期《小說月報》上還發表：《翻譯文學書的討論——致周作人》、《波蘭近代文學泰斗顯克微支》、《近代英美文壇的一個明星——虎爾思》、《海外文壇消息：（七）又是一個斯干的那維亞的文學家得了諾貝爾文學獎金；（八）文學與社會問題；（九）蕭伯納的近作；（十）巴西文學家的一本小說；（十一）波蘭劇場與〈Kofiety〉；（十二）克勒滿沙的文學著作；（十三）挪威文學家到美演講；（十四）美國著名女作家的新作；（十五）哈姆生生平的餘聞；（十六）哈姆生的〈餓者〉；（十七）哈姆生的〈Pan〉；（十八）再誌俄國的文藝生活》。又有《梅特林克評傳》，發表於《東方雜誌》第 18 卷第 4 號。

　　3 月　譯作《一個英雄的死》（匈牙利　拉茲古著），評論《西班牙寫實文學的代表者伊木訥茲》及《海外文壇消息：（十九）再誌瑞士詩人斯劈脫爾；（二十）英文學家威爾士在美的行蹤；（二十一）印度文學家泰戈爾的行蹤；（二十二）巴比塞的社會主義譚；（二十三）俄文豪高爾基被逐的消息；（二十四）僑美波蘭女著作家的近作；（二十五）丹麥作家奈蘇的一本英譯；（二十六）美國文藝學會的新會員；（二十七）最近在倫敦舉行的文學辯論會；（二十八）挪威現代作家鮑具爾；（二十九）將有專研究詩的月刊出版；（三十）奧國文學家梅勒的劇本；（三十一）惠特曼在法國；（三十二）日本文家之赴法熱》，均刊於《小說月報》第 12 卷第 3 號。

　　4 月　在《小說月報》第 12 卷第 4 號發表：《小說月報特刊號外俄國文學號預告》、《譯文學書方法的討論》、譯作《人間世歷史之一片》（瑞典　斯特林堡著）、評論《挪威現存的大文豪鮑具爾》、《海外文壇消息：（三十三）研究斯干的那維亞文學的一本自修書；（三十四）神秘劇的熱心試驗者；（三十五）羅蘭的最近著作；（三十六）阿眞廷的劇本；（三十七）英文學家威爾士的戲本；（三十八）倍奈德的新作；（三十九）法人的史蒂芬孫評；（四十）俄國文學出版界在國外之活躍；（四十一）文學家對於勞農俄國的論調一束；（四十二）鄧南遮將軍勞乎；（四十三）梅萊（Murry）的文學批評；（四十四）美國的研究腦威文學熱；（四十五）愛爾蘭文學家唐珊南被捕的消息；（四十六）一本詳論勞農俄國國內藝術的書；（四十七）高爾基被逐的消息不確；（四十八）西班牙詩選》。

　　5 月　譯作《大仇人》（高爾基著）發表於《民國日報·覺悟》（1 日），

評論《哈姆生和斯脫劈爾》、譯作《西門的爸爸》（莫泊桑著）刊於《新青年》第九卷第一期。評論《羅曼羅蘭的宗教觀》發表於《少年中國》第 2 卷第 11 期。在《小說月報》第 12 卷第 5 號發表：《百年紀念的濟祭慈》、《海外文壇消息：（四十九）愛爾蘭文壇現狀之一斑；（五十）瑞典大詩人佛羅亭的十年忌；（五十一）到日本講學的英國文學家之西洋文化批評；（五十二）徵求威爾士大著〈人類史要〉的批評；（五十三）霍夫曼柴爾的裴多芬評；（五十四）梅德林舊情人的行蹤和言論；（五十五）捷克斯拉夫對於諾貝爾獎金的熱心；（五十六）哈姆生最近作的〈井旁婦人〉；（五十七）俄文豪古卜林的近作〈蘇羅芒的星〉；（五十八）美國科學藝術協會給予 1920 年份最好的短篇小說的獎金；（五十九）阿失西蒙思近刊的戲曲集；（六十）變態性格研究的劇本》。另有《致近代法國文學概論作者》刊於《時事新報・文學旬刊》第 2 期。

　　6 月　評論《十九世紀及其後的匈牙利文學》刊於《新青年》第 9 卷第 2、3 期。《看了中西女塾的『翠鳥』以後》、《奧勃洛摩主義》、《比利時的莎士比亞》、《匈牙利的彭斯》、《猶太的杜德》、《瑞典的法郎士》、《涅陀諦空加》等刊於本月 10 日、17 日、20 日及 21 日《民國日報・覺悟》。在《小說月報》第 12 卷第 6 號上發表：《〈現代的斯干底那維亞文學〉的〈按〉、〈注〉〈再誌〉》、《十九世紀末丹麥大文豪柯柏生》及《海外文壇消息：（六十一）神仙故事集滙誌──捷克斯拉夫、波蘭、印度、愛爾蘭等處的神話；（六十二）西班牙的詩與散文；（六十三）哈姆生的〈土之生長〉；（六十四）蕭伯納又有新作；（六十五）西班牙文學家方布納的作品；（六十六）德國文學家加爾霍德曼逝世消息；（六十七）〈推敲〉的第一期；（六十八）倫敦舉行濟慈百年紀念展覽會的盛況；（六十九）1920 年最好的短篇小說；（七十）英國三大文豪的 1921 年希望；（七十一）新愛爾蘭文壇上失一明星；（七十二）捷克斯拉夫短篇小說集：（七十三）英譯的〈五月花〉；（七十四）安得列夫的最後劇本；（七十五）德國的無產階級詩與劇本》。

　　7 月　譯作《禁食節》（猶太　裴萊茲著）、《印第安墨水畫》（瑞典　蘇特爾褒格著）及《〈猶太文學與賓斯奇〉後的兩則按語》、《海外文壇消息：（七十六）兩本研究羅曼羅蘭的書；（七十七）新希臘詩人的新希臘主義；（七十八）愛爾蘭的葛古雷夫人的新著；（七十九）戰后德國文學的第一部傑作；（八十）俄國批評家對於威爾士（G・H・Wells）的〈俄事觀〉的批評；（八十一）波蘭文學家萊芒的沉痛話；（八十二）丹麥和奧國的兩個文學家的英譯；（八

十三）羅馬尼亞短篇小說集；（八十四）意大利戲曲家唐南遮的近作；（八十五）阿爾克斯·托爾斯泰的近作；（八十六）卡西爾的新作、《阿富汗的戀愛歌》，發表於《小說月報》第 12 卷第 7 號。

8 月　譯作《一隊騎馬的人》（挪威　包以爾著）發表於《新青年》第 9 卷第 4 期。《〈德國表現主義的戲曲〉的注》、譯作《愚笨的裘納》（捷　南羅達著）和《美尼》（猶太　賓斯奇著）、評論《羅曼羅蘭評傳》、《海外文壇消息：（八十七）荷蘭文壇之現狀；（八十八）德國文壇之現狀；（八十九）勞農俄國的詩壇之現狀；（九十）愛爾蘭文壇之現狀》均刊《小說月報》第 12 卷第 8 號。

9 月　譯作《海青·赫佛》（愛爾蘭　格萊葛瑞夫人著）發表於《新青年》第 9 卷第 5 期；譯作《海裏一口鐘》（檀曼爾著）、《我尋過……了》（比利時　梅特林克著）分別刊於《民國日報》的副刊《覺悟》（4 日）和《婦女評論》（21 日）。譯作《旅行到別一世界》（匈牙利　彌克柴斯著）、《冬》（猶太　阿胥著）及《海外文壇消息：（九十一）第一期的〈羅斯卡夷·克倪茄〉；（九十二）幾本斯干底那維亞書的英譯；（九十三）瑞士文壇近況之一斑；（九十四）德國女文學家中最有名的兩個；（九十五）匈牙利戲曲家莫奈爾的新作》，刊於《小說月報》第 12 卷第 9 號。在《小說月報》第 12 卷號外《俄國文學研究》專號上，發表《近代俄國文學家三十人合傳》、《〈赤俄小說三篇〉前言》及譯作：《失去的良心》（薛特林著）、《看新娘》（烏斯潘斯基著）、《蠢人》（列斯考夫著）、《殺人者》（庫普林著）、《伏爾加與村人的兒子米苦拉》、《孟羅的農民英雄以利亞和英雄斯維亞多哥爾》。

10 月　譯作《夜夜》（曼爾著）、《匈牙利國歌》（裴多菲著），《莫擾亂了女郎的靈魂》（芬蘭　羅納褒格著）、《淚珠》（芬蘭　羅納褒格著）、《假如我是一個詩人》（瑞典　巴士著）及《〈對於介紹外國文學的我見〉底我的批評》等發表於本月《民國日報》副刊《覺悟》和《婦女評論》（7 日、9 日、12 日、26 日）。在《小說月報》第 12 卷第 10 號（「被損害民族的文學號」）上發表：《「被損害民族的文學號」引言》、《被損害民族的文學背景的縮圖》、論文《新猶太文學概觀》及譯作《芬蘭的文學》（Hormione Ramsden 著）、《貝諾思亥爾思來的人》（新猶太　拉比諾維奇著）、《茄具客》（南斯拉夫　桑陀約爾斯基著）、《旅程》（捷克　捷赫著）、《巴比倫的俘虜》（烏克蘭　L·Vkrainka 著）、《雜譯小民族的詩：〈與死有關的〉（阿美尼亞　土爾苛蘭支作）、〈無題〉（阿

美尼亞　伊薩訶庚作）、〈春〉（喬治亞　芙夏伐支作）、〈亡命者之歌〉（烏克蘭　洛頓斯奇作）、〈獄中感想〉（烏克蘭　西芙支欽科作）、〈最大的喜悅〉（塞爾維亞　斯坦芳諾維奇作）、〈夢〉（散爾復維支作）、〈坑中的工人〉（捷克　白魯支作）、〈今王……〉（波蘭　柯諾普民斯卡作）、〈無限〉（阿斯尼克作）》等。

11 月　譯作《女王瑪勃的面網》（尼加拉瓜　達利哇著）及《海外文壇消息：（九十六）塞爾維亞文學批評家拉夫令的陀斯妥以夫斯基評；（九十七）澳洲的四個現代詩人；（九十八）介紹美國女作家辛克拉（Mary Sinclair）的新作——〈威克的惠林頓先生〉；（九十九）俄國文壇現狀的一斑——寓言之說之風行；（一○○）略誌匈牙利戲曲家莫爾納的生平及其著作；（一○一）高爾基的〈童年〉生活》發表於《小說月報》第 12 卷第 11 號。《烏克蘭民歌》、《佛列息亞底歌唱》、《塞爾維亞底情歌》發表於 2 日、11 日《民國日報・覺悟》和 30 日《民國日報・婦女評論》。《陀思妥以夫斯基帶來了些什麼東西給我國？》刊於《時事新報・文學旬刊》第 19 期。

12 月　論文《紀念佛羅貝爾的百年生日》、《〈文藝上的自然主義〉的〈附誌〉》及《海外文壇消息：（一○二）俄國詩人布洛克死耗；（一○三）意大利文壇近狀；（一○四）德國文壇近訊；（一○五）「霧颸」詩人勃倫納爾的『絕對詩』；（一○六）華波爾與高士華綏的同方面的新作；（一○七）從來沒有英譯本的易卜生的三篇戲曲》發表於《小說月報》第 12 卷第 12 號。

1922 年　27 歲　上海

1 月　譯作《兩部曲》（烏克蘭　繁特科微支著，包括《神聖的前夕》和《在教堂裏》），發表於《詩》第 1 卷第 1 期。譯作《拉比阿契巴的誘惑》（猶太　賓斯奇著），《永久》、《季候鳥》、《辭別我的七絃琴》（瑞典　泰沖納著），《祈禱者》、《少婦的夢》（阿美尼亞　西曼陀著），《假如我是一個詩人》（瑞典　巴士著），論文《陀思妥以夫斯基的思想》、《陀思妥以夫斯基在俄國文學史上的地位》和《關於陀思妥以夫斯基英文書》、《海外文壇消息：（一○八）最近俄國文壇的各方面；（一○九）再誌布洛克；（一一○）最近德國文壇雜訊》，刊於《小說月報》第 13 卷第 1 號。

2 月　譯作《東方的夢》、《什麼東西的眼淚》、《在上帝的手裏》（葡萄牙　特琨臺爾著），《浴的孩子》、《你的憂鬱是你自己的》（瑞典　廖特倍格著），評論《克雷洛夫簡介》、《〈樹林中的聖誕夜〉附誌》，《海外文壇消息》：（一一一）

哥薩克作家克拉斯諾夫；（一一二）保加利亞大詩人跋佐夫逝世的消息；（一一三）去年諾貝爾文學獎金的得者》等，發表於《小說月報》第 13 卷第 2 號。

3 月　譯作《遊行人》、《烏鴉》（愛爾蘭　格萊葛瑞夫人著）刊於《民國日報・婦女評論》（1 日和 29 日，4 月 5 日、12 日、19 日及 6 月 7 日）。《海外文壇消息：（一一四）俄國戲院的近狀；（一一五）瑞典詩人卡爾佛爾脫與諾貝爾文學獎金；（一一六）意大利文壇最近之面面觀；（一一七）波蘭的戲劇；（一一八）斯伐洛克大詩人奧斯柴支之死》、評論《普洛士簡介》，刊於《小說月報》第 13 卷第 3 號。《「惠特曼考據」的最近》發表於《時事新報・學燈》，介紹了美國 E・Holloway 有關惠特曼研究的情況。又有譯作《羅本舅舅》（瑞典　革拉勒夫）刊於《教育雜誌》第 14 卷第 3 號。

4 月　譯作《卡利奧森在天上》（挪威　包以爾著）、評論《包以爾的人生觀》和《海外文壇消息：（一一九）比利時文壇近況；（一二〇）最近的冰地文學；（一二一）新猶太戲劇之發展；（一二二）荷蘭詩壇近狀》均發於於《小說月報》第 13 卷第 4 號。

5 月　譯作《英雄包爾》（匈牙利　亞拉奈著）、《海外文壇消息：（一二三）黑族小說家得了 1921 年的龔古爾獎金；（一二四）美國文壇近況；（一二五）近代馬來文學的一斑》在《小說月報》第 13 卷第 5 號發表。

6 月　譯文《霍普德曼與尼采哲學》（Anton Hellmann 著）、論文《霍普德曼傳》、《霍普德曼的自然主義作品》、《霍普德曼的象徵主義作品》及《海外文壇消息：（一二六）捷克文壇最近狀況；（一二七）法國藝術的新運動；（一二八）西班牙文壇近況；（一二九）芬蘭的一個新進作家；（一三〇）紀念意大利的自然派作家浮爾茄》等刊於第 13 卷第 6 號《小說月報》。

7 月　譯作》《盛宴》（匈牙利　莫爾奈著）、論文《自然主義與中國現代文學》發表於《小說月報》第 13 卷第 7 號。論文介紹了自然主義的創作方法，認爲左拉的「描寫法，最大的好處是眞實與細緻」。並提出：「自然主義是經過近代科學的洗禮的；他的描寫法，題材，以及思想，都和近代科學有關係。左拉的巨著《盧貢・瑪卡爾》，就是寫盧貢・瑪卡爾一家的遺傳，是以進化論爲目的。莫泊桑的《一生》，則於寫遺傳而外又描寫環境支配個人。意大利自然派的女作家塞拉哇（Serao）的《病的心》（Cuore Infermo）是解剖意志薄弱的婦人的心理的。進化論，心理學，社會問題，道德問題，男女問題……都是自然派的題材：自然派作家大都研究過進化論和社會問題。霍普德曼在作

自然主義戲曲以前，曾經熱烈地讀過達爾文的著作，馬克思和聖西門的著作，就是一個現成的例。」又在該期《小說月報》上發表《海外文壇消息：（一三一）挪威現代文學之精神；（一三二）意大利的女小說家；（一三三）捷克三個作家的新著；（一三四）伊芙萊諾夫的新作》。在 21 日《時事新報・學燈》作《文學界小新聞》，介紹美、英、俄、比、猶太等國的文藝現狀。

　　8 月　《介紹外國文學作品的目的——兼答郭沫若君》發表於 1 日《時事新報・學燈》。認爲「翻譯一篇外國文學作品，於主觀的愛好心而外，再加上一個『足救時弊』的觀念，亦未始竟是不可能，不合理的事。」「我極力主張譯現代的寫實主義的作品。」譯作《路意斯》（荷蘭　斯賓霍夫著）、《新德國文學》（A・Filippov 著）、論文《直譯與死譯》、《海外文壇消息：（一三五）希伯來文譯本的世界文學名著；（一三六）陀斯妥以夫斯基的新研究；（一三七）英國文壇近況；（一三八）卜期胡善在丹麥的言論》於《小說月報》第 13 卷第 8 號發表。又，本月 12 日～16 日於寧波《時事公報》發表《文學上各新派興起的原因》，論述了未來派、達達派、表現派等現代派文學藝術，指出它們的共同特點是「要打破藝術上舊有的規則」。在松江演講的講話稿《文學與人生》收入《松江第一次暑假學術演講會演講錄》第一期。文中講到「作家的人格」時說：「革命的人，一定做革命的文學，愛自然的，一定把自然融化在他的文學裏，俄國托爾斯泰的人格，堅強特異，也在他的文學裏表現出來。大文學家的作品，那怕受時代環境的影響，總有他的人格融化在裏頭。法國法郎士（Anatole France）說，『文學的作品，嚴格地說，都是作家的自傳。……』就是這個意思了。」

　　9 月　譯作《卻綺》（亞美尼亞　阿哈洛根著），《波蘭——一九一九年》（賓斯奇著）、論文《文學與政治社會》及《海外文壇消息：（一三九）保加利亞雜訊；（一四〇）英文壇與美文壇；（一四一）法國的文學獎金風潮》在《小說月報》第 13 卷第 9 號發表。《文學與政治社會》中論到 19 世紀的俄國文學、匈牙利文學史、挪威文學、波希米亞文學，舉例的作家有普希金、易卜生、比昂遜、伐佐夫等。又在 21 日的《時事新報・文學旬刊》發表《「左拉主義」的危險性》，認爲「自然主義的眞精神是科學的描寫法」；「法國的福樓拜、左拉等人和德國的霍普特曼，西班牙的柴瑪薩斯，意大利的塞拉哇，俄國的契訶夫，英國的華滋華斯，美國的德萊塞等人，究竟還是可以拉在一起的。」

10 月　論文《現代捷克文學概論》、《未來派文學之現勢》、《英國戲曲家漢更》及《海外文壇消息：（一四二）古巴現代文學的一斑；（一四三）捷貝克的蟲豸的生活；（一四四）荷蘭作家藹丹的宗教觀；（一四五）日本未來派詩人逝世》刊於《小說月報》第 13 卷第 10 號。又有《譯詩的一些意見》在《時事新報・文學旬刊》第 52 期發表。

11 月　譯作《獄門》（愛爾蘭　格萊葛瑞夫人著）刊於 1 日、8 日《民國日報・婦女評論》。譯作《爸爸和媽媽》（智利　巴僚斯著），譯文《歐戰給與匈牙利文學的影響》、《挪威現代文學》、《赤俄的詩壇》，《海外文壇消息：（一四六）英文壇與美文壇；（一四七）南美雜訊；（一四八）羅馬尼亞的兩大作家；（一四九）猶太文學家逝世》等在《小說月報》第 13 卷第 11 號發表。又有《介紹西洋文學思潮的重要》刊於 19 日《民國日報・覺悟》。又撰《「寫實小說之流弊？」》，刊於《時事新報・文學旬刊》第 54 期，認爲「俄國寫實派大家最有名的是果戈里、屠格涅夫、托爾斯泰、陀思妥耶夫斯基等四人，他們的作品都含有廣大的愛，高潔的自己犧牲的精神。」

12 月　論文《歐戰與意大利文學》、譯文《新德國文學的新傾向》和《巴西文壇最近的新趨勢》、《海外文壇消息：（一五〇）意大利雜訊；（一五一）1922 年的諾貝爾文學獎金；（一五二）智利的小說》等刊於《小說月報》第 13 卷第 12 號。

1923 年　28 歲　上海

1 月　開始在上海大學中國文學系講課，內有一門「希臘神話」。論文《匈牙利愛國詩人裴多菲的百年紀念》、《海外文壇消息：（一五三）北歐雜訊；（一五四）法國文壇雜訊；（一五五）奧國的女青年作家烏爾本涅格》刊於《小說月報》第 14 卷第 1 號。譯作《私奔》（匈牙利　裴多菲著）、《皇帝的衣服》（匈牙利　米克沙特）、《十二個月》（捷克斯拉夫神話），分別發表於《小說世界》及商務印書館出版的《鳥獸賽球》（童話集）。

2 月　譯作《他來了麼》（保加利亞　伐佐夫著）刊於《婦女雜誌》第 9 卷第 2 號。譯作《太子的旅行》（西班牙　倍那文德著）、論文《倍那文德的作風》及《海外文壇消息：（一五六）芬蘭近訊；（一五七）阿眞廷現代的大詩人；（一五八）比利時文壇近狀；（一五九）新死的兩個法國小說家；（一六〇）愛爾文的近作〈船〉》、《歐美主要文學雜誌介紹》等，刊於第 14 卷第 2 號《小說月報》。

3 月 作《海外文壇消息：（一六一）斯干底那維亞文壇雜訊：（一六二）德國近訊；（一六三）英國文壇雜訊；（一六四）最近法國文學獎金的消息》，刊於第 14 卷第 3 號《小說月報》。

4 月 譯文《奧國的現代文學》、《南斯拉夫的近代文學》及《海外文壇消息：（一六五）曼殊斐兒；（一六六）西班牙文壇近況；（一六七）愛爾蘭文學的新機構；（一六八）捷克雜訊》刊於《小說月報》第 14 卷第 4 號。

5 月 譯作《最後一擲》（巴西 阿澤維多著）、《現代希伯來詩》發表於《小說月報》第 14 卷第 5 號。譯作《南斯拉夫民間戀歌四首：離別、新妹麗花、織女、幽會》刊於《詩》第 2 卷第 2 期。在《小說月報》第 14 卷第 5 號還發表評論《西班牙現代小說家巴洛伽》、《海外文壇消息：（一六九）南歐雜訊；（一七〇）斯干的那維亞雜訊；（一七一）哈立生；（一七二）威爾斯的新作》。

6 月 譯文《葡萄牙的近代文學》（A・F・GBell 著）、《海外文壇消息：（一七三）俄國革命的小說；（一七四）兩部美國小說；（一七五）1922 年最好的短篇小說》，刊於第 14 卷第 6 號《小說月報》。

7 月 《海外文壇消息：（一七六）法國雜訊；（一七七）美國的短篇小說；（一七八）西班牙戲曲家 Sierra》刊於《小說月報》第 14 卷第 7 號。

8 月 《兩個西班牙女人》刊於第 85 期《文學週報》。

9 月 譯作《聖的愚者》、《阿剌伯 K・Qibran 的小品文字》、《烏克蘭的結婚歌》等刊於第 86 期、第 88 期、第 89 期《文學週報》。與鄭振鐸合譯《〈歧路〉選譯》（泰戈爾著）、《海外文壇消息：（一七八）希臘文壇近狀；（一七九）英國近訊；（一八〇）捷克劇壇近訊；（一八一）法國雜訊》發表於《小說月報》第 14 卷第 9 號。

10 月 《海外文壇消息：（一八二）西班牙近訊；（一八三）奧國現代作家；（一八四）巴比尼的野蠻人的字典；（一八五）Jose M・del Hogar；（一八六）兩本英國書；（一八七）新死的南歐兩文學家》，刊於《小說月報》第 14 卷第 10 號。

11 月 為鄭振鐸譯的《灰色馬》（俄 路卜洵著）作的序《〈灰色馬〉序》發表於《文學週報》第 95 期。譯作《巨敵》（高爾基著）刊於《中國青年》第 4 期。《海外文壇消息：（一八八）美國的小說；（一八九）法國的反對侵略式的戰爭的文學；（一九〇）斯拉夫族新失兩文人》載《小說月報》第 14 卷

第 11 號。譯文《俄國文學與革命》發表於《文學週報》第 96 期。《近代俄國文學家論》由商務印書館初版發行（為《東方文庫》第 64 種）。論文《未來派文學之現勢》、《陀思妥以夫斯基的思想》,《霍普德曼的自然主義作品》、《梅德林克評傳》收入《新文藝評論》（俍工編）,由上海民智書局出版。

12 月 《海外文壇消息：（一九一）蘇俄的三個小說家；（一九二）泛係主義與意大利近代文學》發表於第 14 卷第 12 號《小說月報》。

1924 年 29 歲

1 月 《現代世界文學者略傳》（與鄭振鐸合譯）連載於《小說月報》第 15 卷第 1 號至第 5 號、第 9 號。又,《海外文壇消息：（一九三）最近的兒童文學；（一九四）德國近訊；（一九五）考潑洛斯的絕筆；（一九六）現代四個冰地的作家》也刊於《小說月報》第 15 卷第 1 號。

2 月 《莫泊桑逸事》、《海外文壇消息：（一九七）斯干底那維亞近況；（一九八）三個德國小說家》,於第 15 卷第 2 號《小說月報》發表。

3 月 論文《司各德評傳》及《司各德重要著作解題》、《司各德著作編年錄》收入上海商務印書館出版的《撒克遜劫後英雄略》。《海外文壇消息：（一九九）波蘭文壇近況；（二〇〇）奧國文壇近況；（二〇一）法國的得獎小說》刊於第 15 卷第 3 號《小說月報》。

4 月 論文《拜倫百年紀念》、《海外文壇消息：（二〇二）希臘新文學；（二〇三）俄國的新寫實主義及其他；（二〇四）意大利小說家亞伯太開》發表於《小說月報》第 15 卷第 4 號。《對泰戈爾的希望》刊於（民國日報·覺悟）（14 日）。論文《匈牙利文學史略》發表於《時事新報·文學週報》第 119～121 期。又在《小說月報》第 15 卷號外《外國文學研究》專號發表論文《佛羅貝爾》及與鄭振鐸合譯之《法國文學對於歐洲文學的影響》。

5 月 作《泰戈爾與東方文化》,刊於 16 號《民國日報·覺悟》。

6 月 《海外文壇消息：（二〇五）匈牙利小說；（二〇六）加拿大文學》在《小說月報》第 15 卷第 6 號發表。

7 月 《蘇維埃俄羅斯的革命詩人瑪霞考夫斯基》發表於《時事新報·文學週報》第 103 期。

8 月 《歐洲大戰與文學——為歐戰十年紀念而作》,刊於《小說月報》第 15 卷第 8 號。《非戰文學雜譚》在《文學週報》第 136 和 137 期刊出。

9 月 在《兒童世界》第 11 卷第 11 期發表《普洛米修偷火的故事——希

臘神話之一》。譯作《復歸故鄉》（匈牙利　拉茲古著）在《文學週報》第 141
——153 期連載。

10 月　作《法郎士逝矣！》，發表於《小說月報》第 15 卷第 10 號。《何
以這世界上有煩惱——希臘神話之二》、《洪水——希臘神話之三》、《春的復
歸——希臘神話之四》刊於《兒童世界》第 12 卷第 2、3、4 期。

11 月　《番松和太陽神的車子——希臘神話之五》、《迷達斯的長耳朵——
希臘神話之六》、《卡特牟司和毒龍——希臘神話之七》，刊於《兒童世界》第
12 卷第 5、6、7 期。

1925 年　30 歲　上海

1 月　論文《波蘭小說家萊芒忒》刊於第 155 期《文學週報》。《現代德奧
文學者略傳》刊於《小說月報》第 1、7 號。《勃萊洛封和他的神馬——希臘
神話之八》、《驕傲的阿拉克納怎樣被罰——希臘神話之九》、《耶松與金羊毛
——希臘神話之十》發表於《兒童世界》第 13 卷第 2 至 6 期。

2 月　論文《最近法蘭西的戰爭文學》發表於《文學週報》第 161 期。《喜
芙的金黃頭髮——北歐神話之一》發表於《兒童文學》第 13 卷第 9 期。

3 月　《菽耳的冒險——北歐神話之二》、《亞麻的發見——北歐神話之
三》、《芬利思被擒——北歐神話之四》、《青春的蘋果——北歐神話之五》等
四篇分別刊於《兒童世界》第 13 卷第 10、11、12、13 期。論文《大仲馬評傳》
收入《俠隱記》，商務印書館出版。

4 月　《為何海水味鹹——北歐神話之六》發表於《兒童世界》第 14 卷第
2 期。譯作《瑪魯森珈的婚禮》於《文學週報》第 170 期刊出。

5 月　長篇論文《論無產階級藝術》在《文學週報》第 172、173、175、
196 期連載。他在文中高度評價高爾基的文學成就，並「為高爾基一派的文藝
起了一個名兒」即「無產階級藝術」，且舉出其他許多詩人、作家的作品，論
述了無產階級藝術的形成、條件、範疇、內容、形式。這篇論文是中國現代
文藝批評史上的具有里程碑意義的重要著作。《花冠——烏克蘭結婚歌》在第
174 期《文學週報》發表。《倍那文德戲曲集》（與張聞天合譯）由商務印書館
出版，內有《譯者序——倍那文德的作風》（署沈雁冰）。

6 月　《譚譚〈傀儡之〉》刊於《文學週報》第 176 期。譯作《馬額的羽飾》
（匈牙利　莫爾奈著）於第 16 卷第 6 號《小說月報》刊出。

8月　譯作《烏克蘭結婚歌》刊於《文學週報》第185期。又譯布蘭兌斯《安徒生論》中一節題爲《文藝的新生命》，發表於《文學週報》第186期。

10月　節譯羅皮納《一篇通訊》題爲《關於「烈夫」的》，刊於第195期《文學週報》。介紹蘇聯的「『烈夫』派的消息和批評」。編譯的《希臘神話》一書由商務印書館出版。

11月　譯文《古代埃及的〈幻異記〉》刊於第199、201期《文學週報》。

12月　譯作《戀愛———一個戀人的日記》（丹麥　維特著）刊於第204期《文學週報》。

1926年　31歲　上海、廣州、上海

1月　論文《各民族的開闢神話》於《民鐸》第7卷第1號刊出。選注《續俠隱記》，由商務印書館出版。

7月　譯作《老牛》（保加利亞　坡林一彼林著）刊於《文學週報》第234期。

1927年　32歲　武漢、牯嶺、上海

8月　譯作《他們的兒子》（西班牙　柴瑪薩斯著）及論文《柴瑪薩斯評傳》（署沈餘）發表於第18卷第8號《小說月報》。

10月　《各民族的神話何以多相似》（署玄珠）刊於第5卷第11期《文學週報》。

1928年　33歲　上海、日本

1月　論文《自然界的神話》刊於《一般》第4卷第1號。

2月　《歐洲大戰與文學》由上海開明書店印行。

3月　《伊本納茲》於《貢獻》第2卷第1期刊出。

5月　翻譯小說集《害人》（匈牙利　莫爾納等著）由開明書店出版。

6月　論文《人類學派神話起源的解釋》刊於《文學週報》第6卷第11期。譯作《一個人的死》（希臘　帕拉瑪茲著）及論文《帕拉瑪茲評傳》發表於《小說月報》第19卷第6號。《神話的意義與類別》刊於《文學週報》第6卷第22期。譯著《他們的兒子》（附《柴瑪薩斯評傳》）由商務印書館出版。

7月　《北歐神話的保存》刊於第7卷第1期《文學週報》。

8月　發表論文《希臘神話與北歐神話》於《小說月報》第8號。

9 月　論文《希臘、羅馬神話的保存》、《埃及、印度神話的保存》發表於《文學週報》第 7 卷第 11 期、第 12 期。

11 月　譯作《一個人的死》（希臘　帕拉瑪茲著）由商務印書館出版。

1929 年　34 歲　日本

4 月　《騎士文學 ABC》由世界書局出版。

5 月　《近代文學面面觀》由世界書局印行。

6 月　《神話雜論》由世界書局出版。

7 月　論文《二十年來的波蘭文學》刊於《小說月報》第 20 卷第 7 號。

9 月　《六個歐洲文學家》由世界書局印行。

1930 年　35 歲　日本、上海

1 月　《關於高爾基》在上海《中學生》創刊號發表。

7 月　譯作《文憑》（蘇　丹青科著）在《婦女雜誌》第 16 卷第 7 號至第 11 號、第 17 卷第 1 號連載。

8 月　《西洋文學》由世界書局出版。

9 月　《希臘文學 ABC》（署方璧）由世界書局出版。

10 月　《北歐神話 ABC》（署方璧）由世界書局出版。

1931 年　36 歲　上海

1 月　譯作《雷哀·錫耳維埃》（俄　勃留梭夫著）、論文《勃留梭夫評傳》（署沈餘）發表於《婦女雜誌》第 17 卷第 1、3 號。

1932 年　37 歲　上海

6 月　《高爾基》（署茅盾）刊於《中學生》第 25 期。

9 月　所譯《文憑》（蘇　丹青科著）由上海現代書局出版。與魯迅、曹靖華等七人聯名電賀高爾基從事創作四十週年，又合撰《高爾基的四十年創作生活——我們的慶祝》。

1933 年　38 歲　上海

2 月　於 10 日《申報·自由談》發表《蕭伯納來遊中國》。又於 18 日該刊發表《關於蕭伯納》。

7月　作《灰色人生》刊於《東方雜誌》第 30 卷第 13 號。文中舉契訶夫、葛雷古里爲例論述「灰色人生」問題。

11月　《薄寧與諾貝爾文藝獎》（署仲芳）刊於 15 日《申報・自由談》。

12月　《從「螞蟻爬石像」談起》發表於《上海法學院》（季刊）創刊號。收入《話匣子》一書時改題爲《「螞蟻爬石像」》。其中談到莫泊桑、契訶夫、蒲雷蘇夫、邊特萊夫等作家。

1934 年　39 歲　上海

3月　作《答〈國際文學〉社問》，由魯迅代爲抄寫並寄往蘇聯後由蕭三轉交《國際文學》社。譯作《改變》（荷蘭　菩提巴格著）、評論《伍譯的〈俠隱記〉和〈浮華世界〉》《郭譯〈戰爭與和平〉》刊於《文學》第 2 卷第 3 號。又，編譯《百貨商店》（左拉著）由新生命書局出版發行。

5月　譯作《春》（羅馬尼亞　薩多維亞努著）、《耶穌和強盜》（波蘭　特德馬耶著）、《門的內哥羅之寡婦》（南斯拉夫　淑芙卡・克伐特爾著）、《在公安局》（南斯拉夫　克爾尼克著）、《桃園》（土耳其　奈西克　哈里德著）、《催命太歲》（秘魯　阿布耶爾著）等發表於《文學》第 2 卷第 5 號。29 日得魯迅轉來伊羅生信。

7月　於 14 日和魯迅聯名覆信伊羅生。29 日得伊羅生來信，於 31 日又與魯迅聯名覆信給伊羅生，同意伊羅生所提出的編選《草鞋腳》的意見。

8月　20 日得伊羅生 17 日信，於 22 日與魯迅聯名覆信，表示感謝伊羅生將中國革命作家的作品譯介給西方讀者「這有意義的工作。」論文《莎士比亞與現實主義》（署味茗）刊《文史》第 1 卷第 3 號，文中轉引了恩格斯關於「莎士比亞化」論述。

9月　《〈伊利亞特〉和〈奧德賽〉》大《中學生》第 47 期、48 期發表。《譯文》於 16 日創刊，爲主要負責人之一。並於《譯文》第 1 卷第 1 期發表譯作：《普式庚是我輩中間的一個》（蘇　A・耳尼克斯德著）、《皇帝的新衣》，（匈 K・密克薩斯著）、《教父》（希臘　G・特羅什內斯著）。

10月　於《文學》第 3 卷第 4 號發表《關於「寫作」》，介紹了契訶夫、喬治・布蘭克斯、巴爾扎克、革拉特科夫等人不同的寫作方法。又於《譯文》第 1 卷第 2 期發表譯作《怎樣排演古典劇》（蘇　泰洛夫著）、《關於蕭伯納》（蘇　盧那卡爾斯基著）及該兩篇譯作的《後記》。在《世界知識》第 1 卷第

3 期發表《波斯大詩人費爾杜兩千年祭》。於 23 日《申報·自由談》作《歐洲的諷刺作家》。

11 月　介紹古希臘戲劇的論文《伊勒克特拉》刊於《中學生》第 49、50 期。又在該刊第 49 期發表《關於〈伊利亞特〉和〈奧德賽〉的討論》。於《譯文》第 1 卷第 3 期發表《〈飢餓之城〉後記》、譯作《娜耶》（南斯拉夫　桑陀·約爾斯基著）及《娜耶》的《後記》。

12 月　譯作《安琪呂珈》（希臘　藹夫達利哇諦斯著）、譯文《現代荷蘭文學》（荷蘭　哈德鐵斯著）乃譯兩文的《後記》，刊於《譯文》第 1 卷第 4 期。《我們與你們之間不存在「萬里長城」——致蘇聯作家第一次代表大會》發表於俄文版《世界文學》第 3、4 期。

1935 年　40 歲　上海

1 月　譯作《雪球花》（安徒生著）、《跳舞會》（匈牙利　育·摩珂耳著）及評論《匈牙利小說家育珂·摩耳》於《文學》第 4 卷第 1 號發表。在《中學生》第 51、52 期發表《〈吉訶德先生〉》。介紹塞萬提斯及其巨著《唐·吉訶德》。譯作《兩個教堂》（南斯拉夫　奧格列曹維奇著）及《兩個教堂》的譯後記刊於《譯文》第 1 卷第 5 期。

2 月　譯文《萊蒙托夫》（蘇　勃拉果夷著）及其《後記》、《注釋》於第 1 卷第 6 期《譯文》刊出。

3 月　《雨果及其〈哀史〉》在第 53、54 期《中學生》發表。

4 月　為紀念挪威作家別瑟尼·別爾生（即比昂遜）逝世 25 週年作《關於別瑟尼·別爾生》，刊於《中學生》第 54 期。《讀安徒生》於《世界文學》第一期發表。《漢譯西洋文學名著》（內有序文）由中國文化服務社印行。

5 月　譯著《我的回憶》（挪威　比昂遜原著）由世界書局出版發行。《〈神曲〉》於《中學生》第 55、56 期連載，介紹意大利偉大詩人但丁及其巨著《神曲》。

6 月　譯作《遊美雜記》（波蘭　顯克微支著），收入《世界文庫》第 2 冊由生活書店出版。

7 月　譯作《英吉利斷片》（德　海涅著），收入《世界文庫》第 3 冊出版。論文《略述表現騎士風度的中世紀文學》收入《文學百題》（《文學》二週年紀念特輯），由生活書店出版。

　　8月　譯作《最後的一張葉子》（美　歐·亨利著）及《後記》，刊於《譯文》第 2 卷第 6 期。譯作《凱爾凱勃》（阿爾及利亞　呂海司著）在《世界知識》第 2 卷第 11 號發表。又所譯易卜生《集外書簡》，收入《世界文庫》第 4 冊出版。

　　9月　所作《〈十日談〉》發表於《中學生》第 57、58 期。對薄伽丘及其《十日談》進行介紹、評析。譯作《蜜蜂的發怒及其他》（比利時　梅特林克著）收入《世界文庫》第 5 冊出版。

　　10 月　《〈戰爭與和平〉》發表於《中學生》第 59 期。介紹托爾斯泰及其巨著《戰爭與和平》。譯作《擬情書〈一〉》（羅馬奧維德著）收入《世界文庫》第 7 冊出版。譯著《桃園》（土耳其哈理德等著）由文化生活出版社出版。

1936 年　41 歲　上海

　　1月　譯作《擬情書〈二〉》收入《世界文庫》第 9 冊出版。

　　2月　譯作《擬情書〈三〉》收入《世界文庫》第 10 冊出版。

　　3月　譯作《世界的一天》（柯爾曹夫著）刊於《譯文》新 1 卷第 1 期。譯作《散文的〈喜劇的史詩〉》（英　菲爾丁著），收入《世界文庫》第 11 冊出版。譯著《戰爭》（蘇　鐵霍諾夫著）由上海文化生活出版社出版。

　　4月　《作家和讀者在蘇聯》刊於《作家》第 1 卷 1 期。

　　6月　《世界文學名著講話》由開明書店出版。

　　7月　《兒童文學在蘇聯》刊於《文學》第 7 卷第 1 號。散文譯著《回憶·書簡·雜記》（比昂遜等著）由文化生活出版社印行。茅盾說：「這是我譯的唯一的一本散文集，在我的所有譯作中，這本散文集是比較難譯的，也是我比較滿意的。」

　　8月　譯文《凱綏·珂勒惠支——民眾的藝術家》（A·史沫特萊著），刊於《作家》第 1 卷第 5 號。

　　9月　譯作《紅巾》（愛特堡著）及《譯後記》刊於《譯文》新 2 卷第 1 期。

1937 年　42 歲　上海

　　1月　評論《眞亞耳（Jane Eyre）兩個譯本——對於翻譯方法的研究》刊於《譯文》新 2 卷第 5 期。

2月　《普式庚百年忌》在第 5 卷第 10 號《世界知識》發表。譯文《十二月黨的詩人》（蘇　波爾耶斯基著）刊於《譯文》新 2 卷第 6 期。

4月　《德國流亡作家的文學雜誌 Das Wort》於《文學》第 8 卷第 8 號刊出。

5月　譯作《給羅斯福總統的信》（美　斯比伐克著）及《後記》，刊於《譯文》新 3 卷第 3 期。

6月　譯作《菌生在廠房裏》（美　J・牟倫著）刊於《譯文》新 3 卷第 4 期。

1938 年　43 歲　香港

4月　在《珠江日報》（29 日）刊出《從〈娜拉〉談起——為〈珠江日報・婦女週刊〉作》。

12月　評論《影片〈高爾基的少年時代〉》、《蘇聯紀念托爾斯泰生年一百十周》、《辛克萊六十生辰》等發表於《文藝陣地》第 2 卷第 4 期。

1939 年　44 歲　新疆

10月　《文藝漫談（三）莎士比亞出生 375 週年紀念》於《文藝月刊》第 2 卷第 2 期發表。

11月　在 7 日《新疆日報》作《二十年來的蘇聯文學》。

1940 年　45 歲　新疆、延安

4月　《蘇聯的科學研究院》刊於《反帝戰線》第 4 卷第 1 號。

6月　《紀念高爾基雜感》發表於 18 日《新中華報》。

1943 年　46 歲　重慶、香港

1月　在《中蘇文化》文藝特刊上發表《致蘇聯作家》。

6月　在 15 日香港《大公報》發表《高爾基與現實主義》。又於 18 日《華商報》刊出《紀念高爾基》。

9月　在《筆談》第 4 期作《捷克人民的反抗精神》、《蘇聯的文藝戰線》、《小市民畫像（讀書記）》（高爾基小說《奧古洛夫鎮》的讀後感）。作《中國文化界致蘇聯科學院會員書》，刊於《中蘇文化》第 9 卷第 2、3 期。

1943 年　48 歲　重慶

4 月　評孟德斯鳩《波斯信箚》及伏爾泰《哲學筆記》的《讀書偶記》二則，在《筆陣》新 8 期發表。

6 月　譯作《亞爾方斯·肖爾的軍功》（蘇　彼得洛夫著）刊於《國訊》第 338 期；《〈審問〉及其他》（蘇　彼得洛夫著）刊於《中原》創刊號；《復仇的火焰》（蘇　巴甫林科著）由重慶中蘇文協編譯委員會出版。

10 月　譯作《他的意中人》（蘇　蘇呵萊夫著）刊於《文藝雜誌》第 2 卷第 5 期。

11 月　譯作《母親》（蘇　吉洪諾夫著）及《譯後記》於《中外春秋》第 1 卷第 3 期刊出。

1944 年　49 歲　重慶

3 月　譯作《我們落手越來越重了》（蘇　潘菲洛夫著）及《後記》，於《天下文章》第 2 卷第 2 期發表。又有譯作《上尉什哈伏隆科夫》（蘇　考茲夫尼可夫著）及《後記》，刊於《文陣新輯·縱橫前後方》。

10 月　譯作《新生命的降生》（蘇　吉洪諾夫著）並附記，刊於《青年文藝》新 1 卷第 3 期。

1945 年　50 歲　重慶

1 月　爲悼羅曼·羅蘭作《拿出力量來》，刊《文學新報》第 3 期。與他人合譯《藍圍巾》（蘇　索勃列夫等著）由中蘇文協編譯委員會印行。

4 月　作《關於〈人民是不朽的〉》，評介蘇聯作家格羅斯曼的長篇小說《人民是不朽的》。譯作《劊子手的卑劣》（蘇 A·托爾斯泰著），刊 14 日《大公晚報·小公園》。

5 月　論文《格羅斯曼及其小說——蘇聯戰爭文學管窺》，刊於 1、2、3、5、6、8 日《世界日報》副刊《明珠》。又於《文哨》第 1 卷第 1 期作《近年來介紹的外國文學——國際反法西斯文學的輪廓》。

6 月　譯作《流浪生涯——高爾基生活之一頁》（蘇　羅斯金著）刊於 18 日《新華日報》。悼羅曼·羅蘭的《永恒的紀念與敬仰》在《抗戰文藝》第 10 卷第 2、3 期、《文萃》第 3 期發表。署茅盾等譯的傳記小說《高爾基》（羅斯金原著），由北門出版社和新中國書店同時出版印行。又有譯著《人民是不朽的》（蘇　格羅斯曼著）由文光書店出版。

7月　譯作《蘋果樹》（吉洪諾夫著）及《譯者附記》刊於《文哨》第 1 卷第 2 期。又於 11 日《新華日報》發表《做怎樣一個人？——高爾基傳記小說的一節》（蘇　羅斯金著、茅盾等譯）。

9月　於《文學新報》第 2 卷第 1 期發表《寫下第一篇作品以前的高爾基》。

1946 年　51 歲　上海

1月　與郭沫若聯名發表《中國作家致美國作家書》，刊於《聯名特刊》第 1 卷第 1 期。

4月　譯著《團的兒子》（蘇　卡泰耶夫著）在漢口《大剛報》、上海《文匯報》連載。

6月　在 21 日重慶《新華日報》及《時代週刊》第 6 年第 23 期發表《高爾基和中國文壇》；《高爾基與現實主義》刊於 18 號《聯合日報》晚刊。在《時代》第 163 期《高爾基研究》號發表《高爾基和中國文學》。

7月　譯作《作戰前的晚上》（蘇　杜甫辛科著）發表於《文藝春秋》第 3 卷第 1 期。

9月　《〈團的兒子〉譯後記》刊於《新文化》第 2 卷第 6 期。

10月　《談蘇聯戰時文藝作品——〈蘇聯愛國戰爭短篇小說譯叢〉後記》刊於《文藝春秋》第 3 卷第 4 期。所譯《團的兒子》由萬葉書店印行；《蘇聯愛國戰爭短篇小說譯叢》由永祥印書館出版；《現代翻譯小說選》由文通書局印行。

1947 年　52 歲　蘇聯、上海

1月　《蘇聯遊記》在《華商報》等報刊連載，並有《蘇聯日記》刊出。

5月　譯作《這女人是誰》（契訶夫著）刊於《大家》第 1 卷第 2 期。

9月　譯著《俄羅斯問題》（蘇　西蒙諾夫著）由《世界知識》社印行。

10月　於《大學》第 6 卷第 6 期發表《烏茲別克文學概論》。

11月　《蘇聯文學的民主性》發表於《中國建設》第 5 卷第 2 期。

1948 年　53 歲　香港

4月　《蘇聯見聞錄》由上海開明書店出版。

8月　譯作《蠟燭》（蘇　西蒙諾夫著）及《譯後記》，發表於《小說》第 1 卷第 2 期。

1949 年　54 歲　北京

1 月　《關於〈俄羅斯問題〉》發表於 22 日《人民日報》。

3 月　《〈俄羅斯問題〉》刊《電影論壇》第 3 卷第 2 期。

10 月　作歡迎蘇聯文學藝術工作者代表團的《歡迎我們的老大哥，向我們的老大哥看齊》，於《文藝報》第 1 卷第 2 期發表。在 30 日《人民日報》發表《美國電影和蘇聯電影的比較》。

11 月　《中國作家茅盾祝福蘇聯人民》刊於 5 日蘇《眞理報》《消息報》。

1950 年　55 歲　北京

1 月　影評《關於〈俄羅斯問題〉》於 22 日《人民日報》發表。

5 月　《悼念 A・史沫特萊女士》發表於《人民日報》。

9 月　於 17 日《人民日報》發表《〈俄羅斯問題〉對於我們的教育意義》。

11 月　與郭沫若、周揚聯名致電蘇聯文藝界，慶祝十月革命節。

1951 年　56 歲　北京

5 月　《悼念我們親愛的朋友史沫特萊》刊於 6 日《人民日報》。

1952 年　57 歲　北京

2 月　論文《爲什麼我們喜愛雨果的作品——爲世界和平理事會機關刊物〈和平〉而寫》及《果戈里在中國——紀念果戈里逝世百年紀念》於《文藝報》第 4 號發表。

5 月　在北京紀念四大文化名人大會上作《雨果的偉大名字鼓舞了我們》的發言。

7 月　任《譯文》主編。作《〈譯文〉發刊詞》，發表於《譯文》創刊號。

1954 年　59 歲　北京

7 月　於 15 日主持六團體紀念契訶夫逝世五十週年大會，並作發言——《偉大的現實主義作家契訶夫》，收入人民文學出版社出版的《紀念契訶夫專刊》。

12 月　在 16 日《人民日報》上發表《祝賀第二次全蘇作家代表大會》。

1955 年　60 歲　北京

5 月　5 日出席北京紀念世界文化名人席勒等大會，並作報告：《爲了和平、民主和人類的進步事業》，報告摘要刊 7 日《人民日報》。

《致魏斯可普夫信》（《茅盾書簡（初編）》第 159 頁）高度評價捷克優秀
報告文學作家吉希及其《秘密的中國》。

1956 年　61 歲　北京

4 月　在《譯文》4 月號發表《關於「圓桌會議」——同意蕭洛霍夫向世
界各國作家的建議》。

5 月　在 28 日《人民日報》上發表《不朽的藝術都是為了和平與人類的
幸福的！——在北京紀念三位世界文化名人大會上的報告（摘要）》。於《文
藝報》第 10 號作《悼亞‧法捷耶夫——文藝戰士與和平戰士》、《茅盾電唁法
捷耶夫逝世》。

7 月　出席蕭伯納誕生 100 週年、易卜生逝世 50 週年紀念大會，並致開
幕詞。

12 月　出席在印度新德里舉行的亞非作家會議。

1957 年　62 歲　北京

5 月　在 17 日《人民日報》上發表《關於〈世界短篇小說大系〉體例問
題的信》。

8 月　作《〈譯文〉「亞洲文學專號」前言》，刊於《譯文》8 月號。

1958 年　63 歲　北京

1 月　作《夜讀偶記》，連載於《文藝報》第 1、2、8、9、10 期。在第四
部分《古典主義和「現代派」》和第五部分《理想和現實》中，對歐美文學思
潮的各個流派作了透徹的評析。

2 月　17 日電唁日本作家德永直逝世。

8 月　在 7 日《人民日報》發表《給伊拉克共和國作家的回信》。

10 月　出席在蘇聯塔什干舉行的亞非作家會議，作《為民族獨立和人類
進步事業而奮鬥的中國文學》發言，刊於 13 日《人民日報》和第 19 號《文
藝報》。又有《祝亞非作家會議》《在慶祝亞非作家會議勝利閉幕的群眾大會
上的講話（摘要）》分別刊於《人民文學》10 月號及 14 日《人民日報》。

1959 年　64 歲　北京

1 月　《崇高的使命和莊嚴的呼聲》刊於《世界文學》1 月號。

3月 22日致美國電影劇作家馬爾茲信。在《世界文學》3月號發表《敬祝蘇聯第三次作家代表大會勝利成功》。

10月 《塔什干精神萬歲！》刊於7日《人民日報》。

1960年 65歲 北京

1月 在《世界文學》1月號發表《契訶夫的時代意義》。

2月 《偉大的現實主義者契訶夫——在首都各界紀念世界文化名人契訶夫大會上的講話》發表於《戲劇報》第3期。

4月 譯作《新結婚的一對》收入《比昂遜戲劇集》，由人民文學出版社編輯出版。

6月 5日接見日本書文學家代表團野間宏、龜井勝一郎、松岡洋子、竹內實等。於7日《人民日報》發表《在首都各界歡迎日本文學家代表團大會上的講話》。

11月 25日出席首都紀念托爾斯泰逝世50週年大會並作專題發言：《激烈的抗議者，憤怒的揭發者，偉大的批判者》，刊於26日《人民日報》及11月號《世界文學》。

1961年 66歲 北京

2月 出席八團體紀念泰戈爾誕生100週年籌委會成立會，為籌備委員。

3月 出席首都紀念謝甫琴科逝世100週年大會並致開幕詞。

4月 宴請朝鮮作家韓雪野，接見錫蘭作協秘書長森納那亞克，接見印尼作家訪華代表團。

5月 8日出席印度駐華使館為泰戈爾誕生100週年紀念舉行的宴會，並致詞。15日出席並主持首都文化界紀念泰戈爾誕生100週年大會，致開幕詞。在《世界文學》5月號發表《歡呼亞非作家會議東京緊會議的勝利》。

6月～7月有接見印尼作家代表團、日本作家代表團、日本文學家代表團。

8月 17日與郭沫若聯名電賀古巴作家藝術家大會。

1962年 67歲 北京

2月 出席在開羅舉行的第二屆亞非作家會議，作以《為風雲變色時代的亞非文學的燦爛前景而祝福》為題的講話，刊於14日《人民日報》和第3期《文藝報》。

5 月　出席北京紀念赫爾岑 150 週年大會。

1963 年　68 歲　北京

8 月　在 11 日《人民日報》上發表《維護亞非文學運動的革命路線——茅盾在首都各界歡迎亞非各國作家大會上的講話》。

1964 年　69 歲　北京

5 月　27 日出席並主持首都作家討論越南文學作品的座談會。

1977 年　82 歲　北京

10 月　於《世界文學》第 1 期發表《向魯迅學習》，後改題為《學習魯迅翻譯介紹外國文學的精神》，收入《茅盾文藝評論集》。

1979 年　84 歲　北京

2 月　《為介紹及研究外國文學進一解》發表於《外國文學評論》第 1 期。

1980 年　85 歲　北京

2 月　在《外國戲劇》第 1 期上發表《外國戲劇在中國》。

6 月　《斯人宛在，光鮮逾昔——史沫特萊逝世三十週年》發表於 1 日《人民日報》。

8 月　論文《現實主義與反現實主義的鬥爭是文藝歷史發展的規律》發表於第 4 期《文藝研究》。《談文學翻譯》，在第 3 期《蘇聯文學》發表。《世界文學名著雜談》由百花文藝出版社出版。

9 月 1 日　日本學者、早稻田大學教授安藤陽子夫婦來訪。

1981 年　86 歲　北京

3 月　著有《黎明的文學——中國現實主義作家茅盾》的日本學者松井博光教授於 4 日至北京醫院探望茅盾。

※原發表於《湖州師專學報》1988 年第 1 期。

附錄：關於《茅盾與孔德沚、秦德君關係初探》一文的通信（摘錄）

　　我寫的《茅盾與孔德沚、秦德君關係初探》一文發表，曾收到一些讀者來信，其中有茅盾親屬的，秦德君老人的，以及曾與茅盾關係很密切、很熟悉的長者、學者的，或談看法，或作批評，或講史實，或提建議，我均回信表示感謝。來信人中有一位我很敬重的長者，他在信中表明了對茅盾與秦德君關係的看法，並提供了重要的史實，且對茅盾研究提出了寶貴的建議。但是他不願將其來信公開發表。考慮到他信中所談的一些內容十分重要、極有價值，故將其姓名隱去，只摘錄其來信和我覆信以及秦德君老人來信中的有關部分於此，以供讀者和茅盾研究學界人士參考、研究。

一、1990 年 3 月 9 日來信（摘錄）

　　最近收到《湖州師專學報》去年第三期，拜讀了大作。……

　　關於茅公與秦在日本有一段戀情，這沒有什麼可秘密的，茅公在《回憶錄》有意迴避，並不像現在的某些「研究家」所猜想的，什麼不願談「隱私」呀，不敢「觸及心靈的創傷」呀，等等。現在有些作者就是以此種獵奇窺秘來創造「轟動效應」和「經濟效益」的，雖然也為自己這種行為戴上「深入探究」的花環。

　　茅公不願談這件事是鑒於秦在「文革」中對他的無端傷害而不想再提到她。

　　「文革」開始她突然來信要續舊情，未獲反應，又來信威脅要報復，以後就編造茅公是「叛徒」的謊言。

　　「文革」後的一九七八年，我們第一次看到了她的所謂「回憶」，是油印本，通篇是惡毒的謾罵、造謠、誣衊，沒有一句是所謂「做出了充分的、高度的評價」的。這是在茅公撰寫的回憶錄之前。

　　秦的回憶稿易稿幾次，最後拿出來在國外發表的，已經加上了美麗的花冠，甚至是「頌揚」的詞句，而刪掉了許多見不得人的徒能暴露其惡毒用心的詞句，這就是她向她的親人們反覆宣佈的，她寫這「回憶」的目的是一個——報復。

　　面對一篇為了報復的文章。首先應該是冷靜的分析，否則不啻是色盲。

　　譬如：三○年在上海分手。既然是她主動的，為何又自殺？當時她並未「識破」茅公「欺騙」了她呀。茅公告訴我是：給了她二千元，請她打掉孩子，和平分手。至於「自殺」，她究竟是因為「愛情」，還是因為「自尊」？我看主要是後者，因為像她這樣的女性是從來不相信自己會在情場角逐中失敗的，這個面子丟得太大了，無臉再見人。以後躲到四川去，不再在十里洋場混，恐怕也與此有關。

　　又譬如：所謂「北歐女神」，所謂她使茅盾轉變了消極情緒等等。「北歐女神」是茅公在《從牯嶺到東京》一文的最後提到的，表示他已擺脫了一九二八年上半年的消極困惑情緒。此文寫於一九二八年七月十六日，也就是說，茅公剛抵達日本，就著手寫這篇萬言長文，顯然構思、醞釀還要早。而那時，茅公認識秦方幾天，（秦）怎能神速地變成能左右茅盾的「北歐女神」？

　　又譬如：《虹》的寫作，秦提供了一個模特兒，一些素材，充其量是一個故事的框架。而人物是茅公創造的，是從他所熟悉的同類女性中概括提煉出來的，胡蘭畦他並不熟悉。把一個人提供了一篇小說的素材這件事無限誇大起來，成為能決定茅公所以「成其為現在這樣的茅盾」的原因，這樣的論點不太怪嗎？……

　　……

二、1990 年 3 月 24 日覆信（摘錄）

　　您的來信收到了。首先，十分感謝您對拙作《茅盾與孔德沚、秦德君關係初探》的關心和所提出的寶貴意見！

　　茅公與秦德君的關係，過去一直籠罩著一層霧障，至今仍然模糊不清。
這是不少研究者包括我在內很想探索、研究的。當然，研究這個問題難度很
大，還要冒研究受挫和失敗的風險。但是既然存在著不清楚的問題，迴避不
是辦法，正確的態度是積極而又慎重地進行研究。

　　……

　　您的信中對如何看待茅公與秦德君的關係，對如何認識秦德君的回憶錄
《櫻蠶》，對如何研究研究茅公與秦德君及與《虹》創作的關係，都提出了非
常重要的意見，是有事實、有分析、以理服人的。

　　……

　　我國和海外的茅盾研究學界都是很重視您對茅盾研究的意見，都很敬佩
您為發展茅盾研究事業、推動我國社會主義文藝事業所做出的巨大貢獻。我
從事茅盾研究以來，多次得到您的關懷、幫助和指教，是深銘於心，常懷感
激的。

三、1990 年 3 月 30 日來信

　　……

　　茅公不願談在日本那一段經歷，除了上封信中我講的原因（秦對他的誣
陷使他憎惡這段回憶外），還因為：1. 他認為這只是他六十年創作生涯中的一
段小插曲；2. 他不想多談個人的私生活。……

　　然而前幾年文藝界的小氣候，使得這段小插曲竟成了茅盾研究中不大不
小的一個「熱點」。其中不乏想認真作一番探查的研究者，但也有抱著「獵
奇」，製造「轟動效應」，以及所謂「挖掘人性的弱點」等等目的而去「研究」的人。
在這種魚龍混雜的情形下，一個熱愛茅公的研究者就應該慎重，首先應該相
信茅公（從他光輝的一生來建立這種信任），而面對秦的所謂「回憶錄」則要
多打幾個問號，想一想為什麼她這樣寫，符合當時的實際嗎？其實秦的「回
憶」矛盾百出（上封信我只舉了三例），只要不被她的「秘聞」性所迷惑，不
難識破。

　　我不反對研究者們把茅公這段經歷作一番探究，但應該恰如其分，任何
誇大都將適得其反——無意中做了秦誣陷茅公的幫手，什麼：秦幫助茅盾轉
變了政治上的消沉呀；秦對茅盾的創作起了巨大影響呀；這是茅盾貫串一生
的「情結」呀，等等。

……我這些意見只為弄清一些事實，使研究者能從更多的角度來考慮問題。譬如茅公與秦的這一段故事就可以擴而廣之，研究諸如：茅盾的婚姻與六十年的感情生活；茅盾的愛情觀；茅盾與秦合與分的原因；茅公的一生中秦留下了什麼痕迹；等等。此外，還要掂量茅盾的感情生活在其一生事業中所佔的分量，不能喧賓奪主。這些問題，從已發表的文章看，有的還沒有觸及，有的尚未深入，有的則在「自由化」思潮影響下正走向危險的彼岸。

我衷心的希望是：既要研究茅公的感情生活，就不要只著眼於秦德君，似乎只有她才結成了「情結」，這叫「一葉障目」；更不要為她騙造的「秘聞」所迷惑，而要進行歷史的分析、考察和推究；也不要相信時新的觀點，什麼「兩重人格」、「懺悔意識」等，而要從茅公是一個為共產主義奮鬥一生的戰士這一基點來考慮問題。這樣就能突現出一個有血有肉的真實的茅盾，而不會口說熱愛茅公，實際上卻在把茅公塗黑。

……

四、1990 年 4 月 2 日秦德君老人來信（摘錄）

我從美國回來參加全國政協會議，一進門就收到你 90‧3‧25 手示。《一代文豪：茅盾的一生》未收到，湖州師專學報收到。關於《茅盾與孔德沚、秦德君關係初探》在湖州師專學報的「茅盾研究專號」已拜讀過。我和學術界、茅盾研究界的反映是一樣的，認為很好，很有價值！打開了研究之門，就不操心是非扯不清了，實事求是嘛！……

後　記

　　我從事茅盾研究起步較晚。然而從發表第一篇關於茅盾的文章《茅盾與吳興》到現在，也已有十一個年頭了。在這期間，我總共發表了 32 篇茅盾研究的論文和其他文章，曾給大學生開過《茅盾研究》選修課，並且，由我主編的《湖州師專學報》成了全國報刊中少數幾家茅盾研究的核心刊物之一。特別使我欣慰的是經過廈門大學莊鍾慶教授推薦，上海文藝出版社於 1988 年 10 月出版了我的第一部茅盾研究專著《一代文豪：茅盾的一生》。此書出版後，引起了國內外專家學者的關注，並獲得 1990 年浙江省高等學校哲學社會科學優秀成果二等獎及浙江省茅盾研究一等獎，使我受到了很大的鼓舞。

　　今年是茅盾先生誕生 95 週年、逝世 10 週年，又是我國人民開始執行「八五計劃」和「十年規劃」的第一年。我懷著對茅盾先生的敬愛深情以及對建立「茅盾學」的滿腔熱望，向讀者奉上這部《茅盾學論稿》。書中的十二章論文及附錄，涉及茅盾身世學、茅盾人際學、茅盾著作學、茅盾批評學、茅盾成就學、茅盾心理學等內容。希望能引起讀者的興趣，有助於推動茅盾研究的深入發展和茅盾學的理論建設。

　　學術著作出版難。本書得以付梓，賴有沈繼民先生、葉子銘教授、吳正先生、董培倫先生等的支持、鼓勵、關懷與幫助，作者在此謹向他們致以深深的敬意和由衷的謝忱！

　　茅盾生前曾幾度居留香港，從事文學活動。因此，當本書在香港出版、發行之後，作者深盼香港及海內外讀者不吝賜教。

李廣德

1991 年 5 月 15 日於湖州勤業齋書室